Antoine-François Prévost d'Exiles

Geschichte der Donna Maria und andere Abenteuer

Übersetzt von Paul Hansmann

Antoine-François Prévost d'Exiles: Geschichte der Donna Maria und andere Abenteuer

Übersetzt von Paul Hansmann.

Erstdruck dieser deutschen Übersetzung von Paul Hansmann: München, Georg Müller, 1923

Neuausgabe
Herausgegeben von Karl-Maria Guth
Berlin 2019

Umschlaggestaltung von Thomas Schultz-Overhage unter Verwendung des Bildes: Joaquín Sorolla, Italienisches Mädchen, 1886

Gesetzt aus der Minion Pro, 11 pt

ISBN 978-3-7437-2907-0

Druck: Libri Plureos GmbH, Friedensallee 273, 22763 Hamburg

Die Deutsche Nationalbibliothek verzeichnet diese Publikation in der Deutschen Nationalbibliografie; detaillierte bibliografische Daten sind im Internet über www.dnb.de abrufbar.

Verlag: Henricus - Edition Deutsche Klassik GmbH
Mörchinger Str. 33, 14169 Berlin, info@henricus-verlag.de

Inhalt

Interessante Begebenheit in den Bergwerken Schwedens 4
Abenteuer eines Verzweifelten 10
Abenteuer der Miss B... 21
Abenteuer eines jungen Landmädchens 24
Seltsame Abenteuer eines Spaniers auf der Insel Jamaika 28
Abenteuer einer schönen Muselmanin 40
Abenteuer eines jungen Flamen 60
Abenteuer eines englischen Edelmanns 68
Geschichte der Donna Maria und des jungen Prinzen
    Justiniani 84
Geschichte der Molly Siblis, einer berühmten Schönheit
    Englands 109
Bericht eines sehr außergewöhnlichen Geschehnisses 118
Rätselhafter Selbstmord einer Unbekannten 128
Triumph einer Frau über einen Gegner ihres Geschlechts .. 135
Geschichte Cidal Achmeds, eines reichen Edelherrn aus
    Konstantinopel 146
Entdeckung einer unbekannten Insel 154
Abenteuer eines Einsiedlers 161

Interessante Begebenheit

in den Bergwerken Schwedens

Jedermann hat wohl von den berühmten Bergwerken Schwedens sprechen hören, in welchen sich, wie man versichert, ebenso regelmäßige Wohnungen wie auf der Oberfläche der Erde befinden, die von einer großen Anzahl Familien bewohnt werden, die ihre Vorgesetzten, ihre Richter, ihre Häuser, ihre Märkte, ihre Kaufläden, ihre Prediger und Kirchen haben, in welchen endlich nichts von dem fehlt, was die friedlichste und gesittetste Menschengemeinschaft einrichtet. In Wahrheit aber sind ihre Bewohner hauptsächlich Verbrecher, die durch eine Zwangsarbeit, nachdem sie ihren Schandtaten zufolge dorthin verbannt zu werden verdient haben, der Welt zum Nutzen gereichen. Doch wie man niemals Leute zurückweist, welche freiwillig in Bergwerken beschäftigt zu werden wünschen, so gibt es auch hier eine Menge ehrlicher Menschen, welche Armut oder Unglück zu solch mühseliger Arbeit gezwungen hat; und die Strenge der Gerechtigkeit, die alle Welt ihre Pflicht zu erfüllen zwingt, sorgt dafür, dass die Verbrecher denen dort keine Schwierigkeiten in den Weg legen, die nicht ihresgleichen sind.

Ein sich in Schweden aufhaltender englischer Reisender, der sich mit der Erforschung von alledem beschäftigte, was Geologie angeht, wünschte diese unterirdischen Wohnräume mit eigenen Augen kennenzulernen. Nachdem er sich hierzu die Erlaubnis des Königs erwirkt, nahm er einen der englischen Sprache mächtigen Führer und fuhr mit Hilfe eines Triebwerkes in das berühmteste Bergwerk ein. Wie erwartet, fand er dort zahlreiche Vereinigungen des einen und des anderen Geschlechtes, jedoch in einem weniger blühenden Zustande, als er es sich nach den üblichen Berichten vorgestellt hatte. Überall schaute er nur das entsetzlichste Elend. Der Kleidung, den Löchern, welche er als Häuser hatte bezeichnen hören, den Nahrungsmitteln, allem merkte man den Schauder eines so entsetzlichen Gefängnisses an. Auch waren Trübsal und Blässe auf allen Gesichtern gemalt, und selbst die Vorgesetzten schienen sich nicht wohl in ihrer Lage zu fühlen. Besonders starken Eindruck machte der Anblick einer ziemlich gemächlichen Wohnung auf den Engländer, welche man ihm als eine der vorzüglichsten des Bergwerkes bezeichnete. Es war die des lutherischen Geistlichen, der nichts gespart hatte, um sie so angenehm, wie es die Sachlage erlaubte, herzurichten. Dieser empfing den Reisenden dort artig, und da er die lateinische Sprache völlig beherrschte, begann er ihm auseinanderzusetzen, was er dank Beobachtungen und Aufschlüssen durch geologische Wegweiser hatte erforschen können.

Während sie sich noch unterhielten, trat ein Weib tränenden Auges in die Behausung und sprach, nachdem sie sich dem Prediger zu Füßen geworfen hatte, unter allen Anzeichen eines lebhaften Kummers einige Zeit mit ihm. Der Engländer verstand nichts von ihrer Sprache; fand die Frau aber so schön und jung, dass er überrascht war, ein so liebenswürdiges Geschöpf an diesem Orte zu erblicken, und konnte kaum das Ende ihres Gespräches abwarten, um dem Prediger sein Erstaunen hierüber kund zu tun. Man teilte ihm ihre Lebensgeschichte mit, die sich solcherart abgespielt hat:

Die junge Person war in Upsala als Kind einer reichen und vornehmen Familie geboren. Ihre Eltern hatten sie mit einem ihr an Rang gleichstehenden Manne verheiraten wollen, aber die Liebe, welche Anordnungen nicht immer achtet, hatte ihr Herz in heißem Gefühl für einen Abenteurer entflammt, welcher sich in gleicher Stadt niedergelassen und alle Künste hatte spielen lassen, um sie zu verführen. Ohne geizig zu sein, war dieser Mensch äußerst lüstern auf das Gut anderer. Er hatte beträchtliche Reichtümer, die zum größten Teil durch Betrug und Diebstahl erworben waren, gesammelt; doch ging er verschwenderisch mit ihnen um, und man wunderte sich nur, wie er bei so übermäßigem Aufwand, zu dem ihn sein Geschmack am Vergnügen fortwährend verführte, Hilfsquellen zu finden vermochte, um seine Verschwendung wieder wettzumachen. Niemand noch hatte den geringsten Verdacht auf die geheimen Mittel gehabt, welche ihn den Überfluss behaupten ließen, als er sich veranlasst sah, mit seiner Geliebten, nachdem er sie bestimmt hatte, das Elternhaus zu verlassen, um ihm zu folgen, aus den Augen der Öffentlichkeit zu verschwinden, da er ihre einflussreiche Familie schonen musste. Diese Vorsorge verriet ihn.

Das Dorf, in welches er sich zurückzog, wurde der Sammelplatz einer großen Diebshorde, die ihm, als ihrem Oberhaupte, treulich alles, was sie durch Gewalt oder List erbeutet hatte, zuführte. Der Teilung der Beute folgte ein üppiges Mahl, zu dem die junge Frau, anfänglich nur ausnahmsweise, zugelassen wurde; da es aber unmöglich war, dass die regelmäßigen Besuche so vieler Fremder und die Reden, welche diesen in der Hitze des Weines entschlüpften, nicht einigen Argwohn in ihr entstehen ließen, glaubte sich ihr Gatte nur seines Geheimnisses versichert, wenn er es ihr aus freien Stücken eröffnete. Das ließ sie erbeben. Vielleicht bereute sie das Elend, in das sie sich gestürzt hatte. Doch ihre wahnwitzige Neigung, die stets auf gleicher Höhe verharrte, machte sie bald der Schande ihrer Lage und dem gegenüber blind, was sie in der Zukunft für sie befürchten musste. Gefühllos beteiligte sie sich selber an den Plünderungen, indem sie das Teilen und Verhehlen der Diebsbeute auf sich nahm.

Es gibt in Schweden weniger rege Verbindungen zwischen bewohnten Orten als in Frankreich, da das Postwesen dort nicht so ausgebildet ist; und diese Tatsache ließ die Diebe hoffen, dass sie in einem abgelegenen Dorfe, wennschon es nur mäßig weit von Upsala entfernt war, sicher verweilen könnten, bis ihr Oberhaupt die Genehmigung der Heirat bei den Eltern seiner Frau durchgesetzt hätte. Indessen hatte es der Himmel gefügt, dass sie ohne ihr Wissen den für ihre Sicherheit gefährlichsten Zufluchtsort erwählt hatten. Dieser grenzte nämlich an eine Besitzung, welche dem Vater der jungen Dame gehörte, und der Zufall ließ diesem einige Geschäfte zukommen, die ihn nach dort führten. Von seinen Bauern vernahm er, dass man seit einigen Wochen eine zahlreiche Gesellschaft in der Nachbarschaft bemerke. Die Umstände ließen einige Neugier in ihm entstehen. Er verfügte sich des Abends dorthin und die Lust, das Geheimnis zu ergründen, verstärkte noch der Anblick mehrerer Männer von übelstem Aussehen, welche dort nacheinander ankamen; er verschaffte sich in der Verwirrung ziemlich glücklich Zutritt, um seiner Tochter zu begegnen und sie wiederzuerkennen. Überraschung und Zorn ließen ihm nicht Mäßigung genug, um bis zur Aufklärung stillzuschweigen. Unter lebhaftem Lärm hielt er seine Tochter an. Warf ihr bitter ihre Flucht vor und wünschte zu erfahren, mit wem sie sich hier befände und aus welchen Gründen sie sein Haus verlassen hätte. Ihr Gatte, der wahrlich nicht säumte, ihn zurechtzuweisen, hielt sich für verloren, wenn er keine Gewaltmaßregeln ergriffe. Ließ ihn durch seine Trabanten festnehmen, um Zeit zu gewinnen, mit ihnen über die Art zu entscheiden, in der sie ihr Vorteil, ihn zu behandeln, verpflichtete. Da sie keinen Augenblick zweifelten, dass ihre Ränke völlig aufgedeckt werden würden, war der größte Teil der Verbrecher der Ansicht, man müsse sich seiner entledigen, und ohne die Bitten und Tränen der jungen Dame, welche schließlich das Herz ihres Gatten rührten, würde dieser Plan obgesiegt haben. Sie war sich nichts weniger der Gefahr bewusst, die sie und die ganze Schar lief, und da sie keinen anderen Rettungsweg erdenken konnte, stimmte sie dem neuen Vorschlag bei, den einer der Genossen machte, den lästigen Vater so lange in einer Art Gefängnis festzusetzen, bis sie andere Maßnahmen getroffen hätten. Dieser Vorschlag schien ihnen umso sicherer zu sein, als man ihm die Aussage, dass er allein gekommen sei und sich niemand bei ihm befinde, abgezwungen hatte. So hofften sie, dass es ihnen nicht an Zeit fehlen würde, ihre Entschlüsse behutsam auszuführen. Sie ahnten aber nicht, dass seine Leute auf dem benachbarten Besitztume waren. Diese beunruhigte das Ausbleiben ihres Herrn, und da sie nichts Gutes hinter den nächtlichen Versammlungen mutmaßten, zu denen ihn, wie sie wussten, seine Neugier geführt hatte, rotteten sie die Bauern, die von ihm abhingen, zusammen und begaben sich bewaffnet nach dem Hause des Diebes. Ihr Kommen aber verbreitete Schrecken, was sie nur in ihrem Misstrauen bestärkte, und sie verharrten dort alle, indem sie unter Drohungen die Herausgabe ihres Herrn forderten. Als dieser ihre Stimmen vernahm, machte ihn das so kühn, die seinige zu erheben. Die erkannten sie und machten, als sie von ihm erfahren hatten, in welcher Weise man ihn behandelte, ohne weitere Beschlüsse zu fassen, einen Teil der Räuber nieder. Kaum vermochte es ihr Herr über sie, dass der Rest geschont wurde. Da er nur annehmen konnte, es mit einer Räuberbande zu tun zu haben, war er nicht weiter um des Blutes willen beunruhigt, welches seine Leute zu seiner Rache vergossen hatten. Von den fünfundzwanzig Räubern, welche die Bande gebildet hatten, waren nur siebzehn, ihr Hauptmann und seine Tochter einbegriffen, übriggeblieben. Auf der Stelle ließ er sie in die Gefängnisse Upsalas führen, welches nur etwa zwei Meilen entfernt lag. Da er sich indessen nicht auf einen Anhieb der väterlichen Gefühle zu entschlagen vermochte, nahm er seine Tochter mit sich, um sie nicht der Schande einer öffentlichen Bestrafung preiszugeben. Sehr schlecht aber ging diese auf seine Absichten ein, denn, wohl voraussehend, dass ihr Gatte das Gefängnis nur verlassen würde, um seine Strafe anzutreten, achtete sie ihr Leben für nichts, wenn sie es ohne ihn verbringen sollte. Sie entzog sich der Gefangenschaft, in welcher sie bei ihrem Vater gehalten wurde, begab sich nach dem Staatsgefängnis und bat dort, bei den Unglücklichen festgesetzt zu werden, als deren Mitschuldige sie sich bekannte.

In ganz Schweden erregte ein so wunderlicher Edelmut Erstaunen. Die Bewunderung steigerte sich noch, als sie, von den Richtern, welche den Dieben bereits das Geständnis ihrer Verbrechen abgepresst hatten, befragt, mit einer Entschlossenheit und Geistesgegenwart antwortete, welche die in Verwirrung setzte. Sie unternahm es ihren Gatten durch eine Menge Gründe zu rechtfertigen, deren hauptsächlichster angeführt zu werden verdient. Unter der Regierung Karls XII. leistete ein dänischer Überläufer, der in schwedische Dienste getreten war, dem schwedischen Heere einen ausgezeichneten Dienst. Der König, welcher gute Taten nimmer unbelohnt ließ, befahl, diesen tapferen Soldaten vor ihn zu führen, und fragte ihn, nachdem er ihn mit Lob überschüttet hatte, durch welche Art Anerkennung er belohnt zu werden wünsche. »Sie können mich«, erwiderte der unverschämterweise, »ohne dass es Sie etwas kostet, glücklich machen und meinen Neigungen Genüge leisten!«

Aufgefordert, sich genauer zu erklären, gestand er, der Grund, weshalb er sein Vaterland verlassen habe, sei seine Furcht vor einer Bestrafung gewesen, die er für mehrere Diebstähle verdient habe; seit frühester Jugend habe er unwiderstehlich alles, was ihm vor Augen gekommen sei, rauben müssen, ohne diesen Hang durch irgendwelche Überlegungen unterdrücken zu können. Auch jetzt bestehe er noch in all seiner Macht und er wisse sich keine andere Gnade zu erbitten, als die Erlaubnis, ungestraft in dem ganzen weiten Schweden stehlen zu dürfen; mit der Einschränkung jedoch, dass er es, ohne Gewalt anzuwenden, zu tun verspreche, und der billigen Gerechtigkeit überliefert werden wolle, wenn er sein Versprechen außer Acht lasse. Die junge Schwedin versicherte, es habe dem Könige Vergnügen bereitet, ihm genugzutun, er habe ihn selber Sendschreiben befördern lassen, welche ihn vor Bestrafung schützten. Und daraus folgerte sie, dass Diebstahl ohne Blutvergießen, wie ihn ihr Gatte stets betrieben, in Schweden für kein Hauptverbrechen gehalten werden dürfe, oder dass er zum Mindesten in dem Falle, wo sich eine Person ihres Ranges dabei beteiligt finde, die Nachsicht verdiene, zu der König Karl das Beispiel gegeben. Was sie angehe, der man niedrige Handlungen werde vorwerfen können, so glaube sie sich, sagte sie, durch die Verbindlichkeiten und Pflichten der Ehe gerechtfertigt. Sie habe ihren Gatten geliebt, ohne um den unseligen Beruf, dem er sich ergeben, zu wissen, und nach dessen Kenntnisnahme sei es nicht von ihr abhängig gewesen, ihm ihr Herz zu nehmen, welches er übrigens dank seiner liebenswerten Eigenschaften verdiene. Und alles, was sie habe tun müssen, seien Ermahnungen gewesen, sich eines für sie und ihn würdigeren Lebenswandels zu befleißigen; und das habe sie nimmer unterlassen.

Diese Einwände waren dem Gerichtshof von Upsala gegenüber zu schwach. Die Diebe wurden samt ihrem Oberhaupt zur Bergwerksarbeit verurteilt. Einzig die Hochachtung vor dem Vater bestimmte die Richter, die junge Dame davon auszunehmen. Man führte den Vorwand an, in ihrem Stande als Ehefrau sei sie in ein Verbrechen verwickelt worden, an dem sie wider ihren Willen teilgenommen habe. In diesem Wortlaute wurde das Urteil gefasst. Aber weder Vorstellungen noch Gewaltmaßregeln vermochten sie dahin zu bringen, von ihrem Gatten zu lassen. Sie benutzte die ihr zugestandene Freiheit nur, um sich nach dem Eingange in die Minen zu verfügen, durch den ihr Gatte schon mit seinen Mitschuldigen hinabgestiegen war; und in einem Entschluss, der alles schon Vorgebrachte an Erstaunlichkeit überbot, wartete sie, als sie sah, dass man Schwierigkeiten machte, sie in den Beförderungskorb, dessen man sich zum Hinabsteigen bedient, aufzunehmen, bis jemand hinabgelassen wurde und benutzte diesen Augenblick, um sich längs dem Seile hinabgleiten zu lassen, wobei sie sich die Hände zerfetzte und tausendmal Gefahr lief, sich in einem ebenso tiefen wie ungleichmäßigen und dunklen Loche den Kopf zu zerschlagen. Es hing von ihrem Vater ab, andere Maßregeln zu treffen, um sich dem zu widersetzen; und obwohl die die Entführung anlangenden Gesetze in Schweden minder streng sind als in mehreren anderen nordischen Staaten, hätte er wenigstens eine Ehe, welche jeglicher Art von Ordnung Hohn sprach, für nichtig erklären lassen können. Da die Ehre seiner Tochter jedoch rettungslos verloren war, verdross es ihn nicht, sie an einem Ort vergraben zu wissen, welcher sich nicht viel von einem Grabe unterschied.

Wenn auch ihr Gatte dort mit den mühseligen Arbeiten, die ja seine Strafe ausmachten, beschäftigt wurde, ward sie doch vonseiten der Bergwerksvorsteher und des Predigers mit viel Liebenswürdigkeit und Hochachtung behandelt. Und mehr noch ihre Aufführung als ihre Herkunft verdiente solche Auszeichnung. Sie duldete ihr Unglück, ohne sich von ihm niederschmettern zu lassen, und zog aus den Umständen ihrer Lage jeden Nutzen, der dem Vernichter ihrer Ehre und ihres Glücks zum Trost und zur Linderung gereichen mochte. Der dem Prediger abgestattete Besuch und die Tränen, welche der englische Reisende sie hatte vergießen sehen, hatten ein neues Missgeschick ihres Gatten zum Anlass, der, nachdem er einen Streit mit etwelchen Minenarbeitern gehabt und diese sehr misshandelt hatte, Gefahr lief, auf das Strengste bestraft zu werden. Die inständigen Bitten aber, welche der Reisende mit den ihrigen vereinte, erwirkten ihr die erbetene Gnade.

Nur eine Bemerkung sei erlaubt. Man muss wahrlich glauben, dass ein Weib solchen Charakters ein Vorbild für ihr Geschlecht würde abgegeben haben, wenn es das Glück gewollt, dass sie sich mit einem ehrenwerten Manne verbunden hätte. So wird unsere Liebe fast immer entscheidend für das Wesentliche unserer Aufführung, besonders für die der Frauen, weil sie selten in sich selbst die Kräfte finden, führerlos den Weg des Lasters oder der Tugend zu gehen.

Abenteuer eines Verzweifelten

Als vor einigen Jahren zwei Männer zwischen elf und zwölf Uhr nachts über die Pont-Neuf gingen, vernahmen sie die Stimme einer Frau, die in einer dringenden Gefahr zu sein schien, welcher aber ihre Angst selber oder eine heftige Leidenschaft die Kraft raubte, ihre Schreie weithin vernehmbar zu machen. Die beiden Fußgänger aber strebten eiligst in der Dunkelheit vorwärts und standen bald wie unbeweglich vor Erstaunen über das Schauspiel, welches sich ihnen bot. Ein schwaches Licht, das der Mond durch eine Wolke sendete, ließ sie eine Frau sehen, welche fortgesetzt mehr Schreckensseufzer als Schreie ausstieß, in die sich einige undeutlich gesprochene Worte mischten, durch welche sie um Gnade wenigstens für ihr Leben bat. Ein gutgewachsener und anständig gekleideter Mann trieb sie wider ihren Willen längs der Brüstung, und, nachdem er sie auf einen Schlag über die Mauer gebogen hatte, schien er willens zu sein, sie in die Seine zu werfen, als er, die Bewegung wechselnd und die Frau im Gegenteil zur Mitte der Brücke zurückstoßend, zu ihr sagte: »Geh, du bist nicht wert zu sterben!«, sich leicht auf die Mauer schwang und sich selber, ohne ein einziges Wort weiter zu sagen, hinabstürzte.

Nachdem all dieses so schnell vor sich gegangen war, dass die beiden Fußgänger keine Zeit gehabt hatten, sich von ihrer anfänglichen Überraschung zu erholen, veranlasste sie nun das natürliche Mitgefühl, alsbald nach den Treppen zu laufen, welche sich an verschiedenen Stellen längs dem Flusse befinden. Und sie entschlossen sich, bis zu den Fährschiffen zu eilen, welche den Quatre-Nations gegenüber sind, in der Absicht, sich ihrer zur Erleichterung ihres Vorhabens zu bedienen. Sie kamen dort tatsächlich glücklicherweise fast in demselben Augenblicke an, wo sie den Körper so nahe an sich vorbeischwimmen sahen, dass sie sich nicht täuschen konnten. Da sie indessen weder Ruder noch Ruderstangen in den Schiffen gefunden hatten, würden sie vergebens die Arme ausgestreckt haben, wenn sie nicht darauf verfallen wären, tiefer an das Flussufer hinabzusteigen bis zu den schwimmenden Kästen ähnelnden Rampen, auf denen man Wäsche wäscht. Nachdem sie ihre Absichten einander mitgeteilt, und dass die letzten Kästen beinahe mitten in der Strömung lägen, traten sie nahe genug heran, um nichts weiter nötig zu haben wie die Arme auszustrecken, um den Leichnam aufzufischen, der gerade von selber dahergeschwommen kam.

Ich gebe ihm diesen Namen, der ihm vielleicht zukam, da er sich in nichts von einem leblosen Körper unterschied. Nachdem man ihn jedoch einen Augenblick mit den Beinen nach oben gelegt hatte, ließ die Gewalt, mit welcher er eine Menge Wasser von sich gab, erkennen, dass noch nicht all seine Lebenskraft erloschen sei. Beinahe sogleich kam er wieder zu Bewusstsein. Er fragte seine Retter, wo er weile und durch welche Himmelsfügung er sich in ihren Armen befinde.

Alsbald erinnerte er sich selber aller Umstände seines Erlebnisses und dankte ihnen lebhaft für den Dienst, welchen sie ihm erwiesen hatten. »Wie schwach ist die Vernunft«, hub er zu ihnen in einem sehr ruhigen Tone an, »dass sie uns so übel in der Aufwallung einer heftigen Leidenschaft bedient! Aber, wenn Sie, ehe Sie mir so edelmütig zu Hilfe kamen, Zeugen meines Wahnsinns gewesen sind, so sagen Sie mir doch«, fügte er hinzu, »was aus der Unglücklichen geworden ist, die meinen Verstand verwirrte und eher als ich das schreckliche Los verdiente, dem ich mich aussetzte!«

Sie erzählten ihm alles, was sie gesehen und wie sie es bewerkstelligt hatten, ihm zu Hilfe zu kommen, ohne Zeit gehabt zu haben, seiner Gefährtin die geringste Aufmerksamkeit zu schenken. »Wehe«, entgegnete er seufzend, »sie ist der Sorge, die mich noch beunruhigt, nicht wert, aber, was macht's; wenn nur wenige Augenblicke seit meinem Sprunge verstrichen sind, werden Sie sie vielleicht auf der Pont-Neuf wiederfinden; helfen Sie ihr, nach Hause zurückzukehren, ich verzichte für immer darauf, sie wiederzusehen!«

Um ihn zu befriedigen, kehrte einer der beiden Retter nach der Pont-Neuf zurück; doch suchte er sie überall vergebens; auch erhob er, um gehört zu werden, vergeblich seine Stimme. Nachdem er niemanden hatte finden können, hörte er einige Leute, welche aus der Rue Dauphine kamen; er fragte sie, ob sie einer Dame, die zu Fuß und ohne Begleitung gewesen sei, begegnet wären, und vernahm von ihnen, dass sie eine solche an der Ecke ungefähr der Rue de Bussy unter dem Schutze der Wache gesehen, welche sie in ihrer Gegenwart gebeten habe, sie nach Hause zu bringen. Es war klar, dass sie die Gesuchte war. Er strebte alsogleich mit ebenso viel Lust, den Grund dieses Abenteuers zu erfahren, wie Eifer, seine Dienste fernerhin anzubieten, nach dem Kai zurück. Fand dort den unglücklichen Unbekannten an demselben Platze, wo er ihn verlassen hatte, jedoch hinreichend wieder hergestellt, um sich mit mehr geistiger Regsamkeit den Sorgen, welche seinem Zustande angemessen waren, widmen zu können. Als er erfahren hatte, dass die Dame in Sicherheit sei, bat er seine beiden Gefährten, ihm offen zu erklären, wer sie seien, um zu erfahren, ob er sie für ebenso fähig der Verschwiegenheit wie der Hilfsbereitschaft halten dürfe, und ob er ihnen in gleichem Maße Vertrauen schenken könne, wie er ihnen Dankbarkeit und Zuneigung schulde. Der eine gestand, er wäre Notar. Der andere war Intendant des verstorbenen Herzogs von *** gewesen und lebte, nachdem er sich nach dem Tode seines Herrn von seinem Amte zurückgezogen hatte, ehrsam von seinem Vermögen. Beider Berufe ließen auf Weisheit und Billigkeit schließen. Der Unbekannte zauderte nicht, sich durch ein längeres Geständnis auszusprechen.

»Ich bin glücklich«, hub er zu ihnen an, »solch ehrenwerten Leuten verpflichtet zu sein. Sie können mir noch nützen, und ich rechne darauf, dass all das Wichtige, welches ich Ihnen anvertrauen will, Ihnen das unverletzliche Gebot des Schweigens auferlegen wird!« Er nannte ihnen darauf den Namen der Dame, die all sein Unglück heraufbeschworen hatte, und indem er den Notar bat, sich auf der Stelle zu ihr zu verfügen, trug er ihm auf, sie wissen zu lassen, dass er glücklicherweise gerettet wäre, sowie ihr vorzustellen, es liege in ihrem eigenen Nutzen, sich über alle Ereignisse dieser Nacht ein ewiges Schweigen aufzuerlegen. »Sagen Sie dasselbe ihrem Vater«, fügte er hinzu, »denn ich denke mir, dass sie ihm in der ersten Bestürzung die Wahrheit teilweise enthüllt haben wird, und versprechen Sie ihnen meinerseits, dass sie, wenn sie fähig zu schweigen sind, niemals etwas von meiner Rache zu befürchten haben!« Darauf nannte er ihm eine nur wenig entfernt liegende Schenke, wohin er sich mit dem Intendanten begeben wolle, um seine Kleider zu trocknen und um sich instand zu setzen, damit er nach Hause zurückkehren könne, ohne dass seine eigene Familie sein Erlebnis argwöhnen möchte.

Nachdem sich der Notar sehr geschickt seines Auftrages entledigt hatte, stellte er sich an dem näher bezeichneten Orte ein. Er erzählte ihm, er habe Vater und Tochter tief betroffen vorgefunden, doch habe sie die Rede, die er ihnen gehalten, scheinbar sehr beruhigt, und ohne sich deutlicher auszudrücken, hätten sie die ihnen abverlangte Verschwiegenheit zugesichert. »Die Schändliche, Treulose!«, rief der Unbekannte, für einen Augenblick seiner Geistesabwesenheit nachgebend. »Durfte ich ihr Leben schonen? Welche Wut machte mich so blind, dass ich mich an meinem vergriff? Aber denken wir an keine andere Rache wie die Verachtung. Ich bin Ihnen zu sehr verbunden«, fuhr er fort, indem er seine beiden Retter anschaute, »als dass ich Sie im Unklaren über das lassen dürfte, was mich in den Abgrund stürzte, aus dem Sie mich gezogen haben; und wenn ich Sie billigerweise bitte, geheimzuhalten, was vor Ihren Augen geschehen ist, muss ich Ihnen doch von vornherein gestehen, dass ich Sie dessen für fähig halte. Hören Sie meine traurige und schimpfliche Geschichte:

Ich bin der erstgeborene Sohn einer sehr reichen Familie und würde längst in einer meiner Herkunft angemessenen Weise verheiratet sein, hätte mich nicht die Macht einer Leidenschaft, die ich nicht zu besiegen vermochte, allen Glücksvorteilen gegenüber unempfindlich gemacht. Ein Ungeheuer, von dem ich nur noch mit Abscheu reden darf, liebreizend genug, um angebetet zu werden, verführte mich vor etwa zwei Jahren; sie war die einzige Tochter eines damals in meiner Nachbarschaft wohnenden Arztes. Ich sah sie bei meinen Schwestern, durch deren Umgang sie sich sehr geehrt zu fühlen schien. Eine unaussprechliche Leidenschaft für sie keimte in mir. Sie hatte kaum ihr zwölftes Lebensjahr erreicht. Ich konnte meine Gefühle nicht vor ihr verbergen.

Ihre Antwort brachte mich keineswegs zur Verzweiflung, aber sei es, dass sie damals tugendhaften Herzens war, sei es, dass sie schon schlau genug war, ihre Vorteile auszunützen, sie stellte ihre Besuche bei meinen Schwestern ein und schien bestrebt zu sein mich zu meiden. Um ihr zu begegnen, wendete ich alle Sorgfalt an, und machte ihr, als ich Gelegenheit gefunden, mit ihr auf der Promenade zu sprechen, lebhafte Vorwürfe über ihr auffälliges Fortbleiben. Sie hörte mir zu, und wenn ich schon von ihrem Aussehen entzückt gewesen war, wurde ich's noch mehr von ihrem Charakter, denn als sie mir bekannt hatte, dass sie Zuneigung zu mir fühle, fügte sie hinzu, dass die Furcht, dieser allzu leicht nachzugeben, und gleichzeitig die genaue Kenntnis von der Ungleichheit unserer Herkunft und Glücksgüter, sie den Plan hätten fassen lassen, uns beiden nutzlose Nöte zu ersparen. Seit diesem Augenblicke würde ich ihr alles geopfert haben und bekannte ihr ohne Umschweife, dass kein Herz wie meines sich durch so schwache Widerstände abschrecken ließe. Doch gab sie meinen inständigen Bitten nicht nach. Mehrere Wochen verstrichen mit Suchen neuer Gelegenheiten, sie zu sehen. Verzweifelt, mich so hartnäckig abgewiesen zu wissen, versuchte ich mehrere Male, trotz dem Widerstand, den ich an der Türe fand, und den ich nur ihren Befehlen zuschreiben konnte, mir Zutritt in ihr Haus zu verschaffen. Als ihr Vater benachrichtigt ward, dass ich seinen Dienstboten gedroht hätte, Gewalt anzuwenden, beschwerte er sich bei dem meinigen. Doch weit entfernt meinen Absichten zu schaden, nutzte ihnen dieser Schritt in zweifacher Weise, weil er in mir den Gedanken, mich an den Arzt selber zu wenden, aufkommen ließ und er für immer den Argwohn meines Vaters beruhigte, dem verschiedene in der Folgezeit geschehene Vorkommnisse die Augen über meine Aufführung würden geöffnet haben.

Statt an die Ausführung meiner Drohungen zu denken, bat ich anständigerweise, den Arzt sehen zu dürfen, welcher mir solche Gunst nicht abschlagen konnte. Klagte ihn liebenswürdig an, mir einen tödlichen Schmerz dadurch bereitet zu haben, dass er gegen mich aufträte, ohne die Natur meiner Gefühle und Absichten zu kennen. Beinahe dreißig Jahre alt stände ich in einem Alter, wo man auf meinen Charakter und meine Versprechungen hinreichend bauen könnte. Nun denn, ich liebte seine Tochter mit den Gefühlen eines ehrenwerten Mannes und wäre bereit, ihm mein Wort zu geben, sie zu heiraten. Die Erlaubnis, sie zu sehen, welche ich ihn mir zu gewähren beschwur, könnte solche Hoffnung nur in mir reifen lassen. Schließlich stellte ich es ihm frei, ureigene Vorsichtsmaßregeln zu treffen, um sich von seiner Unruhe zu befreien und selber die Bedingungen zu stellen, welche das Heil seiner Tochter und mein Glück sichern könnten.

Diese Rede, in die ich alle Kraft legte, welche Ehre und Liebe einzuflößen vermögen, machte mehr Eindruck auf den Arzt, als ich zu erwarten gewagt hatte. Seine Einwände beschränkten sich auf die Besorgnis, meinen Vater zu beleidigen und sich den Groll eines Mannes zuzuziehen, dessen heftige Laune und dessen Einfluss er eines wie das andere kannte. Ich überzeugte ihn jedoch bald, dass ich ungebunden wäre, in meinem Alter ein Mädchen zu heiraten, das mir gefiele und dessen Tugend Glücksgüter hinreichend aufwöge. Wenn ich einige Schonung meinem Vater gegenüber zu beachten hätte, wäre es unschwer, dieser Pflicht nachzukommen, indem ich ihm meine Neigung und die Verbindlichkeiten, welche ich auf mich nehmen wollte, verschwiege. Sie könnten in gleicher Weise der Öffentlichkeit verheimlicht werden, ohne dass sie durch diese Umstände etwas von ihrer Kraft und Heiligkeit verlören. Eine so lautere und wahre Sprache verschaffte mir die Zustimmung des Arztes. Einzig legte er mir zwei Bedingungen auf: Erstens sollte ich, um ihm alle seine Zweifel zu nehmen, sogleich seine Tochter heiraten und zweitens während zweier Jahre auf die Eherechte verzichten, weil das Missverhältnis unserer Kräfte ihn für ihre Gesundheit fürchten ließ.

Meine Gefühle waren so rein, dass ich, ohne mich über seine Maßnahme, die meinen Wünschen eine so lange Wartezeit auferlegte, zu beklagen, mich allzu glücklich wusste, das Mädchen zu erlangen. Auf der Stelle verpflichtete ich mich zur Ausführung dieser beiden Punkte und legte einen Schwur darüber zu Füßen der Tochter ab, welche gleich mir über einen so wenig erwarteten Ausgang sehr befriedigt war. Um meine Besuche leichter zu ermöglichen, und um meine Maßnahmen meiner Familie zu verheimlichen, wurden wir eins, dass er sich in einem anderen Stadtteile ansiedeln solle. Ich nahm die Sorge auf mich, ihm ein bequemes Haus zu suchen und ließ das Gemach der Tochter mit ebenso viel Pracht wie Geschmack ausstatten. Der Tag, an welchem sie es bezog, wurde für unsere Hochzeitsfeierlichkeit festgesetzt. Alle auffälligen Festlichkeiten vermeidend, trug ich nur Sorge, dass der Schicklichkeit genug getan wurde und nichts Wesentliches bei der Trauung fehlte, die alle Süße meines Lebens ausmachen musste.

Sie werden sich über meine Zurückhaltung wundern, zumal in einem Jahrhundert, wo man sich so vieler Mäßigkeit nicht gerade rühmen kann. In den zwei Jahren, in welchen ich diese unselige Kette trug, habe ich mir nichts zuschulden kommen lassen, was meinen Versprechungen zuwider lief. Äußerst zufrieden mit der Freiheit, jederzeit eine angebetete Frau sehen zu können und mit zärtlichem Auge die Entwicklung ihrer Reize betrachten zu dürfen, erwartete ich ohne Ungeduld den Augenblick, an den ich mich gebunden hatte. Ich wendete all meinen Eifer an, ihren Gefallen an mir durch Zärtlichkeit und beständige Beteuerung meiner Liebe wachzurufen. Beschäftigte mich sogar ernsthaft damit, alles, was Erziehung und Weltkenntnis mich an Schönheitsgefühl und Einsicht hatten lernen lassen, in ihr wachzurufen, um sie für Herzens- und Geistesbildung empfänglich zu machen. Tagtäglich vermeinte ich zu bemerken, dass sie Nutzen aus meiner Sorgsamkeit zöge; darum hielt ich ihr die besten Lehrer und würde keinen Gegenstand in ihrem Gebrauche geduldet haben, wenn ich gewusst hätte, Hof und Stadt könnten sich auserlesenerer bedienen. Zwei ganze Jahre hatte ich, zurückgezogen von der Welt, den Freuden meines Alters und selbst dem Verkehr mit meinen Freunden, völlig in solcher Verzückung verbracht, stets nur darauf bedacht, allem auszuweichen, was mich von einem Orte fern halten konnte, wo ich alle Glückseligkeit vereint sah. Mein Vater merkte um den Wechsel meiner Aufführung und meiner Neigungen und bestürmte mich tausendmal, ihm ein Geheimnis zu enthüllen, welches ihn beunruhige. Er argwöhnte sogar, dass ich mich in einen kühnen Liebeshandel eingelassen habe; doch sein Argwohn ließ mich nur meine Wachsamkeit verdoppeln, und ich war stets glücklich genug, die seinige zu täuschen.

Als ich mich vor drei Tagen mit dem Arzte über die Gesundheit seiner Tochter unterhielt, welche mir kräftig genug zu sein schien, um ihm all seine Angst zu benehmen, erinnerte ich ihn daran, dass der zwischen uns ausgemachte Zeitpunkt sehr nahe sei und er keine ausschlaggebenden Gründe mehr habe, mir Widerstand zu leisten; es sei an der Zeit, mir meine wohlverdienten Rechte zuzugestehen. Sie war bei dieser Rede nicht zugegen. Der Glaube, welchen ich an ihre Unschuld hatte, würde mich gehindert haben, Vorstellungen in ihr wachzurufen, die ihr fremd erschienen wären. Wenn es mir einige Male eingefallen war, einige derartige Späße vor ihr zu wagen, hatte ich zu bemerken geglaubt, dass sie nichts davon verstünde; und ihre

Sittsamkeit achtend, sah ich mich gezwungen, den Ton zu ändern. Da indessen ihr Vater mir geantwortet hatte, er glaube auch, dass sie nunmehr so reif sei, wie er gewünscht, um sie mir ganz zu überlassen, machte ich keinen Hehl aus meiner Hoffnung, bald auch die Nacht wie am Tage bei ihr zu verbringen. Man schlug selber vor, unsere Lustbarkeiten durch ein Fest zu feiern, zu welchem mit meiner Einwilligung einige ihrer nächsten Verwandten eingeladen werden sollten, die ich widerspruchslos in unser Geheimnis eingeweiht wissen mochte. Ich ordnete die Vorbereitungen zu einem großen Abendessen an, welches morgen vor sich gehen sollte, und nachdem ich mir vorgenommen hatte, meinem Vater gegenüber anzugeben, ich wolle am Morgen verreisen, um acht Tage auf dem Landbesitz eines meiner Freunde zuzubringen, gedachte ich sie mit sehr viel mehr Wonne in der ersten Ausübung meiner Zärtlichkeit verstreichen zu lassen. Ich ging heute Nachmittag, ich muss es eingestehen, mit mehr Freude als gewöhnlich zu meiner sittsamen und unschuldigen Geliebten. Treffe sie nicht zu Hause an. Ihr Vater sagt mir, sie habe ihn um die Erlaubnis gebeten, nach dem Palais gehen zu dürfen, um sich dort einige Geschmeide auszusuchen; sie sei, von ihrem Diener gefolgt, in einer Mietkutsche fortgefahren, sei vor dem Essen noch bei einer ihrer Tanten und könne nicht vor zehn oder elf Uhr zurück sein.

Meine Ungeduld, sie zu sehen, und die Lust, ihr selber alles zu kaufen, was ihr gefallen möchte, treibt mich auf der Stelle nach dem Palais. Verbringe dort zwei Stunden mit vergeblichem Suchen. Ohne einen anderen Kummer, wie das beabsichtigte Vergnügen verpasst zu haben und fortgehen zu müssen, ohne den einzigen Gegenstand meiner Liebe gesehen zu haben, kehre ich zu ihrem Vater zurück und bin willens, sie hier zu erwarten.

Indem ich über die Freude nachdachte, die mir für den anderen Tag in Aussicht stand, und die mich im Voraus all meine Seligkeit ahnen ließ, vermeinte ich, dass mich nichts verpflichte, das solange hinauszuschieben, was ich schon am gleichen Tage gemessen könne. Mein selbstgefasster Entschluss, sie zu erwarten, war ein ganz natürlicher Vorwand. Ich teilte meine Absichten dem Arzte mit, der sie gerne gut hieß. Zu solchem entschlossen, bereitete es mir von Neuem Vergnügen, meiner Geliebten entgegenzugehen. Nachdem ich mir den Ort, wo sie weilte, hatte bezeichnen lassen, verharrte ich geduldig länger als eine halbe Stunde allein auf der Straße, da ich meinen Diener nach Hause geschickt hatte, um meine Abwesenheit durch eine Entschuldigung in günstigerem Licht zu zeigen, und wollte nicht eher erscheinen, als sie ihre Tante verlassen, weil ich ihre Unschuld stets zu schonen bestrebt war.

Endlich kam sie. Ihr Lakai hatte ihr eine Sänfte geholt, die sich auch sogleich in Bewegung setzte. Ich stand etwa zwanzig Schritte entfernt, um sie am Straßenübergange zu erwarten, und hatte schon den Mund geöffnet, weil ich die Träger anrufen wollte, als ich sie von selber stille stehen sah. Der Lakai hatte ihnen Befehl dazu gegeben. Er stand auf der anderen Seite der Sänfte, und sich zu seiner Herrin wendend, hörte ich, wie er sie inständigst bat, nach den Quai des Orfévres umzukehren. Versicherte ihr, es sei noch nicht zu spät, sie könne noch über eine volle Stunde verfügen. Nach einigen Schwierigkeiten und Furchtbezeigungen gab sie ihre Einwilligung. Die Träger gingen den ihnen vom Diener angegebenen Weg.

Wiewohl meinen Geist nichts ankam, was nach Furcht oder Verdacht aussah, genügte einzig die Neugierde, um mich zu bestimmen, ihr nachzugehen. Welches Geschäft konnte sie um elf Uhr nachts nach dem Quai des Orfévres rufen? Sorgsam zog ich mich in eine Türe zurück, um die Sänfte vorbeizulassen, und ihr in einiger Entfernung folgend, kam ich zugleich mit den Trägern auf dem Quai an. Sie machten vor einer ihnen bezeichneten Türe halt. Sobald ich sie in ihr hatte verschwinden sehen, zauderte ich nicht, heranzukommen, und ohne die geringste Frage an die Träger zu richten, die mich anscheinend für einen Bewohner desselben Hauses hielten, ging ich durch einen dunklen Gang, der mich nach einem Treppenaufgang führte.

Mit einiger Besorgnis stieg ich ihn hinauf und ließ mir das Geräusch derer, die vor mir hergingen, als Führer dienen. Sie ließen sich die Türe des zweiten Stocks öffnen und schlossen sie sofort hinter sich. Neugierig legte ich mein Ohr einige Augenblicke an sie. Das Misstrauen begann bereits sich meines Herzens zu bemächtigen und ich ward noch mehr durch die Stille um mich her beunruhigt, als ich es von dieser ganz anderen Entwicklung meines Schicksals geworden wäre. Ungeduld überkam mich; da ich jedoch noch andere Maßnahmen beachten wollte, klopfte ich sehr leise an und sprach ebenso mit einer kleinen Dienerin, welche mir öffnete. Ich fragte sie, ob Fräulein *** hier für länger weile, und sie antwortete mir, dass sie es nicht wisse, dass ihre Herrin aber nicht daran denke, junge Mädchen noch so spät in ihrem

Hause zu dulden. Dieser Ausspruch machte mich zittern. Als ich einige erklärende Worte, die ich die Kraft besaß, mit derselben Liebenswürdigkeit zu sagen, vollendet hatte, um mich zu vergewissern, an welchem schrecklichen Ort ich sei, fehlte nicht viel daran, dass meine Wut sogleich in Schreien und all den Gewaltausbrüchen sich Luft gemacht hätte, zu welchem mich dieses schändliche Abenteuer aufreizen konnte. Indessen drückte noch ein Rest von Hoffnung meine Aufregung nieder, ich erbat mir als einzige Gunst von der Dienerin, mich geräuschlos in das Vorzimmer eintreten zu lassen, wo sie sich auf Befehl aufzuhalten hatte. Ein ihr zugestecktes Goldstück bestimmte sie sogleich, mir gefällig zu sein; und sich einbildend, ich sei willens, mir ein Vergnügen zu verschaffen, machte sie einige Einwürfe, die ich unbeantwortet ließ. Ich bat sie einzig und allein mir zu sagen, wohin sich das Fräulein zurückgezogen habe; sie aber hatte es nicht sehr eilig, mir die Türe des Gemachs zu zeigen, welches seinen Eingang vom Vorzimmer aus hatte.

Soll ich Ihnen all meine Schande auseinandersetzen?

Ich näherte mich dieser Türe und die unvorsichtige Lebhaftigkeit, mit der man sich in dem Gemache unterhielt, überhob mich der Mühe, mich mit Horchen abgeben zu müssen. Ich war der Gegenstand dieser wichtigen Unterhaltung. Der elendste aller Männer lobte sich beifällig, mir Schande angetan zu haben, und beglückwünschte sich, etwas erhalten zu haben, was man ihm leider nur allzu lange verweigert.

Kurz, ich vernahm aus den Gesprächen dieses ehrenwerten Liebespaares, dass sie, nachdem sie sich länger als achtzehn Monate in bestimmten Schranken gehalten, welche die Furcht vor ihnen aufgepflanzt, diesen Tag erwählt hatten, um sich für solch einen langen Zwang zu entschädigen, und dass man mir nur die Reste von dem aufhob, was man in Liebe verschwendet hatte.

Denken sie sich meine Wut. Ich würde die Schändlichen augenblicklich erdolcht haben … Ich würde einen im Blute des andern ertränkt haben; aber eine feste und wohlverschlossene Tür schirmte sie vor meinem ersten Ingrimm. Ich nahm mir vor, wegzugehen und ihnen am Tore auf der Straße Bestrafung zuteil werden zu lassen. Ort, Stunde, alles sicherte mir eine vollkommene Rache. Ich verließ die Dienerin unter dem Vorwande, es würde mir zu spät, um noch länger zu warten. Als ich die Sänftenträger wieder gefunden hatte, welche ungeduldig an der Türe warteten, bezahlte ich sie eiligst und drängte sie, fortzugehen. Die Nacht war nicht so dunkel, dass sie mir meine Opfer verbergen konnte. Wenige Schritte vom Hausausgang stellte ich mich auf und jeder Augenblick, den ich auf sie wartend zubringen musste, verdoppelte meine maßlose Wut.

Ich hörte sie. Ihr Kommen verursachte mir eine grausame Freude. Wünschte, ich könnte sie mit einem Stoße zugleich durchbohren. Doch statt sie zusammen erscheinen zu sehen, erblickte ich nur meinen unwürdigen Nebenbuhler, der den Kopf nach dieser und jener Seite wendete, um die Sänftenträger zu erspähen. Ich hätte mich auf ihn stürzen und ihm durch tausend Verwundungen das Leben rauben können. Die Furcht, seine Genossin könne mir in der Zeit entschlüpfen, war der einzige Grund, der mich zurückhielt. Als er mich bemerkte, ergriff er plötzlich mit so großer Schnelligkeit die Flucht, dass ich nicht hoffen konnte, ihn einzuholen. Beklagte mich darüber bitter beim Himmel, indem ich ihn der Ungerechtigkeit zieh; und keine Maßnahme mehr innehaltend, stürzte ich mich gegen die Türe, um mich wenigstens des Hauptteiles meiner Rache zu versichern. Meine Schändliche, die mich zweifelsohne für ihren Liebsten hielt, trat mir auf der Schwelle entgegen. In einer unbeschreiblichen Erregung packte ich sie und unter der Drohung, sie zu erwürgen, wenn sie den geringsten Laut von sich gäbe, zerrte ich sie nach den Stufen der Brüstung, wo ich leichter auf sie hinauf zu besteigen vermeinte. Auf der Stelle hatte ich den Plan gefasst, sie zu ertränken. Ihr anfänglicher Schrecken und meine heftigen Gebärden sorgten dafür, dass sie mich im ersten Augenblicke nicht wiedererkannte; nachdem sie sich aber lange Zeit geirrt haben mochte, sank sie ohnmächtig in meine Arme. Ich ließ mich dadurch nicht im Entferntesten rühren, sondern fühlte, wie sich meine Wut bei der Schwierigkeit, sie in diesem Zustande vorwärts zu bringen, verdoppelte; die Anstalten, welche ich traf, um sie fortzutragen, ließen sie bald wieder zu Bewusstsein kommen. Sie stieß einige Schreie aus, welche in Anbetracht der Schwäche und Verwirrung, die sie bedrängte, nicht sehr laut gewesen sein können. Endlich erreichte ich die Brüstung und zwang sie, auf diese hinaufzusteigen.

Vielleicht vermutete sie mein Vorhaben noch nicht. Ich hatte nicht ein einziges Wort gesprochen. Als sie nun aber an der Bewegung, die ich machte, um sie an die Mauer zu drängen, merkte, dass ich mich ihrer entledigen wollte, wurde ihr Widerstand so hartnäckig, dass ich fast der Schwächere zu sein vermeinte. Sie packte mich am Arm, und solange an ihm zerrend, bis sie mich hinderte, ihn zu benutzen, sagte sie mit einer halb vor Angst erstickten Stimme alles, womit sie mich zu rühren glaubte. Ich antwortete ihr nicht, war hartnäckiger denn je darauf bedacht, mich von Schmach zu befreien, bediente mich meines anderen Armes, um sie über die Mauer zu biegen, und hoffte, sie leichter mit den Knien stoßen zu können. In diesem Augenblick glaubte ich, jemanden sich der Brücke nähern zu hören. Sie vernahm es gleich mir, und die Hoffnung, gerettet zu werden, verdoppelte ihre Kräfte. Ich merkte, dass ich meine Rache tatsächlich nicht ausüben könnte, die Verzweiflung bemächtigte sich meines Herzens, und es für ganz sicher haltend, dass man begierig sein würde, mich zu sehen und mir meine Beute zu entreißen, auch dass ich alsbald die Beschämung erleiden möchte, erkannt zu werden, und dass man vom folgenden Tage ab mein Abenteuer obendrein in allen Stadtteilen von Paris erzählt hören würde, fasste ich den unheilvollen Entschluss, mich selber hinunterzustürzen. Einen Augenblick schwankte ich noch, ob ich mich nicht meines Degens bedienen sollte, um mit einem einzigen Hiebe der das Leben zu nehmen, welche etwa über meinen Tod triumphieren könnte; doch vermeinte ich, durch Verachtung noch besser gerächt zu sein. Ich stieß sie mit einigen Ausdrücken, welche mir dieses Gefühl eingab, von mir und stürzte mich, meiner selbst nicht mehr bewusst, in den Fluss.«

Abenteuer der Miss B...

Miss B... war nur fünfzehn Jahre alt, als sie von ihrer Mutter in der Hoffnung nach London geführt wurde, dass eine sehr ausgezeichnete Erziehung, verknüpft mit den Reizen, die sie von der Natur erhalten hatte, in Ermangelung von Glücksgütern für ihre Versorgung ausreichen würde. Die Zurückgezogenheit, in welcher sie zwei Jahre über gelebt hatte, die man damit hingebracht, ihre alle Vollkommenheiten ihres Geschlechtes anzueignen, war schuld daran gewesen, dass sie in der großen Welt nicht bekannt war; erst als sie sich im dritten Winter öffentlich zu zeigen begann, ward sie auf einmal der Abgott der Männer und ein Gegenstand des Neides bei allen Frauen. Natürliche Lebhaftigkeit ihrer Einbildungskraft, unterstützt von einer reizenden Einfachheit, machte sie allen, die sich an ihrer Unterhaltung erfreuten, ebenso liebenswert wie ihr frisches Gesicht und die Schönheit ihrer Gestalt denen bewundernswert erschien, welche sie nur erblickten.

Mit welchem Vergnügen sah nicht ihre Mutter so ihre süßesten Wünsche sich selber übertreffen! Sie schmeichelte sich bereits, dass sie unter allen reichen jungen Leuten der Stadt nur für sie zu wählen brauche. Eines bescheidenen Freiers Vorschläge brauchten nicht angehört werden und der Reichste ohne Titel wäre nicht würdiger gewesen, sie zu erhalten.

Es gab dort bald keine öffentliche Gesellschaft mehr, auf der Lucinde nicht erschien. Sprach man von einem Ball? Man konnte sie sicher dort finden. Sie war als erste zu ihm eingeladen. Von einem Konzert? Einer Oper? Man konnte sicher sein, sie auch dort zu sehen. Sie war ebenso häufig auf der Promenade im Park wie in der Kirche. Wo sie sich auch nur zeigte, zog sie die Blicke der ganzen Gesellschaft auf sich. Unter den jungen Leuten war es, um in den Ruf eines Galans zu kommen, Vorschrift, ihr Artigkeiten zu sagen, ebenso wie es notwendig war, sich ihr anzuschließen und den Empfindungen nachzugeben, deren man sich nicht erwehren konnte.

Einer der eifrigsten war der junge Lord M.... Da er wenig mit Glücksgütern gesegnet war, schmeichelte er sich nicht, dass sein Titel ein Grund sei, sich zu den Vorgezogenen rechnen zu dürfen; nichtsdestoweniger war er von einer heftigen Leidenschaft entflammt, und beschloss sie, koste es, was es wolle, zu befriedigen. Eine prachtvolle Gestalt, Anmut des Geistes und der Gebärden, ein schon durch hundert Abenteuer, welche ihn bei den Frauen in Aufnahme gebracht hatten, bekräftigtes Ansehen, endlich jenes Verdienst, welches Auszeichnungen in der Galanterie zur Folge haben, verschafften ihm bald den Vorzug, der seine Nebenbuhler zur Verzweiflung brachte. Geschmeichelt, dass er sie hatte beiseite schieben können, verhehlte er nur ihrer Mutter seine Erfolge und glaubte sich seines Sieges gewiss, zumal er sie ebenso eifrig wie sich das Verhehlen begünstigen sah. Ich übergehe tausend Begebenheiten, an denen List ebenso viel Teil wie die Liebe hatte. Damals machten in London die Gesellschaften in Vaux-Hall Furore, welche der italienischen Oper folgten und demselben Bedürfnis wie sie entsprachen. Ein großer Garten, geschmückt mit einem Wäldchen und allem, was Vergnügungen begünstigen mochte, diente dem Hof und der Stadt zur Nachtzeit als Treffpunkt. Die Lust der Tanzereien und Gastereien dort wurde bei jedem Schritt durch das Licht einer verschwenderischen

Menge Fackeln und Geräusch jeder Art von Musikinstrumenten vermehrt. Man ließ es an Geschmack fehlen und es hieß sich der Welt begeben, wenn man nicht wenigstens einmal auf der Redoute von Vaux-Hall gewesen war. Miss B... hatte mehr Recht als jede andere, dort mit Glanz zu erscheinen, und ihre Mutter dachte nicht daran, ihr diese Freude zu versagen. Da es indessen an einem Orte, der durch viele Abenteuer von Tag zu Tag berühmter wurde, die Wohlanständigkeit zu wahren galt, hatte man alle Leute von verdächtigem Alter von dieser Partie ausgeschlossen. Also machte sie sie mit Graubärten. Wer würde nicht geglaubt haben, dass sie dies nicht über alle Befürchtungen gestellt und vor allen Verdächtigungen geschützt hätte?

Man sah dort tatsächlich nichts, was züchtige Augen hätte verletzen können. Aber der junge Lord wusste nur zu genau, dass man in Vaux-Hall sein musste. Es gab dort ein Wäldchen, und in diesem Wäldchen dunklere Alleen, bedeckte Promenadenwege, welche nicht so hell erleuchtet sein mochten. Dorthin begab er sich einzig zu dem Vergnügen, Miss B... von Weitem zu sehen, denn er wollte sich ihr wider ihren und ihrer Mutter Willen nicht nähern. Indessen fand er doch ein Mittel, ersterer zu sagen, dass er nur zwei Schritte von ihr entfernt sei und dass er nicht so nahe bei ihr zu weilen vermöge, ohne nicht einen Augenblick mit ihr zu sprechen. Er ließ sich zur selben Zeit am Ende einer Allee blicken und das mit so viel Klugheit und großer Vorsicht, dass sie die Einzige der Gesellschaft war, die ihn bemerkte. Warum sich weigern, ihm zwei Worte zu sagen? Doch einzig zwei Worte, denn mehr konnte man sich nicht erlauben. Ein Vorwand war schnell gefunden, und die dunklen Alleen hielten für tausend schwierige Lagen her. Es ist sicher, dass Miss B. nur einen Augenblick fern war. Indessen sah sich ihre Mutter vor Ende der Saison genötigt, mit ihr in die Provinz zurückzukehren. Man zählte neun oder zehn Monate seit der Nacht der Redoute bis zu ihrer Rückkehr nach London. An welchem Ort der Welt ist die böse Nachrede nicht da, um alles zu vergiften? Man hat Miss B... durch so viele böse Redensarten und ihren Ruf beleidigende Gerüchte verletzt, dass sie, um allem ein Ende zu machen, sich entschloss, einen alten Kaufmann zu heiraten, der sich glücklicherweise bereit fand, die Lästerungen für nichts zu achten.

Die, welche um die Wahrheit des Abenteuers wissen, haben es für Miss B... sehr glücklich gefunden, dass es Leute eines solchen Charakters auf der Welt gibt, und glauben, sie würde noch glücklicher gewesen sein, hätte sie nicht der Vorliebe für die Redoute nachgegeben.

Abenteuer eines jungen Landmädchens

Der junge Lord Amphile, welcher schon zu Lebzeiten seines Vaters von sich reden machte, als er im Alter von achtzehn Jahren mit einer Schauspielerin der Komödie ins Ausland floh, besitzt etwa drei Meilen von London einen sehr schönen Landsitz, um den seine hauptsächlichsten Güter herum liegen. Unter mehreren Pächtern gibt es dort einen sehr ehrenwerten und tüchtigen, der sich durch seiner Hände Arbeit einiges Vermögen erworben hat und, da er sein Weib verloren, mit einer einzigen Tochter zusammen lebt, die seinen ganzen Trost ausmacht. Diese Tochter, welche Louise hieß, galt für eines der liebenswürdigsten Frauenzimmer der Gegend und war nicht weniger schätzenswert um ihrer Klugheit willen als ihrer Schönheit wegen. Bei solchem Verdienst konnte es ihr nicht an Bewunderern fehlen, und mehrere ihrer Nachbarn hatten ihr bereits sehr günstige Anträge gemacht, aber sie hatte sich geweigert, sie ohne Einwilligung ihres Vaters anzuhören; da sie kaum siebzehn Jahre zählte, hielt sie sich noch für zu jung, um zu heiraten.

So lebte sie ruhig und in einer ihrer Schönheit entsprechenden Unschuld, bis Lord Amphile einige Wochen auf seinem Besitztum verbrachte, welches er seit fünf oder sechs Jahren nicht mehr betreten hatte. Bald hörte er von Louises Reizen reden, und nachdem er sich alles, was man über ihren Charakter sagte, hatte erzählen lassen, fasste er alsbald den Entschluss, sie zu sehen, um sie, wenn er sie fände, wie man sie ihm voller Freude schilderte, seinen Lüsten aufzuopfern. Er wählte dazu einen Tag, an dem, wie er sich hatte sagen lassen, der Pächter nicht zu Hause war, und vorgebend, dass der Zufall ihn hergeführt habe, um dem einen freundschaftlichen Besuch abzustatten, stellte er sich, wie wenn er es bedaure, nur seine Tochter anzutreffen. Als Louise erfahren hatte, wer er war, empfing sie ihn in einer unschuldsvollen Verwirrung, doch mit mehr Anmut und Höflichkeit, als er es von einer jungen Person ihres Standes erwartet hatte. Solches Benehmen befriedigte ihn ebenso sehr wie ihn ihre Schönheit entzückte.

Er unterhielt sich einige Zeit in ungezwungener und munterer Weise mit ihr, begrüßte sie höflich und verließ sie.

Von diesem Augenblicke an besuchte sie Mylord sehr häufig; doch sprach er nur unter vier Augen zu ihr von Liebe; und da er schnell zum Ziele kommen wollte, malte er ihr die Annehmlichkeiten Londons, wo er ihr vorschlug, mit ihm zu leben, auf das Glänzendste aus. Louise fühlte sich in gleicher Weise durch seine Eroberung wie durch die Aussicht auf so viele Vergnügungen geschmeichelt, indessen ließen sie das Gefühl der Ehre und das der Ehrfurcht, welche sie vor ihrem Vater hatte, ihre Liebe überwinden. Mit welcher Vorsicht Mylord auch seine Pläne ins Werk setzte, sie konnten doch der Aufmerksamkeit des Pächters nicht gänzlich entgehen, der deswegen sogar Misstrauen seiner Tochter gegenüber bezeigte und sie mit aller Macht der väterlichen Liebe ermahnte, ein geheimes Einverständnis aufzugeben, welches ihr sicherlich früher oder später verderblich werden würde.

Louise bekannte ihm teilweise die Wahrheit und versprach, seine Ratschläge zu befolgen. Doch Mylords häufige Besuche, seine Gewandtheit, die Vorzüge seiner Unterhaltungen wie die seiner Person triumphierten über ein argloses und unschuldiges Herz. Sie konnte es sich nicht versagen, ihn zu sehen, ihm mit Vergnügen zuzuhören, und in der festen Ansicht, sein Herz könne unmöglich eine andere Sprache wie seine Zunge reden, ließ sie all ihren Willen so sehr von ihm beeinflussen, dass sie vollkommen einverstanden war, die Flucht mit ihm zu ergreifen. Tag, Stunde, Ort, wo man zur Flucht sich treffen wollte, wurden mit solcher Vorsicht erwählt, dass man alles für unfehlbar hielt; doch einiger Verdacht, der in dem Pächter aufgestiegen war, ließ diesen die Zusammenkunft durch andere Maßnahmen vereiteln. Der in seiner Hoffnung getäuschte Mylord kehrte nach Hause zurück, ohne sich erklären zu können, von welcher Seite ihm die unvorhergesehenen Hindernisse entgegengestellt würden.

Noch überraschter war er am gleichen Tage den Besuch des Pächters zu empfangen, der ihm auf das Bitterste sein Vorhaben vorwarf, ihm Schande und Schmerz durch das Verderben einer lieben Tochter zufügen zu wollen, welche die ganze Freude seines Daseins wäre. So harte und gerechte Anklagen beschämten den Schuldigen. Er verriet sich durch sein Erröten und durch seine Verwirrung. Er suchte sich zu retten, indem er die Anklage ein Hirngespinst nannte. Und erklärte, nichts habe seinen Gedanken ferner gelegen, es habe ihm Vergnügen gemacht harmlos mit Louise zu scherzen, und es sei nichts weiter zwischen ihr und ihm vorgefallen. Der Pächter wünschte, dass er tatsächlich nicht weiter gegangen wäre, beschwor ihn tränenden Auges, edelmütig zu sein und einem armen Greise nicht das Einzige, welches seinem Herzen teuer wäre, zu rauben, und entfernte sich, ohne völlig beruhigt zu sein.

Wiewohl ein so rührender Besuch anfangs einigen Eindruck auf Mylords Herz gemacht hatte, war er doch zu verliebt und zu galant, um Menschlichkeits- und Tugendregungen über Leidenschaftsgefühle und über seine Lust am Vergnügen siegen zu lassen. Bereits am Abend desselben Tages fand er ein Mittel, Louise zu einer Zusammenkunft, die in seinem eigenen Hause stattfand, zu bestimmen. Da ihre Liebe ruchbar zu werden begönne, erklärte er ihr, sei es besser für sie, sich seiner Zärtlichkeit zu überlassen und ihr Ohr ihrem Vorteil zu öffnen, als immer wieder üble, neidische Reden anzuhören, ohne daraus irgendeinen Nutzen ziehen zu können; dass, was ihren Vater anlange, er diesem gern genug tun wolle, indem er ihm, seine Pachtung auf Lebenszeit schenke, und dass der gute Mann andererseits hinreichende Freude haben würde, wenn er seine Tochter immerdar geliebt und ihr Leben lang wie eine Königin behandelt werden sehe. Als Louise über die Kraft all dieser Reden nachdachte, legte man ihr Schweigen für eine stille Zustimmung aus. Man ließ einen so günstigen Augenblick nicht unbenutzt. Man umarmte sie, man versprach ihr zärtlich und ewig treu zu sein. Das Vergnügen, welches solch reizende Versprechungen ihrer Leichtgläubigkeit bereiteten, ließ sie vergessen, dass die Nacht herankam. Es war bald zu spät, um nach Hause zurückkehren zu können. Man bestürmte sie, die Nacht im Schlosse zu bleiben. Sie willigte ein. Leichtlich wird man urteilen, dass ihr Verderben nicht bis zum anderen Tage auf sich warten ließ.

Nachdem der traurige Pächter den ganzen Abend in tödlicher Unruhe verbracht hatte, erkannte er nur zu spät, dass er seine Tochter verloren habe. Man versicherte ihm am folgenden Tage, man habe sie bei Mylord gesehen. Er verliert keinen Augenblick, um zu ihm zu gehen, und besteht hartnäckig darauf, ihn zu sehen. Sein von Kummer zerquältes Herz erleichterte sich anfangs durch einen Tränenstrom, dann zu den bittersten Vorwürfen übergehend, warf er ihm die Beleidigung vor, die er ihm trotz seinem stärksten und unverbrüchlichsten Ehrenwort angetan. Mylord vermeinte dieser Kleinigkeit in einem Augenblick ein Ende bereiten zu können, und dem Pächter erklärend, dass er während seiner ganzen übrigen Lebenszeit keinen Pfennig Pacht von ihm verlangen wollte, fügte er hinzu, dass ihn eine derartige Güte zweifelsohne über eine kleine Verdrießlichkeit, die er ihm verursacht habe, trösten würde. Der tugendhafte Pächter aber wies das Anerbieten mit gerechter Entrüstung zurück: »Nein, Mylord«, hub er zu seinem Herrn an, »ich verkaufe die Ehre meiner Tochter nicht, noch lasse ich mir Schande und Ruchlosigkeit vergüten. Sie haben mir eine tödliche Beleidigung angetan. Meine Rache ist Verachtung; und ich erkläre Ihnen hiermit, dass ich Ihre Gunst ebenso verschmähe, wie ich Ihre Macht nicht fürchte. Meine unglückliche Tochter, die Sie getäuscht haben, werde ich nicht wiedersehen. Zu spät wird sie's bereuen, es an dem mir gebührenden Gehorsam haben fehlen zu lassen. Und was Sie, Mylord, anbelangt, so bete ich zum Himmel, er möge so an Ihnen handeln, wie er in seiner Gerechtigkeit und Weisheit über die zu Gericht sitzen muss, welche die Ehre und Ruhe der Familien ihren Ausschweifungen opfern und sich ein Spiel daraus machen, einem unschuldigen Greis den Schmerzens- und Tränenweg zum Grabe hin zu weisen!«

Nach solchen Worten kehrte er ihm, seine Tränen verdoppelnd, den Rücken.

Kaum sah Mylord, dass er sich entfernt hatte, als er sich diesen verdrießlichen Auftritt leicht aus dem Sinn schlug und Befehl gab, ihm einen Wagen mit sechs Pferden bereit zu halten, in welchem er sich auf der Stelle mit seiner Geliebten nach London begab. Seit sechs Wochen, die sie dort mit ihm weilt, kostet sie alle Vergnügungen, die es gibt, aus, doch wenn man nach dem Lose mehrerer anderer junger Mädchen schließt, die er eine nach der andern verführt hat, wird diese Glückseligkeit nicht lange währen. Bald wird es ihr Schicksal sein, den Fluten des Lasters dieser Stadt preisgegeben zu sein, und die Voraussage ihres Vaters wird sich nur allzu gewisslich bewahrheiten.

Seltsame Abenteuer eines Spaniers auf der Insel Jamaika

Auf Jamaika gibt es einen gebirgigen Landstrich, den die Engländer niemals betreten hatten. Man hielt ihn für wüst, weil der Erdboden dort unfruchtbar zu sein schien und die Zugänge außerordentlich schwierig waren. Er erstreckt sich etwa sieben Meilen im Umfang. Wird auf allen Seiten von einem Sumpf umgeben, der stets mit Wasser angefüllt ist, welcher Umstand vielleicht ebenso viel wie alles Übrige dazu beigetragen hat, bis damals den Zugang zum Gebirge zu versperren. Doch finden sich auf der Seite des Meeres, das nur etwa zwei Meilen fern ist, einige trockene Landzungen, welche nicht leicht von der übrigen Fläche zu unterscheiden sind, da sie nicht weniger von Kräutern und Schilf bestanden werden als die kotigsten und feuchtesten Stellen. Die englische Kolonie war noch nicht so umfangreich, als dass sie sich über die ganze Insel ausgedehnt hätte, darum war es nicht überraschend, dass dieser unzugängliche Teil bislang unbeachtet geblieben war. Man hatte sich, wie es immer bei Niederlassungen solcher Art zu geschehen pflegt, an den gelegensten und fruchtbarsten Orten angesiedelt. Sicherheit und Vorteil bestimmen gewöhnlich diese Wahl.

Ein Negeraufstand bereitete den Engländern ungeheure Schwierigkeiten. Da das Übel von Tag zu Tag schlimmer wurde, hatte man sich entschließen müssen, einige Kompanien von Soldaten, die man für genügend hielt die Hitze der Aufrührer zu dämpfen, von London abgehen zu lassen. Da sich jedoch die Bewohner von Port Royal den empfindlichsten Handstreichen ausgesetzt haben würden, wenn sie, um mit ihrer Verteidigung zu beginnen, die Ankunft dieser Hilfstruppen abgewartet hätten, ließen sie alle Leute die Waffen ergreifen, welche sie zu tragen fähig waren.

Die englischen Truppen Jamaikas waren in das Innere der Insel eingedrungen, um auf eine Schar Wilde Jagd zu machen, welche eine ihrer Plantagen bedrohte, und um einige Arbeiter zu schirmen, die beauftragt waren, am äußersten Ende des bebauten Landes eine Schanze aufzuwerfen. Obwohl der Feind an Zahl überlegen war, ergriff er bei ihrem Herannahen die Flucht. Dies genügte nicht, die Engländer zu beruhigen; denn da die Wilden sich ebenso leicht wieder zusammenrotten, wie sie sich zerstreuen, konnten dieselben Beunruhigungen alsbald wieder entstehen. Daher beschloss man, ihren anfänglichen Schrecken auszunutzen und sie so dringlich zu verfolgen, dass man eine bestimmte Anzahl von ihnen zu töten vermöchte, zumal man hoffte, ein wenig vergossenes Blut würde die Kühnheit, mit welcher sie sich jeden Augenblick zeigten, vermindern. Dieser Plan jedoch hatte nicht den von ihnen erwarteten Erfolg. Die Fliehenden entronnen mit größerer Schnelligkeit, als man sie verfolgen konnte, und die Unkenntnis der Wege machte die Engländer besorgt, sich allzu weit mit ihnen einzulassen.

Die Verfolgung hatte fast einen vollen Tag gewährt, und einzig das Herannahen der Nacht war ein triftiger Grund, von ihr abzustehen. Sie befanden sich am Rande des Sumpfes, welcher dem bereits erwähnten Gebirge benachbart liegt. Der Ort war günstig und die Jahreszeit milde genug, um es zu erlauben dort die Nacht zuzubringen. Sie zogen den Aufenthalt hier einem langen und gefahrvollen Marsche, den man in der Dunkelheit hätte machen müssen, vor. Nachdem man die Umgegend auskundschaftet hatte, benutzten einige Leute den Rest des Tages, um nach dem Sumpfe hinabzusteigen; der Zufall ließ sie auf eine der sehr trockenen Landzungen geraten und sie gelangten unvermerkt an den Fuß des Gebirges, von wo aus sie mit Wildbret beladen nach dem Lager zurückkehrten.

Die Nacht war sehr finster geworden und sie lagerten in aller Stille, als die durch ein außergewöhnliches Schauspiel erschreckten Wachen den ganzen Trupp durch Lärm aufrüttelten. Die Gebirgsfläche war auf einmal wie in Flammen getaucht. Man schaute eine Unmenge Feuer, die zum Himmel emporloderten und deren Zahl sich von Augenblick zu Augenblick vermehrte. Obwohl die Entfernung nur gering war, vermochte man unmöglich die Ursache dieser Feuersbrunst zu entdecken, und niemand konnte sich denken, dass dies an einem Orte, den man stets für verlassen gehalten hatte, ein Werk von Menschenhand sei. Andererseits wusste man auf das Genaueste, dass die Neger, deren Verfolgung man eben aufgegeben hatte, nach einer anderen Richtung geflohen waren. Die englischen Anführer, Mister Morton und Mister Aiglif, ließen es nichtsdestoweniger dabei bewenden, ihre Leute die Nacht unter Waffen bleiben zu lassen, und nahmen sich vor, am folgenden Morgen zu prüfen, welcher Art Gefahr sie zu befürchten hätten.

Während dieser Zeit beschlossen die Jäger, welche einige Stunden vorher den Sumpf durchquert hatten, zusammen auf demselben ihnen bereits bekannten Wege nach dort zurückzukehren. Da dieser Plan entgegen den Befehlen ihrer Vorgesetzten war, führten sie ihn heimlich aus. Einzig die Neugier bestimmte sie hierzu. Glücklicherweise fanden sie ihren Weg wieder, und nachdem sie bis an das Gebirge herangekommen waren, erkannten sie bald, dass die Flammen von den Wipfeln mehrerer hoher Bäume ausgingen, welche auf den Abhängen der Hügel zerstreut standen. Mut fehlte ihnen nicht. Sie stiegen im Zeitraum von einer Stunde, trotz der Schwierigkeiten eines Platzes von größter Rauheit, mit vieler Mühe hinauf.

Von den fünfzehn Leuten, die sie waren, stürzten unglücklicherweise zwei und kamen, in die Tiefen des Gebirges herabrollend, ums Leben. Die anderen dreizehn aber ließen sich durch solches Unheil nicht abschrecken und gelangten zu dem Fuße einiger der ersten Bäume, deren Licht ihnen als Führer gedient hatte.

Sie glaubten der erwünschten Aufklärung nahe gekommen zu sein. Indessen erblickten sie nichts in der Nachbarschaft der Bäume, was zu der geringsten Mutmaßung Anlass gegeben hätte; auch waren zu ihrem Verdruss die Bäume dieses Gebirgszugs nur auf den Wipfeln verästet und so konnten sie nicht mit Hilfe der Zweige auf sie hinaufklettern; auch vermochten sie am Fuße der Bäume die Flammen weniger gut zu sehen als aus der Entfernung, da diese das dichte Laubdach nicht durchdringen konnten. Den Ärger, den sie verspürten, einen solch anstrengenden Weg umsonst gemacht zu haben, veranlasste sie, eine Ladung aus ihren Gewehren abzufeuern, indem sie Bäume und Brände verwünschten. Sie zielten in das Blätterwerk, und einige ihrer Kugeln trafen so gut, dass sie eine schwere Maße zu ihren Füßen niederfallen ließen, in der sie alsogleich den Körper eines Negers erkannten.

Die Leser müssen bislang meinen, diese Erzählung habe ganz den Anstrich eines Märchens, doch vielleicht werden sie mit der Weise zufrieden sein, wie dieser Bericht die Dinge zur Wahrscheinlichkeit zurückführt. Angesichts der Leiche fühlten die dreizehn Abenteurer ihre Kühnheit sich verringern. Es war klar, dass dieser Mensch sich nicht allein im Gebirge befinden konnte, und dass nicht allein alle Bäume, auf denen man Feuer erblickte, wie dieser hier, einen Neger bargen, der es anfachte, sondern dass sich auch in der Nachbarschaft eine zahlreiche Schar der Wilden befinden müsste, die nicht ohne Absicht einen so seltsamen Entschluss gefasst haben konnten. Die Furcht, überrascht und von einer Überzahl überrannt zu werden, ließ die Engländer an den Rückzug denken. Sie nahmen die Negerleiche einzig deshalb mit, um ihren Gefährten ihr Abenteuer glaubhaft zu machen. Die Mühen, den Fuß des Gebirges wieder zu erreichen, welche beim Abstieg zu überwinden waren, hatten sie so lange unterwegs zurückgehalten, dass es beinahe Tag wurde. Als sie nun ihren Marsch beschleunigen wollten, hörten sie das Geräusch von mehreren Leuten, die das Gebirge hinter ihnen herabkamen. Während sie erwogen, ob sie die Stirne bieten oder die Flucht ergreifen sollten, wurden sie durch den Anblick der kleinen Anzahl Feinde, von denen sie sich verfolgt glaubten, wieder beruhigt. Sie bestand aus nur drei Personen, deren Aussehen und Bewaffnung keine Feindseligkeit verkündeten; sie erhoben im Gegenteil die Arme, als ob sie um Schutz bitten wollten.

Unsere Engländer empfingen sie sehr leutselig. Sie erkannten sogleich an ihrer Sprache,[1] dass es sich um drei Spanier handelte, und an ihren Freudenbezeigungen, dass sie Unglück ausgestanden hatten, von dem sie sich befreit glaubten. Bart und Haar des einen der drei war von einer wunderbaren Weiße, die weniger das Alter als seine Qualen bewirkt haben mochte, denn er war kaum sechzig Jahre alt. Die beiden anderen waren sein Sohn und seine Tochter, die noch in der Blüte ihrer Jugend zu stehen schienen. Der Sohn hatte eine hochgewachsene Gestalt, aber seine Hautfarbe war so braun, dass er sich wenig von einem Neger unterschied. Das junge Mädchen war im Gegenteil sehr viel weißer, als es Spanier für gewöhnlich sind, und obwohl sie äußerst seltsam gekleidet war, schien sie von bezaubernder Schönheit zu sein. Die Engländer wünschten auf der Stelle genau mit ihrem Abenteuer bekanntgemacht zu werden, doch der Alte gab ihnen zu verstehen, wenn sie die Freiheit liebten, dürften sie keinen Augenblick zu ihrem Rückzuge verlieren. Er hörte voll Freude, dass sie durch ein starkes Aufgebot von Truppen unterstützt wären, und bat sie dringlich, ihn zu ihrem Anführer zu bringen. Er umarmte auf dem Wege unaufhörlich seine Kinder und bezeigte seinen Befreiern auf jede nur denkbare Weise seine Dankbarkeit.

---

1 Die Engländer, die in Amerika leben, lernen gewöhnlich Spanisch sprechen.

Der Kolonel Morton, welcher die kleine englische Armee befehligte, war im Begriff, sein Lager abzubrechen, als man ihm meldete, dass dreizehn seiner Leute aus dem Gebirge zurückkämen. Die Freude, sie wiederzuhaben, ließ ihn an keine Bestrafung denken. Sie statteten einen Bericht ab, den man ihnen kaum geglaubt haben würde, wenn sie nicht gleichzeitig Beweis dafür geliefert hätten. Jedermann wünschte mit Ungeduld den alten Spanier zu vernehmen, von dem die Aufklärung so vieler Wunder abhing, doch die allgemeine Erwartung wurde enttäuscht, da er den Anführer bat, ihm insgeheim einen Augenblick Gehör zu schenken. Folgende Rede hielt er ihm dann:

»Der traurige Zustand, in welchem ich mich befinde, soll mich nicht hindern, Ihnen einzugestehen, dass ich ein Mann von einigem Ansehen bin. Die beiden mich begleitenden Personen sind mein Sohn und meine Tochter. Trotz der lebhaften Dankbarkeit, zu der ich Ihnen wie meinen Befreiern verpflichtet bin, habe ich auf dem Wege erwogen, ob ich Ihnen alle Umstände meines Abenteuers auseinandersetzen soll. Seit ich frei bin, muss ich über sie erröten; doch ließ die Härte meines Loses sie mich nicht vermeiden. Nichtsdestoweniger finde ich einen Mittelweg, der Ihrer Neugier Genüge tun wird; indem ich Ihnen meine traurigen Schicksale bekenne, werde ich Ihnen meinen Namen verheimlichen, um meine und meiner Kinder Ehre zu wahren.

Es mögen neun Jahre verflossen sein, seit mich ein Schiffbruch an die Küste dieser Insel warf. Ich war mit meiner Familie und dem größten Teile meiner Habe aus Mexiko abgefahren und wollte nach Spanien zurückkehren, welches ich in meiner Jugend verlassen. Ein günstiger Wind hatte uns bis an den Ausgang des Golfes geführt, als wir von einem so furchtbaren Sturme überrascht wurden, dass alle Schifferkunst nichts gegen ihn vermochte. Der Lotse benachrichtigte mich, dass das Schiff sich überall mit Wasser gefüllt habe und nur noch die Schaluppe Sicherheit gewähre. Ich ließ meine Reichtümer in Stich, um mein Weib und die sechs Kinder, die ich von ihr hatte, zu retten. Meine Diener trugen sie glücklich aus dem Schiff hinaus und ich stieg zu ihnen, ohne etwas anderes wie meine Matrosen und meinen Steuermann zu bedauern, die zweifelsohne in den Fluten umgekommen sind. Wir waren zu siebzehn in der Schaluppe und hatten einige Hoffnung, eine unbekannte Küste zu gewinnen, welche wir trotz der Finsternis zu entdecken vermeinten; doch das Meer trug unsere Last nicht lange. Ein neuer Ansturm der Wellen riss uns alle auf einmal in die Tiefe des Abgrunds. Meine Gattin kam dort mit vier meiner Kinder und acht unserer Diener um; mich sparte der Himmel für sehr viel längere Leiden auf. Es würde mir schwer fallen Ihnen zu sagen, durch welches Wunder ich aus den Fluten errettet wurde. Als ich wieder zu Bewusstsein kam, befand ich mich mit zweien meiner Kinder im Arm am Strande. Beide schauen Sie vor sich. Mein Sohn war zwölf Jahre alt und meine Tochter hatte das neunte eben vollendet. Ich hielt sie so an meine Brust gepresst, dass meine Arme mir nur mit Mühe gehorchten, als ich sie loslassen wollte. Vergebens suchten meine Augen ihre unglückliche Mutter und den Rest meiner armen Familie. Ich erinnere mich nicht mehr des Augenblicks, wo mich die Wucht der Wellen von dem trennte, welches mir das Teuerste war. Doch denke ich mir, dass die beiden Kinder, die ich rettete, mir am nächsten saßen und mich inmitten der Verwirrung und in äußerster Gefahr eine zärtliche Aufwallung nach ihnen greifen ließ.

Ach, wenn ich den Himmel für meine Rettung segne, geschieht's nicht mit der Freude, die seine Wohltaten einem einflößen! Welchen Nutzen habe ich aus dem Wunder gezogen, das er an mir geschehen ließ? Das Leben, welches er mir gelassen hat, lebe ich nur, um meine Verluste zu fühlen und um sie zu beweinen. Indessen hatte der Anblick der beiden Kinder, die mir blieben, die Kraft, meine Verzweiflung zu lindern. Stets hatte ich eine Vorliebe für sie gehabt. Ihre Tränen rührten mich und ließen mich daran denken, ihnen zu helfen. Als ich die Küste entlang eilte, um einige Fische zu suchen, die ihnen als Nahrung dienen konnten, bemerkte ich zwei im Wasser treibende Körper. In ihnen erkannte ich zwei meiner Diener. Sie schienen tot zu sein, aber ich unterließ doch keine Anstrengung um sie ans Ufer zu ziehen, und ich hatte die Genugtuung, sie beinahe zugleich die Augen aufschlagen zu sehen. Gerechter Himmel, es gefiel dir nicht, meiner Gattin und meinen teuren Kindern die gleiche Gunst zu gewähren! Mit welcher Glut forderte ich gleichwohl deine Güte heraus und wie viele Male wagte ich mir mit solcher Hoffnung zu schmeicheln!

Nachdem ich vierzehn Tage am Gestade zugebracht hatte, ohne es über mich zu vermögen, mich zu entfernen, stieg ich endlich, gefolgt von meinen beiden Leuten und meinen beiden Kindern, in die Berge. Wiewohl ich gar nicht wusste, in welchem Lande ich weilte, war mich doch noch nicht die geringste Furcht angekommen, es möchte wüst sein. So war ich, nachdem ich eine Strecke von mehreren Meilen zurückgelegt hatte, überrascht, auch nicht die Spur von einer menschlichen Niederlassung zu entdecken. Wir gelangten an den Rand dieses Sumpfes, wo es mir anfangs widerstrebte, etwas zu unternehmen, da ich nur einen sehr feuchten Boden und ihn auf der anderen Seite durch Berge eingesäumt sah. Dies letztere jedoch veranlasste mich, einen Übergang zu suchen. Ich baute darauf, von dem Gipfel irgendeines Berges könnten wir in den benachbarten Ebenen Häuser und Bewohner erblicken. Mit vielen Mühen durchquerten wir den Sumpf. Die, welche wir aufwendeten, die Berge emporzusteigen, erschöpfte vollends unsere Kräfte. Als Nahrung blieb uns nur noch ein kleiner Bestand getrockneter Fische. Müdigkeit, Hunger, Trauer ließen mich tausendmal bedauern, dem tobenden Meere entronnen zu sein.

Nichts erblickten wir um uns, was uns hätte veranlassen können, die geringste Hoffnung zu schöpfen, und wir verbrachten den Ausgang des Tages in einer tödlichen Unruhe. Doch wie ich des Abends die Augen nach dem Innern des Gebirges wendete, schaute ich eine dünne Rauchwolke, die von keinem sehr weit entfernten Orte aufwirbeln musste. Wir beeilten uns diesem Hoffnungstrahl nachzugehen; das Geräusch, welches wir im Vorwärtsschreiten vernahmen, gestattete uns keinen Zweifel mehr, dass wir in der Nähe eines bewohnten Ortes seien. Tatsächlich waren es Leute, die dort hausten, aber so rohe und wilde, dass wir nur in unserem äußersten Unglück in der Begegnung mit ihnen ein Heil zu sehen vermochten. Sie waren erschreckt, als sie uns erblickten. Doch beruhigte sie unsere Unterwürfigkeit wie unsere kleine Zahl. In der Dunkelheit hatte ich nicht entdecken können, dass ihre Hütte nicht die Einzige sei, wie ich anfänglich vermeint hatte; denn wenn ich mir gleich hätte denken können, dass ihrer auf der einen und anderen Seite so viele stünden, würde ich vielleicht erforscht haben, wem ich mich aussetzen wollte, indem ich mich in der Nacht genähert hätte, und die Klugheit würde mich veranlasst haben, uns erst am anderen Morgen vor ihnen zu zeigen. Ich hatte mich durch den Rauch täuschen lassen, den ich gesehen, und der meines Ermessens nur von einer einzigen Hütte aufsteigen konnte. Kurz, sei es Unglück oder Mangel an Einsicht, dieser unüberlegte Entschluss hatte den Fehl zur Folge, der mir heute Schande bereitet und den ich selbst nicht mehr mit der Notwendigkeit entschuldigen kann, die mich ihn begehen ließ. Nur zehn oder zwölf Wilde waren in dieser ersten Hütte. Aber während ich mich bemühte, ihnen durch Zeichen klar zu machen, dass wir ihrer

Hilfe bedurften, gingen einige fort, um ihre Nachbarn von unserem Kommen zu benachrichtigen. Im Nu waren wir von einer Menge dieser Wilden umgeben; und der Lärm, den man draußen machte, ließ darauf schließen, dass sie in noch viel größerer Zahl dort seien. Sie taten uns keine Gewalt an, aber ihre Bewunderung machte sich in einer sehr zudringlichen Weise kund. Meine Tochter, die damals alle Anmut und Reize der Kindheit besaß, zog besonders ihre Blicke auf sich. Ihr Kleid bestand aus einem Goldbrokat, welchem das Meerwasser keinen Schaden getan hatte, und ihr Kopfputz, der mit Diamanten geschmückt war, hob noch ihre natürliche Schönheit. Ich hielt sie an der Hand und sprach ihr Mut ein, als sie mir durch einige wilde Weiber entrissen wurde, ohne dass ich mich einem Tun, dessen ich mich am wenigsten versehen hatte, widersetzen konnte. Mich durchliefen in diesem Augenblick Gefühle, wie sie wohl nur von einem Vater empfunden werden können. Ohne mich zu besinnen, stürzte ich mich mitten in die Menge. Im Laufen warf ich sieben oder acht Wilde nieder. Holte meine Tochter ein und nahm sie in meine Arme. Niemand hinderte mich an meiner Bewegung. Ich glaubte im Gegenteil an dem Gemurmel aller Zuschauer zu merken, dass sie das Unterfangen ihrer Weiber verurteilten; vielleicht hatten diese nichts weiter geplant, wie ein Kind zu liebkosen, das sie liebenswert fanden. Doch väterliche Zärtlichkeit beruhigt sich so leicht nicht wieder. Meine Einbildungskraft malte mir alsbald alles aus, was ich für meine Tochter zu befürchten hätte, und in der Wallung solchen Gefühls fasste ich einen abscheulichen Plan, den ich ohne Säumen mit ebenso viel Glück wie Gottlosigkeit ausführte. Ich stellte meine Tochter mitten in den Kreis, den die Wilden bildeten, warf mich vor ihr auf die Knie und befahl meinem Sohn und meinen beiden Dienern ein Gleiches zu tun. Faltete meine Hände, neigte mein Gesicht zur Erde und stimmte ein langes Gespräch im Gebetston an, kurz, ich versäumte nichts von dem, was den Anschein einer wahrhaften Anbetung haben konnte, um meine Tochter als eine Gottheit hinzustellen. Da die natürlichen Regungen unter allen Menschen gleich sind, zweifelte ich nicht, dass die Wilden einen Gegenstand anbeteten; sie begriffen nun auf einmal, dass meine Feierlichkeiten eine Anbetung vorstellten, und ich schmeichelte mir ihnen eine diesem Glauben entsprechende Verehrung einzuflößen.

Mit Augen, die ihre Überraschung kündeten, sahen sie mich einige Zeit über an; aber ich bemerkte bald an ihrem Schweigen und ihren andächtigen Gebärden den Eindruck, welchen mein Kunstgriff auf sie gemacht hatte. Tatsächlich sah ich sie nach einem kurzen Gemurmel, durch das sie sich wahrscheinlich ihre Gedanken mitteilten, auf die Knie sinken und meiner Tochter dieselbe Ehrerbietung wie ich bezeigen, wie wenn sie das ihr eben zugefügte Unrecht wieder gutmachen wollten.

Dies ist das erste der Verbrechen, welches mich mein böses Geschick begehen ließ. Ich habe Ihnen in der Hoffnung ein Geständnis davon abgelegt, dass der Himmel diese freiwillige Demütigung für einen Beweis meiner Reue ansehen möge.

Es war mir hinterdrein ein leichtes, die Wilden in dieser selben Meinung verharren zu lassen; und der zweite Vorteil, den ich daraus zog, war, dass sie mich nach meiner Tochter am meisten achteten und ehrten. Und diese Neigung hat bei ihnen seit fast neun Jahren nicht nachgelassen. Ich muss Ihnen auch bekennen, dass ich zur besseren Ausführung meines Unterfangens, vom ersten Augenblick an Sorge trug, meine Tochter keine Nahrung öffentlich zu sich nehmen zu lassen, und sie hat solches Gebot stets streng einhalten müssen; die Wilden, leicht zu täuschen, waren mühelos zu überzeugen, dass sie lebe, ohne Nahrung zu sich zu nehmen.

Als ich in der Folgezeit merkte, dass sie eine besondere Verehrung für Feuer hatten, benutzte ich solche Verblendung, um das Band zu befestigen, welches uns an sie knüpfte, indem ich manchmal ein großes Feuer auf dem First der uns eingeräumten Hütte ansteckte. Sie ermangelten nicht zu glauben, dies sei ein Bündniszeichen zwischen ihrer alten und neuen Gottheit. Auch noch die seltsame Kleidung, die Sie an meiner Tochter schauen, erhielt sie von ihnen. Sie trugen jeden Tag Sorge, einen neuen Schmuck hinzuzufügen; und die Zartheit ihrer Gesichtsfarbe, die Sie nach einem neunjährigen Aufenthalt an einem solchen Ort, wie wir ihn verlassen haben, in Erstaunen setzen wird, verdankt sie ihrer beständigen Sorgfalt, sie vor den leichtesten Unannehmlichkeiten der Luft und der Jahreszeit zu schützen.

Ich will mich nicht mit der Beschreibung von Jener Sitten und Gebräuche aufhalten, die nichts Außergewöhnliches an sich haben, und die Sie von anderen Wilden kennen. Ihr Stamm ist nicht sehr volkreich, welches mich glauben lässt, dass er nicht sehr alt ist, und dass seinen Gründer der Zufall wie mich in die Berge geführt hat. Einfältig wie sie sind, war es mir, auch als ich ihre Sprache erlernt hatte, nicht möglich mir die geringste Klarheit darüber zu verschaffen. Nicht besser wussten sie, ob ihr Land eine Insel, noch wie sein Name, noch von welcher Ausdehnung es sei; ich hörte vorhin zum ersten Mal von Ihren Gefährten, dass ich auf Jamaika weile. Wenn Sie mich fragen, was mich so lange unter solchen Wilden zurückgehalten hat, so war es erstens die Unkenntnis dessen, was wir zu erhoffen hatten, wenn wir sie verließen, und die Furcht, uns noch schrecklicheren Übeln auszusetzen; zweitens aber würde es die Zartheit meiner Tochter nicht erlaubt haben, eine anstrengende Reise zu unternehmen, um ein unbestimmtes Ziel zu suchen. Ich war entschlossen wenigstens zu warten, bis sie zwanzig Jahre alt wäre. Soll ich noch einen anderen Grund hinzufügen, der uns vielleicht wünschen ließ, Europa niemals wiederzusehen? Ich fürchte durch ein so schreckliches Bekenntnis der günstigen Gefühle verlustig zu gehen, die Ihnen unser Unglück einzuflößen vermochte; aber ich handle aus dem Beweggrund heraus, den ich Ihnen bereits angab.

Nachdem die Schönheit meiner Tochter sich mit den Jahren gesteigert hatte, bemerkte ich, als sie das zwölfte Jahr überschritten, dass sie eine große Anzahl der jungen Wilden mit anderen Augen anblickten, als sie es bis dahin getan hatten. Ich konnte mich nicht darin täuschen. Ihre Sorgfalt, ihre häufigen Besuche, gar die Eifersucht, die ich unter ihnen aufkommen sah, und mehrere blutige Fehden, die sich ihretwegen abspielten, ließen mich fürchten, dass eine rohe Leidenschaft ihre Ehrfurcht früher oder später ersticken würde. Damals dachte ich ernsthaft daran, den Ort zu verlassen. Doch um meinen Unglücksfällen die Krone aufzusetzen: Ich wurde ernsthaft krank. Die Gefahr für meine Tochter deuchte mich sich dadurch äußerst vergrößert zu haben, denn wessen würde sie nicht gewärtig gewesen sein, wenn der Tod sie meiner Hilfe beraubt hätte? Ich glaubte mich gezwungen zu sehen sie zu verheiraten. Doch wehe, mit wem? Durfte ich eine Tochter, die ich mehr als mich selber liebte, einem elenden Wilden geben? Sollte ich sie einem meiner beiden Diener überlassen? Wie, die Tochter eines Mannes meines Ranges, die Gattin eines gemeinen Dienstboten werden? Dieser furchtbare Gedanke allein schon musste mich zur Grube bringen. Gedrängt von meinem Leiden und verstört in der Angst um meine Tochter, fasste ich den Entschluss, nachdem ich den Himmel unter strömenden Tränen angefleht, nachdem ich ihn zur Zeugenschaft für die grausame Notwendigkeit, in der ich verharrte, angerufen hatte, sie ihrem Bruder zu geben; so sehen Sie denn hier in ein und derselben Person Gattin und Schwester meines Sohnes.

Nicht so bald war meine Gesundheit wiederhergestellt, als ich meine Vermessenheit bitter bereute. Durfte ich so leicht all mein Vertrauen auf die Hilfe des Himmels verlieren, durfte ich ihn für weniger besorgt als mich halten, die Unschuld zu schirmen? Ich hatte nicht nur eine nicht wieder gutzumachende Sünde getan, sondern es lag nun auch nicht in meiner Macht, sie zu verhüten, denn meine Kinder nährten eine so heftige Leidenschaft eines für das andere, dass es mir unmöglich war, sie auf ihre Eigenschaft als Gatten verzichten zu lassen. Ich wundere mich manchmal über diese heiße Leidenschaft, die zurückzudämmen nicht mehr in meiner Gewalt stand. Dachte nach, ob die Natur empört sein könnte über einen Bund, der im Anbeginn der menschlichen Schöpfung notwendig gewesen sein muss; denn wäre es nicht so, verstünde man nicht, wie sich die Menschen hätten vermehren können. Aber ich bedurfte nicht langer Zeit, um mir wieder klar zu machen, dass, wie man auch die Vergangenheit deuten mag, dies heute göttlichen und menschlichen Gesetzen zufolge Sünde ist, ich also nicht unschuldig sein konnte. Wenn mir etwas als Entschuldigung gelten und mein Verbrechen in meinen Augen zu mildern vermochte, war es die Notwendigkeit unserer Lage, die nicht allzu verschieden von der der ersten Menschen war, denn ein unbesiegliches Gefühl des Stolzes erlaubte mir nicht, die Wilden und meine Diener als Menschen derselben Art wie mich anzusehen; infolgedessen war mein Sohn der Einzige, welcher der Gatte seiner Schwester sein konnte, als mich die Sorge in einer großen Krankheit zwang, sie einem von ihnen zu geben. Solcher Gedanke verringerte die Gewissensbisse ein wenig; aber er löschte auch meinen allernatürlichsten Wunsch, die Wilden zu verlassen, ganz aus, da ich diese Entschuldigung nur unter ihnen weilend aufrechterhalten konnte. Indessen gab es keine Rücksicht, welche mich heute Nacht erwägen ließ, ob ich die Gelegenheit ergreifen solle, uns wieder in Freiheit zu setzen. Ich hoffe einzig, dass Ehre und Religion Gründe von so großer Stärke sind, meinen Sohn und meine Tochter einwilligen zu lassen, aufeinander zu verzichten. Und um damit zu beginnen, sie durch die Schande dazu anzufeuern, enthüllte ich in ihrer Gegenwart die volle Wahrheit unseres Abenteuers.

Es bleibt nur noch übrig, Ihnen das Ende unserer Sklaverei und die Ursache dieser Feuer mitzuteilen, welche Ihnen nach dem Berichte Ihrer Gefährten einigen Schrecken eingeflößt haben. Zwei Wilde, die gestern am Rande des Gebirgs jagten, bemerkten mehrere Ihrer Leute am Fuße der Berge und kehrten sehr entsetzt über solch Schauspiel nach Hause zurück. Sie verbreiteten ihre Angst in allen Hütten und es währte nicht lange, bis der Bericht davon zu mir kam. Ich merkte sofort, dass die Fremden, die sie gesehen, Europäer waren; es seien bekleidete Menschen, sagte man, wie ich es vor neun Jahren gewesen sei. All mein Blut floss bei solch süßer Nachricht schneller; ich dachte nicht mehr über den mir triftig erscheinenden Grund nach, warum ich fernerhin mich bei den Wilden aufhalten sollte. Würde auf der Stelle aufgebrochen sein, wenn das Nahen der Nacht mich nicht in Sorge versetzt hätte, dass wir uns in dem Sumpfe verirren könnten; gezwungen also bis zum anderen Morgen zu warten, wollte ich nichts unterlassen, was unsere Hoffnungen bekräftigen könnte. Es fiel mir bei, dass Sie sich vielleicht vor dem Tage entfernen möchten, daher überredete ich die Wilden zu ihrer Sicherheit alle die Feuer anzuzünden, die Sie auf den Bergen gesehen haben. Außer dem Glauben, welchen sie in das Feuer als ihre Hauptgottheit setzen, wurde es mir leicht, ihnen einzureden, dass dies das einzige Mittel sei, Ihnen die Lust zu benehmen, sie anzugreifen. Sie beeilten sich in die Wipfel der Bäume zu klettern, um Ihnen Furcht einzujagen. Doch hegte ich im Gegenteil die Hoffnung, Ihre Neugier würde durch diese Brände erregt werden und Sie veranlassen, Ihren Abzug wenigstens bis zum Tage zu verschieben, um die Ursache hiervon zu erforschen. Ich war mit einem Haufen Wilder in einiger Entfernung, als ich die Büchsenschüsse hörte, die Ihre Leute im Gebirge abfeuerten. Sie erschreckten die Wilden tödlich, mich aber deuchten sie ein sicheres Zeichen für den glücklichen Wechsel meines Geschicks zu sein. Ich habe sie mit meinen Kindern verlassen, indem ich ihnen erklärte, ich wolle mich ihnen zuliebe der Gefahr aussetzen; war aber wohl versichert, sie niemals wiederzusehen und mich bald mit meinen Befreiern zu vereinigen, die ich wirklich am Rande des Sumpfes erblickt hatte!«

Diese Rede und die Dankbarkeitsbezeigung, von der sie begleitet war, riefen ein edelmütiges Mitleid in den Herzen der Engländer hervor. Sie standen von ihrem Vorhaben, aufzubrechen, nicht ab, da sie keine Ursache hatten, sich veranlasst zu sehen, die Wilden zu beunruhigen; doch auf Bitten der Spanier feuerten sie eine Salve ab, um die beiden Diener, die im Gebirge geblieben waren, zu benachrichtigen, wo sie ihren Herrn zu suchen hatten. Man sah sie bald hernach anlangen. Die Wilden waren nach ihrem Berichte sehr aufgeregt über das Geräusch gewesen, das sie gehört. Mister Morton schlug den Weg nach der englischen Kolonie ein, wo die Spanier auf das Liebenswürdigste und Hilfsbereiteste aufgenommen wurden, bis sie Gelegenheit fanden nach der Insel Sankt Dominika zu reisen.

Abenteuer einer schönen Muselmanin

Ein junger böhmischer Edelmann namens Werdinitz lebte seit mehreren Jahren in Sklaverei und tröstete sich darüber mit dem Glück, der Tochter seines Herrn zu gefallen, die ihm die Eroberung ihres Herzens nicht allzu schwer gemacht hatte. Ihr Aufenthaltsort hieß Hradisch, eine Stadt in Bulgarien. Unterstützt von seiner Liebe und der Hoffnung, seine Geliebte eines Tages überreden zu können, mit ihm die Flucht zu ergreifen, hatte Werdinitz alles daran gesetzt, das Vertrauen seines Herrn zu erwerben; und da er bemerkt hatte, dass diesen die Leidenschaft des Geizes völlig beherrschte, bemühte er sich insbesondere ihm eine gute Meinung von seiner Sparsamkeit einzuflößen. Und war darin so erfolgreich, dass ihn der Türke, nachdem er ihn mancherlei Prüfungen unterworfen hatte, für ebenso mäßig wie treu hielt; er nahm ihn eines Tages beiseite und gab ihm ein für einen Geizigen scheinbar sehr merkwürdiges Zeichen seines Zutrauens. »Ich habe«, hub er zu ihm an, »eine bessere Meinung von Ihrer Ehrlichkeit als ich sie von der irgendeines Türken habe. Außerdem haben Sie hier weder Freunde noch Verwandte, welchen Sie einen größeren Reichtum als mir wünschen könnten; diese beiden Erwägungen veranlassten mich Sie zu einem Auftrage auszuersehen, von dem all meine Lebensruhe abhängt. Gestehen Sie es mir offen, ob ich mich in der guten Meinung täuschte, die ich über Ihren Eifer und Ihre Redlichkeit gefasst habe!« Werdinitz antwortete ihm in einer Weise, die sie nur noch vergrößern musste. Alsbald umarmte ihn der Greis, indem er ihm die süßesten Schmeichelnamen gab, dann ergriff er ihn bei der Hand und führte ihn, sich mehrere Male, um sich zu vergewissern, dass er von niemandem gesehen würde, umschauend, durch verschiedene Winkel an ein Gemach, welches im entlegensten Teile seines Hauses lag, und öffnete seine Türe mit einem gewichtigen Schlüssel. Der Ort war dunkel und das einzige Fenster, welches ihm Licht spenden sollte, war mit einem starken eisernen Gitter verwahrt; er schien sich wenig von einem Gefängnisse zu unterscheiden. »Hier«, hub der Geizhals an, »halte ich mein Gold und Silber verschlossen. Ich habe ihrer ungeheure Mengen, welche die Frucht meiner Arbeit und Ersparnisse sind!« Und fortfahrend, mehrere Schränke zu öffnen, ließ er Werdinitz zahllose Reichtümer schauen. »Soll ich Ihnen gestehen«, sprach er weiter, »was mir zu meinem Glücke fehlt? Ich werde von der Angst gepeinigt, alles zu verlieren. Ich bedarf eines treuen Mannes, der mir die Sorge um meinen Schatz abnimmt, eines, der ununterbrochen über ihn wacht, der mich bei dem geringsten Geräusch benachrichtigt, kurz, jemandes, dessen Treue mich von meiner unaufhörlichen Unruhe befreit. Wollen Sie mir diesen Beweis Ihrer Zuneigung geben? Seien Sie versichert, dass es Ihnen an nichts gebrechen soll, und dass Sie mir nach meinem Gelde das Teuerste auf dem Erdboden sein werden!«

Werdinitz, der nicht ahnte, wozu ihn sein Versprechen verpflichten sollte, zauderte nicht sich ihm durch die fürchterlichsten Schwüre zu verbinden. Der Alte wiederholte sehr zufrieden gestellt den, welchen er bereits abgelegt hatte, ihn besser als er wünschen möchte dafür zu entschädigen; schloss sorgfältig alle Schränke ab, umarmte seinen Sklaven von Neuem, bat ihn das Geheimnis wie seinen Eifer zu wahren und ging aus dem Gemache, dessen Tür er alsogleich hinter sich versperrte.

Diese Überraschung – vielleicht die krauseste Wirkung, welche der Geiz jemals erzeugte – würde Werdinitz furchtbar gewesen sein, wenn ihm nicht eine ihm angeborene Entschlossenheit zu Hilfe gekommen wäre; denn in der ersten Verzweiflung, die er darüber verspürte, sich so grausam haben täuschen zu lassen, kam er in Versuchung, sich selber ein Leid anzutun und seinen Kopf an der Türe, die er nicht zu öffnen vermochte, einzustoßen. Andererseits besorgte er, sein Herr, der ihn im Augenblick, wo er sich zu Tisch setzen wollte, in seiner Furcht, man möchte hinter seine Schliche kommen, vielleicht nicht mitnahm, und eine günstige Stunde abwartete, um ihm, ohne beachtet zu werden, seine Leibesnahrung zu bringen, ließe ihn so lange nüchtern, dass schon allein der Mangel an Nahrungsmitteln seinen Tod verursachen müsse. Liebe, Schrecken der Einsamkeit, Furcht vor noch traurigeren Folgen, als die er sich auszumalen vermochte, alles tat sich zusammen, um ihn niederzuschmettern. In Wahrheit empfing er nach Verlauf von zwei Stunden den Besuch seines Herrn und einige ausgezeichnete Gerichte, welche ihm mit großer Vorsicht und schräg durch die kaum halb geöffnete Tür zugereicht wurden. Gleichzeitig ermahnte man ihn zur Wachsamkeit, zur Verschwiegenheit, zur Geduld und zu tausend Tugenden, die er widerwillig ausübte. Er hätte den Augenblick erfassen können, um sich eines Zwanges zu erwehren, dem er niemals beizustimmen bereit gewesen wäre; aber sich genau sagend, dass es bereits zu spät sei, und dass er sich nimmer beklagen könne, ohne seinen Geizhals zu ängstigen und sich infolgedessen einer furchtbaren Rache auszusetzen, ließen ihn diese Erwägungen den Entschluss fassen, seine Befreiung der Güte des Himmels oder einem günstigen Umstand, der sich mit der Zeit etwa ergäbe, anheimzustellen. Tatsächlich hörte er nach mehr als vierzehntägiger Qual in der Nacht ein Geräusch vor seinem Fenster, und die Augen zu solch unerwarteter Hilfe emporhebend, bemerkte er das Licht einer kleinen Laterne, mit der man sich längs der Gitterstäbe zu schaffen machte, wie wenn man erkunden wolle, ob irgendetwas in dem Gemach eingeschlossen sei. Wiewohl man den Ton einer Stimme, die sich noch dazu bemühte vernommen zu werden, kaum hören konnte, begriff er doch, dass man zu seiner Rettung dort weile; und als er sich genähert hatte, kam seine Freude seiner Überraschung gleich, da er seine Geliebte, die ihn begierig zu sehen versuchte, auf der Höhe einer Leiter erblickte.

Es ließ sich gut an, dass sie ihn zu sprechen und er sie zu hören vermochte, aber das Gitter trennte sie sehr wider ihren Willen; Plomby – dieser Name stand am Anfange ihrer späteren Aufzeichnungen – legte ihrem Geliebten über all die Aufregungen, die ihr seine Abwesenheit verursacht hatten, Rechenschaft ab. Anfangs hatte sie sich tausend düsteren Argwohnsregungen überlassen, und geübter sich Sorgen zu machen als Mittel zu finden, sich aufzuklären, hatte sie mehrere Tage lang in tödlichster Unruhe verbracht bis zu dem Augenblick, wo sie ihren Vater, dessen Handlungen sie sehr genau überwachte, mit den Vorsichtsmaßregeln eines Menschen, der beobachtet zu werden fürchtet, nur mit einigen, sich heimlich verschafften Lebensmitteln hatte nach dem Gemach gehen sehen; da hatte sie sich gedacht, dass er aus irgendwelchen Gründen ihren lieben Werdinitz dort versperrt hielte. Darauf hatte sie, um sich eine Leiter und die anderen Mittel, die sie angewendet hatte, zu verschaffen, nur der Hilfe irgendeines Sklaven bedurft. Dieser war bei ihr, und wiewohl sie wenig auf seine Treue rechnete, wollte sie sich lieber der Möglichkeit, verraten zu werden, aussetzen, als eine

Gelegenheit, sich aufzuklären, was sie auf andere Weise nicht hoffen konnte, unbenutzt zu lassen.

Werdinitz erzählte seinerseits der teuren Plomby alles, was er in der Einsamkeit erduldet hatte, und aus welchem Grunde er ihr ausgesetzt war. In ihrer Freude sich sehen zu können schmeichelten sie sich, dass die Liebe ihr Glück vollständig machen würde, und dass sie um jeden Preis ein Mittel finden würden, die Eisenstangen zu durchbrechen. Dies war ihre einzige Beschäftigung während mehrerer Nächte; doch als die Arbeit schon weit vorgeschritten war und der Liebhaber die Stunde erwartete, in der seine Geliebte die Arbeit vollenden wollte, sah er zu seiner lebhaftesten Überraschung an ihrer Stelle den Sklaven, der ihr Hilfe geleistet hatte, auf der Leiter erscheinen. Von ihm erfuhr er, dass seine Geliebte selbigen Tags gemäß den türkischen Sitten, das heißt, ohne darauf vorbereitet zu sein, verheiratet worden wäre; sie sei soeben ihrem Gatten, welcher der Gouverneur von Hradisch wäre, zugeführt worden. Trotzdem ließe sie Werdinitz beim Verlassen des Hauses sagen, nur mit tödlichem Missbehagen sähe sie sich gezwungen, der Gewalt zu weichen, sie würde immer nur ihn lieben, sie würde dem Gouverneur lange Zeit die Erfüllung der Ehepflichten versagen, sie bäte ihn mit Hilfe des Sklaven seine Flucht aus dem Gefängnis zu beschleunigen und ihr selber zu helfen, die Freiheit zu gewinnen, welches er vielleicht eher in ihrer neuen Behausung als in ihrem Vaterhause ermöglichen könnte, wenigstens sei das jetzt sehr viel notwendiger und müsse eiliger geschehen.

Es bedurfte keiner Überredung, um Werdinitz zur Ausführung all dieser Unternehmungen zu veranlassen. Die Eisenstäbe widerstanden den durch Liebe und Eifersucht beseelten Kräften nicht länger. Im Augenblick, wo er sich frei wusste und bereit war, fortzueilen, ward er durch missliche Gewissenszweifel aufgehalten. Er sah sich inmitten einer verschwenderischen Fülle Goldes und Silbers, die ihm in Wahrheit ja nicht gehörte, welche eines Tages aber seiner Geliebten durch die Rechte ihrer Geburt zukommen musste. Von ihr selber war er beauftragt, ihre Flucht ins Werk zu setzen, und ohne Geld konnte man in solchen Unternehmungen nicht erfolgreich sein. Kurz, er wollte es für sie verwenden; war es ihm da nicht erlaubt, eine beträchtliche Summe mit sich zu nehmen, um sie aus ihrer Aufregung zu befreien und sie für alle Hoffnungen zu entschädigen, welchen sie entsagen musste, wenn sie die Flucht mit ihm ergriffe?

Solche Gedanken bedrückten ihn lange. Es war für ihn nicht schwerer ein Schloss zu durchfeilen als Eisenstäbe, doch war sein natürlicher Edelmut das einzige Gesetz, dem er Folge leistete. Welchem Lose ihn auch Liebe und Glück aufsparen mochten, er beschloss ihre Gunst auf ehrlichem und tugendreichem Wege zu erstreben. Diesem Entschlusse sich fügend, kletterte er eiligst zum Fenster hinaus, um das Haus vor Ende der Nacht zu verlassen, und befahl dem Sklaven, der dort zurückblieb, er solle die Leiter forttragen und die Eisenstäbe so gut wieder einfügen, dass man seine Flucht wenigstens nicht alsofort bemerke.

Unglücklicherweise hatte der nicht dasselbe Zartgefühl. Da er dem Verdacht gemäß, der im Hause eines Geizhalses sich zu verbreiten nicht verfehlt, keinen Augenblick im Zweifel war, dass sein Herr an diesem Orte seine Schätze verwahre, vermochte er, sowie er sich allein sah, nicht der Lust zu widerstehen, sich durch einen Diebstahl, dessen man ihn seiner Meinung nach nimmer zeihen konnte, zu bereichern. Ein wenig Eifer würde ihn vielleicht gesichert haben, aber die Gier, alles zu sehen und seine Beute dadurch größer zu machen, nur, was ihn das Allerwertvollste zu sein dünkte, zu wählen, hielt ihn so lange auf, dass er von dem Türken überrascht wurde. Der Geizhals, der sich in seiner Leidenschaft nie eines ruhigen Schlafes erfreute, wachte um Mitternacht auf, und ohne anderen Grund wie seine beständigen, misstrauischen Gedanken überkam ihn das Verlangen, an die Türe seines Geheimzimmers heranzutreten. Das Ohr dem geringsten Geräusche öffnend, hörte er bald, dass man in seinem Gelde wühle. Schleunigst öffnete er die Türe und der elende Sklave erstarrte bei seinem Anblick vor Schrecken. Mühelos bemächtigte er sich seiner. Im ersten Wutanfalle würde er Kräfte genug gehabt haben, ihn mit eigenen Händen zu erdrosseln, wenn er nicht dessen Mitwisser hätte entdecken wollen. Er glaubte sich bis auf den letzten Heller bestohlen und bildete sich anfänglich ein, da er Werdinitz nicht erblickte, dass er mit diesem, den er hier hielte, zweifelsohne im Einverständnis stünde und bereits mit dem besten Teile seiner Beute das Weite gesucht hätte. Indessen erfuhr er nach manchen Wutausbrüchen und sprunghaften Fragen aus den Antworten des Übeltäters, dass er weniger unglücklich geworden wäre, als er vermeint hatte, und dass er nicht den geringsten Verlust erlitten. Diese Versicherung stimmte ihn ruhiger und er ließ sich alle Einzelheiten des Geschehnisses erzählen; dem Sklaven blieb zu seiner

Lebenserhaltung keine andere Hilfe als die Aufrichtigkeit, und er gestand ihm deshalb nicht nur sein Vorhaben, ihn zu bestehlen, sondern auch Werdinitz' Flucht, seine Liebschaft mit Plomby und den von ihr erhaltenen Auftrag, sie ihrem Gatten zu rauben, wenn er es vermöchte. Diese Erklärung machte nicht den von dem Sklaven erhofften Eindruck. Er ward anderen Tages grausam gepfählt.

Werdinitz erfuhr sein trauriges Schicksal bald, wie auch die Nachforschungen, die sein Herr anstellte, um ihn zu entdecken: ein neuer Anlass zur Furcht, der in einer gewöhnlichen Seele Mut und Liebe auf einmal erlöscht haben würde. Doch um ein nicht zu grausames Bild von seiner Lage auszumalen, will ich die Erklärung nicht weiter hinausschieben, dass ihm durch zwei äußerst günstige Umstände geholfen ward. Der eine bestand in der Stütze, die er an einem reichen befreundeten Kaufmann in Hradisch hatte, der, ein böhmischer Flüchtling, ihn stets nicht als Sklaven, sondern als einen Mann behandelt hatte, welcher sich in ihrem gemeinsamen Vaterlande einer besonderen Hochachtung erfreute; bei ihm hatte er eine Zuflucht gefunden, nachdem er aus dem Geheimzimmer seines Herrn entwichen war. Nicht allein sein Leben war in dessen sicherem Hause behütet, sondern er hatte dort auch noch den Vorteil, genau von allen Maßnahmen seines Herrn unterrichtet zu werden und konnte also die seinigen danach treffen. Die andere Hilfe bestand darin, dass, welche Geständnisse sein Herr auch dem bestraften Sklaven hatte entreißen können, dieser keines, was ihm Schande bereite, vorzubringen und ihn keines anderen Verbrechens zu zeihen vermochte, als dass er die Flucht ergriffen hätte. Und was die Befürchtung anlangte, dass seine Liebschaft mit Plomby und ihre gemeinsamen Absichten ihrem Vater bekannt geworden sein, so war er der festen Überzeugung, dies seien keine Aufschlüsse, die man sich einem Schwiegersohne mitzuteilen beeile, infolgedessen habe er weder etwas Gefährliches vonseiten des Gouverneurs zu befürchten, noch größere Schwierigkeiten darum bei dem Unternehmen zu überwinden, welches er plante.

Die Türkenweiber in Bulgarien ziehen einigen Vorteil aus der Nachbarschaft der Christenheit, da sie sehr viel weniger von der Außenwelt abgeschloßen werden als ihre Schwestern inmitten der Türkei; auch sind ihre Wohnungen nicht so sicher versperrt, dass ein neugieriger Reisender, der sich einige Hochachtung erwirbt, nicht manchmal die Erlaubnis erhielte, sie zu betreten. Wahrlich wird solche Gunst sehr selten und niemals in Abwesenheit des Hausherrn gewährt; aber es gibt eine große Anzahl reicher Türken, die gern des Öfteren die muselmännische Strenge mildern, um ihren Nachbarn zu beweisen, dass ihnen Höflichkeit und Freude an Geselligkeit keine unbekannten löblichen Eigenschaften sind. Daher kommt es auch, dass in allen Grenzprovinzen die Christensklaven mit sehr viel weniger Härte als in den entfernteren Gegenden behandelt werden. Als anderen Grund gebe ich noch an, dass sie fürchten, die Christen möchten in ähnlichen Fällen Gleiches mit Gleichem vergelten. Wie dem auch sei, der Gouverneur von Hradisch ging nimmer als ein harter und gewalttätiger Mann durch, sondern stand in dem Rufe, Fremde mit sehr viel Zuvorkommenheit bei sich aufzunehmen.

Auf dieser Tatsache baute Werdinitz seinen Plan auf, dessen er sich zur Befreiung seiner Geliebten bedienen wollte, und teilte ihn seinem Wirt mit, ohne dessen Beihilfe er ihn nicht ausführen konnte. Bemerkt muss werden, dass die Länge seiner Sklavenschaft weniger die Notwendigkeit als die Liebe bedingt hatte, denn nachdem er in den Kriegsläufen gefangen genommen und von seinem ersten Herrn nach Hradisch verkauft worden war, weilte er in keinem so abgelegenen Lande, als dass er seinen Verwandten nicht Nachrichten von sich geben und sich leicht Lösegeld hätte verschaffen können, wenn er nicht in Plombys Reizen und Zärtlichkeit einen hinreichend starken Grund gefunden hätte, dort festgehalten zu sein. Er hatte seinem Freunde, zu dem er sich geflüchtet, offen von seinem Herkommen und seinen Reichtümern gesprochen, und dieses Geständnis hatte ihm nicht wenig geholfen, sich dessen Neigung und Dienstbereitschaft zu sichern. So fuhr er denn fort, ihm sein Herz zu eröffnen und ihn um die Mitwirkung zu bitten, deren er zu seinem Vorhaben bedurfte. Diese bestand darin, ihm heimlich einen Reisewagen fertigen zu lassen, wie er eines Mannes seiner Herkunft würdig war, und diesen nach einem abgelegenen Orte in einiger Entfernung zu schaffen, wo er ihn besteigen wollte, um mit allen Merkmalen der Vornehmheit und anderer Sorgfalt, die ihn nicht als einen Sklaven erkennen ließen, in die Stadt zurückzukehren. Schwierigkeit bestand nur darin, böhmische Dienstboten aufzutreiben, die sich zu solcher Verkleidungsszene eignen mochten. Ein solch unüberwindliches Hindernis hätte genügt, um all diese Pläne umzuwerfen, doch erbot sich der Kaufmann, der ihm um jeden Preis behilflich sein und sich seine Freundschaft wahren wollte, in welcher er das einzige

Mittel sah, etwa wieder in die Heimat zurückkehren zu können, keck, sich selber als Dienstboten zu verkleiden. Und sogar seine Frau mit seinem Sohne und einer seiner Töchter, die als einzige Erwachsene von seinen Kindern für dies Unterfangen in Frage kamen, sollten sich verkleiden, und ihn selbst auf die Gefahr hin, dass ihnen etwas Arges zustoßen könne, begleiten. Zwei Bedingungen aber machte der aus: Erstens, dass er sich in einem von seinem Haus ganz abgelegenen Stadtteile niederließe, und zweitens, dass diese Verkleidungsszene nicht länger als zehn Tage dauern dürfe, weil er die Zeit seiner Abwesenheit für die einer Vergnügungsreise ausgeben wollte, die er mit einem Teil seiner Familie in einige benachbarte Dörfer zu machen beabsichtigte.

Der weniger kluge als tapfere und ehrenwerte Werdinitz nahm diesen Vorschlag in aller Dankbarkeit an und ließ sich, um seiner Eigenschaft eines böhmischen Reisenden, als welchen er sich ausgeben sollte, wenn er sich dem Gouverneur vorstellte, größere Wahrscheinlichkeit zu geben, einige Empfehlungsschreiben an verschiedene bekannte Leute in Hradisch ausstellen, Sie waren an mehrere Personen gerichtet, deren Verhältnisse der Kaufmann kannte, und da man in ihnen lediglich um einfache Höflichkeiten einem Manne von Rang gegenüber bat, der ihr Land aus Neugierde und, weil er es schätzte, bereiste, so meinten sie beide, ein so unschuldiges Hilfsmittel könne keine ärgerlichen Folgen nach sich ziehen. Da die Ausrüstung nur in eigenen Kleidern und Pferden von einigem Aussehen bestehen durfte, schafften der Kaufmann und sein Sohn schnell alles an, wessen man dazu benötigte.

Nachdem die Maßnahmen mit aller Klugheit, die solch kühnem Plane gegenüber angebracht, getroffen waren, kam Werdinitz endlich eines Mittags vor dem Tore von Hradisch an, nach böhmischer Sitte gekleidet und in Gefolge von seinen vier Vertrauten, die auch leicht für Leute seiner Gefolgschaft durchgingen. Wiewohl der letzte Friede schon vor einigen Monaten geschlossen war, sah er sich doch genötigt, lange auf die Anordnungen des Gouverneurs warten zu müssen, welchem man seine Ankunft gemeldet hatte. Die Besorgnis indessen, die ihm dieser anfängliche Widerstand hätte einflößen können, würde bald die Zuvorkommenheit und Güte des Gouverneurs zerstreut haben, der sich selber die Mühe machte, zu ihm zu kommen. Da er die türkische Sprache gut beherrschte, und er keinen anderen Reisegrund wie seine besondere Zuneigung zu der Türkei angab, kamen ihm von dem Tage an alle ehrenwerten Leute der Stadt in der liebenswürdigsten Weise entgegen. Sein Herr war einer seiner eifrigsten Besucher: Er nahm all diese Besuche mit ebenso viel Kühnheit wie Glück an, und der Kaufmann spielte seine Rolle nicht minder glücklich. Der Gouverneur, den er besonders durch Schmeicheleien für sich eingenommen hatte, versprach ihm, ihn am folgenden Morgen alles sehen zu lassen, was die Neugier eines Fremden reizen konnte. Tatsächlich zeigte er ihm die schönsten Punkte der Stadt und tausend Dinge, die Werdinitz Zeit gehabt hatte, ebenso gut wie er kennenzulernen. Doch erzählte der ihm nichts von seinen Frauen. Ungeduld überkam den Böhmen und er beschloss am selben Abend, sich anderen Tages Plombys Anblick zu verschaffen, ja sie etwa zu rauben.

Da er nur zugestimmt hatte, die Frau und Tochter des Kaufmanns als Dienstboten mitzunehmen, um seinem Einzuge einigen Glanz zu verleihen und er mit ihrem Vater übereingekommen war, am ersten Tage vorzugeben, dass er sich infolge der Reisestrapazen nicht wohl fühle, um somit Gelegenheit zu haben, sie ruhig in der Karawanserei sich aufhalten zu lassen, schlug er diesem vor, sie in sein Haus zurückzuschicken, aber zu erlauben, dass er seine Tochter vorher dem Gouverneur zu Gesichte kommen lasse.

Dieser Vorschlag war merkwürdig. Der Kaufmann, der sich schon allzu sehr auf alles eingelassen hatte, als dass er sich dem länger widersetzen konnte, beruhigte sich bei der genaueren Erklärung, die ihm Werdinitz über sein Vorhaben abgab. Es bestand darin, den Gouverneur mit vertraulicher Miene wissen zu lassen, er habe eine sehr verehrte Geliebte bei sich, die er ihrem Wunsche gemäß auf allen seinen Reisen mit sich führe; da ihr aber die Unbequemlichkeit der Wagen lästig zu werden beginne, denke er daran, sie in Hradisch zu lassen, von wo er sie bei seiner Rückkehr abzuholen willens sei. Da es natürlich nicht angehe, dass sie allein in einer Karawanserei bleibe, wolle er ihn bitten, ihr eine Zufluchtsstätte in seinem Harem zu geben; er zweifle nicht, dass er, wenn er ein anständiger Mensch sei, ihm diese Gunst gern gewähre, um ihn sich zu verpflichten. Wäre er das aber nicht, wäre er ebenso gern bereit, sie ihm zu gewähren, in der Hoffnung, einen Handel mit einer jungen Person anzufangen, die man freiwillig seinen Händen überlieferte. Werdinitz hegte noch die Hoffnung, dass es dem Gouverneur bei den Maßregeln, die er treffen wollte, unmöglich sein würde, die Züge eines Mädchens, welches er ihm in Männerkleidern zeigen wollte, wiederzuerkennen. Und sein Plan ging dahin, sich alsbald selber in Frauenkleider zu stecken und sich an ihrer Statt in das Serail tragen zu lassen; er schmeichelte sich sein Unternehmen mit anderen Kunstgriffen, deren Ausführung er sich vorbehielt, so glücklich durchzuführen, dass weder für ihn noch für den Kaufmann und dessen Familie irgendeine Gefahr zu befürchten sei. Nachdem er am Morgen erklärt hatte, dass er die folgende Nacht abreisen müsste, schlug er dem Gouverneur, als er mit ihm einen Tagesspaziergang gemacht, wirklich vor, mit ihm in seine Karawanserei zu kommen; und einige Schritte von ihr entfernt, erklärte er ihm alles, was er sich erdacht hatte. Weit entfernt sich drängen zu lassen, ging der Gouverneur mit Freuden auf seine Pläne ein. Er sah die junge Person an einem Orte, wo sich die Dunkelheit schon verbreitet hatte, und da sie ihr Gewand nicht ganz verändert, hatte man dafür gesorgt, dass sie eine besonders weibliche Stellung einnahm und einige Zeichen vorwies, die ihr Geschlecht zu erkennen gaben. Der Besuch währte übrigens nur einen Augenblick. Nachdem Werdinitz sie dem Gouverneur als seinen teuersten Besitz anempfohlen hatte, erklärte er des ferneren, sie würde sich in der Landestracht kleiden und, um die Neugierigen zu täuschen, in der Nacht in sein Serail gebracht werden. Sogleich nahm man Abschied voneinander. Der Kaufmann hatte alles für diese neue Szene Notwendige hergerichtet. Der als Weib verkleidete Werdinitz mit einem türkischen Schleier um den Kopf überlieferte sich zwei Sänftenträgern, während das Mädchen, dessen Person er vorstellte, sich bestrebte, ihn darzustellen, indem sie sich in seinen Wagen setzte und die Stadt verließ. Mühelos gewann sie ihr Vaterhaus wieder, wohin sie folgenden Morgens unangefochten zu ihren übrigen Angehörigen zurückkehrte.

So war der kühne Böhme auf sich selber angewiesen, um alle Schwierigkeiten seines Unternehmens zu überwinden. Er kam an der Türe des Serails an, wo es der Gouverneur nicht daran hatte fehlen lassen, Befehle seiner Aufnahme wegen zu erteilen. Einige alte Weiber, die ihn erwarteten, führten ihn in ein Gemach, in welchem er ihren Versicherungen gemäß mit allen nur erdenklichen Aufmerksamkeiten bedient werden sollte. Er unterließ es nicht, einige Zeichen von Traurigkeit und Langweile kundzutun. Man erklärte ihm, der Gouverneur würde es nicht unterlassen, in höchst eigener Person zu erscheinen, um sie zu trösten. Das hatte er vor allen Dingen befürchtet; da er aber auch diesen Umstand bedacht hatte, versicherte er auf natürliche Weise, er wäre entschlossen, keinen Mann bei sich zu sehen, und aller

Dankbarkeit zuwider, welche er dem Gouverneur schuldig zu sein glaube, würde er seinen Besuch bis zur Rückkunft desjenigen, welcher ihn in seinem Hause untergebracht habe, nicht annehmen. Diese Antwort wurde dem Gouverneur sofort mitgeteilt und verursachte ihm einiges Erstaunen und Bewunderung. Es schien fast, als ob er der Absicht gewesen, indem er ihn bei sich aufgenommen habe, ihn zu seinem Vergnügen ausnutzen zu wollen; diese weise Vorkehrung jedoch, die er keineswegs erwartet hatte, verpflichtete ihn, seine Wünsche aufzugeben, um wenigstens zu prüfen, ob sie geduldig in ihr verharre. Indessen ließ er all seinen Frauen befehlen, die Fremde als ein Wesen, das einige Zeit über ihre Gefährtin sein sollte, zu besuchen und freundlich zu behandeln. Neugier, Gehorsam und Verlangen nach Vergnügen führte sie fast alle zu ihr. Einzig Plomby hielt es nicht für angemessen, dort zu erscheinen. Die liebenswürdige und treue Plomby hatte dem Gouverneur seit ihrer Verheiratung grausamen Kummer verursacht. Er hatte von ihr noch nichts von dem, was eine Frau ihrem Gatten nicht verweigert, erlangen können, und es berührte ihn schmerzlich, die Ursache hierfür nicht entdecken zu können. Sein Alter bildete vielleicht eine; sie aber hatte ihrer stärkere wie ihre Liebe zu Werdinitz und die fortwährende Sorge, ob er ihr wohl die seinige bewahre. In gewissen Augenblicken hatte sie ihren Gatten durch ihren Widerstand solchermaßen gereizt, dass er schon mehr als einmal in Erwägung gezogen, ob er sie nicht zu ihrem Vater zurückschicken solle, und hatte ihr dies angedroht. Sie aber, die nichts sehnlicher wünschte, bemühte sich mehr und mehr, ihm durch alle nur erdenklichen Hass- und Verachtungsbezeigungen zu missfallen. Sein Befehl allein, eine Fremde höflich zu behandeln, genügte schon, sie den Entschluss fassen zu lassen, ihr keine Aufmerksamkeit zu erweisen, und dieser Grund allein hinderte sie, Werdinitz nach seiner Ankunft zu sehen. Doch da ihr mittlerweile der Gedanke gekommen war, diese sei etwa eine schöne Sklavin, die ihrem Gatten glücklicherweise den Rest der Liebe nehmen könne, die er für sie fühle, kam sie bald der Wunsch an, sie kennenzulernen. Allein trat sie ohne die mindeste Lust, den eheherrlichen Wünschen zu entsprechen, in Werdinitz' Zimmer ein. Sie erkannten sich im ersten Augenblick und in der ersten Aufwallung erwies sie ihrem Liebsten das Entgegenkommen, welches sie ihrem Gatten nimmer zugestanden hatte.

Vom selben Tage an berieten sie sich über die Mittel, wie sie ihre Freiheit baldigst durchsetzen könnten; aber die Ausführung aller

Maßnahmen, welche Werdinitz mit dem Kaufmanne getroffen hatte, sah man durch die Hinderungen, die sich durch die inneren Einrichtungen des Serails ergaben, verzögert. Er hatte zu ungelegener Zeit damit gerechnet, dass es den Frauen des Gouverneurs freistünde sich im Garten zu ergehen, um sich an der Nachtkühle zu erlaben; dann sollte sich der Kaufmann unter Beihilfe seines Sohnes mit zwei Leitern auf der anderen Mauerseite einfinden, da es ja, die Dunkelheit benutzend, ein leichtes wäre, sein Vorhaben auszuführen. Er wollte sogleich ein Gewand seines Geschlechtes anlegen, und die Gefährtin seiner Flucht veranlassen, ein Gleiches zu tun, um sich mit ihr in das Haus des Kaufmanns zu begeben, wo ihnen nichts zustoßen konnte, bis sie irgendein Mittel, nach Böhmen zu fliehen, gefunden hätten.

Unglücklicherweise war der Teil des Gartens, wo sich die Frauen in aller Ungezwungenheit aufhalten durften, durch ein sehr dichtes Gebüsch von dem getrennt, der an die Mauer stieß. Dieser Abschluss konnte weder leicht noch auf einmal durchbrochen werden. Wenn es sich nur um Geduld gehandelt hätte, sich hierzu Mittel und Wege zu verschaffen, wäre ein wenig Verzug kein so wichtiger Grund zur Betrübnis gewesen, aber es blieben noch zwei beängstigende Dinge zu befürchten, denen gegenüber Mut und List keine Hilfe gewährten. Eines war die Schwierigkeit, den Kaufmann wissen zu lassen, aus welchem Grunde man sich aufgehalten sehe, und ihm den Tag anzugeben, an welchem man die Mauer voraussichtlich übersteigen könne. Das andere, unvergleichlich schlimmere, war Werdinitz' Bart, welcher zusehends sprosste, was man unmöglich verbergen konnte.

Die Größe dieser letzteren Gefahr verpflichtete sie, ihre erste Sorgfalt ihr zuzuwenden; Werdinitz dachte schon daran, sich lieber die Haut abzuziehen als sich durch eine so törichte Schwierigkeit zu verraten. Da es indessen bei den Türkinnen Brauch ist, sich einen Teil des Kopfes zu rasieren, verlor Plomby nicht den Mut und nahm den Sklaven, welche sie dazu bedienten, einige Rasiermesser weg. Sie stellte es auch so geschickt an, dass sie sich noch vor Tagesschluss in ihrem Besitze befanden. Ihr Geliebter sah sich so umso besser geschützt, indem er sich bestrebte, absichtlich lange Haare zu tragen, um kundzutun, dass ihn in der vorgeblich ihn schwer bedrückenden Abwesenheit seines Herrn der Schmerz gegen Sauberkeit und Schönheit unempfindlich mache. Die Spuren seines Bartes, welcher nicht dichter war als er seinem

Alter entsprach, fielen, nachdem er rasiert worden war, weniger auf, als wenn er sich auch genötigt gesehen hätte, den Kopf zu rasieren.

Die beiden Geliebten hatten während einiger Tage keine andere Sorge im Auge zu behalten wie die, oft von den Frauen des Gouverneurs gestört zu werden, die sich wie Plomby der Gesellschaft der Fremden erfreuen wollten. Abends unterließen sie es nicht, in den Garten zu gehen, und immer einige Vorwände findend, um sich von den anderen abzusondern, suchten sie längs dem Gebüsch eine Stelle, welche minder schwierig zu durchdringen war, um sich früher oder später einen Durchgang zu verschaffen. Werdinitz entdeckte eine, welche glücklicherweise von dem Blätterwerk eines Bäumchens bedeckt war, dessen Holz ihm morsch genug zu sein schien, um nicht lange den Kräften seiner Hände Widerstand zu leisten. Jede Nacht brach er einige Zweige ab, und bald hatte er ein so großes Loch hergestellt, dass man auf der Erde kriechend hindurchzuschlüpfen vermochte.

Doch was fruchtete es ihnen, die Mauer erreichen zu können, wenn sie nicht die Zuversicht hatten, den Kaufmann mit den ihnen zur Flucht nötigen Hilfsmitteln dort zu finden? Das Glück war ihnen auch nach dieser Seite hin gewogen. Als sie eines Tages beieinander waren und sich ihren Besorgnissen überließen, meldete man ihnen einen fremden Kaufmann, welcher sich Eingang in das Serail verschafft hatte, um dem Gouverneur und seinen Frauen verschiedene Kostbarkeiten zu verkaufen; er ward zu ihnen geführt, wie er auch bei allen anderen gewesen war. Die Sorgfalt, die der Kaufmann auf seine Verkleidung verwendet hatte, hinderte Werdinitz nicht, ihn zu erkennen. Vorsichtig beredete er sich einen Augenblick mit ihm. Es genügte, um ihn Nacht und Stunde wissen zu lassen, in der sie mit Leitern und anderen Hilfsmitteln am Fuße der Mauer sein sollten. Der Eifer des Kaufmanns wird niemanden überraschen, wenn man sich erinnert, dass ihn außer freundschaftlichen Gründen eigener Nutzen dazu verpflichtete. Er versprach pünktlich und treu zu sein. Nichts schien den Hoffnungen des Liebespaares mehr im Wege zu stehen.

Doch wurden sie durch ein grausameres Unglück als alle vorhergehenden vereitelt. An dem Nachmittage, welcher der für ihre Flucht in Aussicht genommenen Nacht vorausging, unterhielten sich Werdinitz und Plomby sehr heiter in solch süßer Erwartung, nachdem sie geschickt die anderen Frauen von sich fernzuhalten gewusst, als ein alter Sklave, den sie sich verpflichtet hatten, ohne ihn ganz in ihr Zutrauen eingeschlossen zu haben, leise erschien, um ihnen mitzuteilen, dass der Gouverneur sie vom Vorzimmer aus belausche und mit äußerster Aufmerksamkeit ihrem Gespräche zuzuhören scheine. Sie hielten sich für verloren. Ohne sicher zu sein, dass ihnen nichts entschlüpft sei, was ihr Geheimnis und ihre Absichten hinreichend aufkläre, zweifelten sie nicht, dass diese Neugier des Gouverneurs die Folge einiges Misstrauens sei, zu welchem er einigen Grund habe, und dass folglich ein einziges Wort genüge, um sie zu verraten. In ihrer anfänglichen Verwirrung, vermeinend, ihnen bliebe nichts Besseres als der Tod übrig, dachten sie nur daran, ihn sich selbst zu geben oder sich wenigstens der Macht zu versichern, ihn sich geben zu können, und bewaffneten sich beide mit einem der Rasiermesser, derer sich Werdinitz bediente.

Glücklicherweise geschah nichts, was sie in ihrem Misstrauen und ihrer Furcht bestärken konnte. In Wahrheit hatte der Gouverneur, dem mitgeteilt worden war, mit welchem Eifer sie sich besuchten und welche Freude sie daran hatten, sich ohne Zeugen zu sehen und zu unterhalten, einige Lust verspürt zu erfahren, was sie sich in so langen und geheimen Zwiegesprächen mitzuteilen hätten. Er hatte an der Türe gehorcht, aber trotz aller Bemühungen nichts verstehen können. Da er nun bislang nicht die Erlaubnis erlangt hatte, die Fremde sehen zu dürfen, beschloss er an diesem Tage, die Erwägungen, die ihn daran hinderten, außer Acht zu lassen, öffnete die Tür und zeigte sich in aller Höflichkeit. Seine Miene, die von keiner Aufregung zeugte, beruhigte die beiden Liebenden. Da indessen einige Zeichen ihres Bestürztseins auf ihren Gesichtern zurückblieben, und sie während ihrer Zwiegespräche die eine fast beständig den Kopf niederbeugte, indem sie so tat, als ob sie über die Abwesenheit ihres Geliebten weinte, die andere ihre gewöhnlichen finstern und hartnäckigen Mienen zeigte, argwöhnte der Gouverneur, als er bei seinem Kommen die beiden Rasiermesser erblickte, sie wollten sich damit das Leben nehmen und fürchtete mehr für ihren Nachteil, als sie selber es taten. Er hütete sich wohl, ihnen diesen Argwohn mitzuteilen, und da er sich dachte, dass es für solch ein Übel, von dem er sie ergriffen glaubte, die süßesten Heilmittel gäbe, schlug er ihnen sogleich Vergnügungen vor, die seines Ermessens ihre Betrübnis zerstreuen konnten. Alle Frauen wurden herbeigerufen. Er ließ sie zusammen, indem er ihnen befahl, sich der Freude hinzugeben, und beauftragte im Geheimen seinen treuesten Sklaven, Plomby und die Fremde fortwährend im Auge zu behalten Das treue Liebespaar dankte dem Himmel für den glücklichen Ausgang ihres Abenteuers; erwartete nur die Nacht, um sich von allem zu befreien und harrte auf sie wie auf das Ende aller ihrer Leiden. Kaum war die Sonne untergegangen, als sie in den Garten eilten. Es fiel ihnen nicht schwer sich wie an anderen Tagen von den Frauen, die sie begleiteten, zu entfernen und sich ihrem Loch zu nähern. Hergerichtet wie es war, genügte ein Augenblick, um hindurchzukommen. Werdinitz verpflichtete seine Geliebte, es als erste zu durchkriechen. Die Sklaven aber, welche dem Befehl ihres Herrn gemäß, ohne bemerkt zu werden, einige Schritte hinter ihnen weilten, kamen eiligst herzu, als sie Plomby verschwinden sahen. Sie erschienen im Augenblicke, wo Werdinitz zur Erde gebückt ihr schnell folgen wollte und hielten ihn leicht in solcher Stellung zurück. Da sie den Schlüssel zu einer Türe hatten, welche beide Gärten miteinander verband, war es ihnen ein leichtes, sich auch Plombys sogleich zu versichern.

Ein Glück für sie und ihren Geliebten war's, dass sie nicht nach der Mauer geeilt war, denn so argwöhnte man ihren Fluchtplan nicht. Auch der von diesem Geschehen sofort unterrichtete Gouverneur dachte an nichts dergleichen, sondern versteifte sich auf seine anfängliche Besorgnis und zweifelte nicht, dass eine neue Regung der wildesten Verzweiflung oder etwa eine unheilvolle Geistesverwirrung sie zu einem solch sinnlosen Schritt veranlasst habe. Er befahl auf das Ausdrücklichste, man solle alles von ihren Händen fernhalten, was ihnen zu dem finsteren Vorhaben, welches er ihnen unterschob, dienlich sein könne. Dieser Schlag drückte so grausam auf Werdinitz, dass er zweifellos einen furchtbaren Gebrauch von seinem Rasiermesser gemacht haben würde, hätte man ihn nicht an solchem Tun gehindert. Ohne Trost und Hoffnung und noch mehr durch die Sorge vor der Zukunft als durch das Scheitern eines Planes, den er für unfehlbar gehalten hatte, bedrückt, blieb Werdinitz zurück; denn es blieb ihm nicht die geringste Aussicht, sein Unglück wieder wettmachen zu können, und da ihn fürderhin Plombys Hilfe, sein Geschlecht zu verbergen, versagt war, sah er nur zu gut, dass er früher oder später die Aufklärungen nicht abwenden konnte, welche ebenso gefahrvoll für sie wie für ihn waren. Die drei oder vier Sklaven, die er in seinem Zimmer sah, und welche mit der Mitteilung ihres Auftrages, ihn Tag und Nacht bewachen zu sollen, keineswegs zurückhielten, machten ihm jede Gewalt- wie Fluchtanstrengung unmöglich. Sein Schicksal dem Zufall überlassend, beschloss er schließlich eine heftige Erkrankung vorzuschützen, die ihm den Vorwand erlaubte, stets im Bett zu bleiben und so wenig Nahrung zu sich zu nehmen, dass, wenn er unmerklich von Kräften gekommen wäre, es weniger Anstrengung bedurfte, seinem Leben ein Ende zu machen, wenn er sich dazu genötigt sähe. Er verharrte bei diesem Vorhaben, und da niemand daran dachte, sich diesem zu widersetzen, brachte er tatsächlich fünf oder sechs Wochen im Bett zu, ohne zu dulden, dass man sich ihm tagsüber nähere; und mit Mühe war er dahin zu bringen, am Abend in der Dunkelheit einige leichte Nahrungsmittel zu sich zu nehmen.

Während dieser Zeit erhielt er keinerlei Nachrichten von Plomby, welche mit nicht minderer Sorgfalt bewacht wurde. Schließlich beschloss der mehr als je über ein so außergewöhnliches Benehmen erstaunte Gouverneur, ihn aufzusuchen und ihn allen Widerständen zum Trotz zu zwingen, die Hilfe der Heilmittel in Anspruch zu nehmen. Ohne sich haben anmelden zu lassen, betrat er Werdinitz' Zimmer, und ihn in seinem Bette antreffend, erblickte er ihn zu seiner höchsten Überraschung mit einem üppigen Bart versehen, der ihn weniger einem Weibe als einem wilden Tiere ähnlich machte. Sei es Schrecken, seien es andere Ursachen, denen man nie ganz auf den Grund gekommen ist, der arme Gouverneur wurde von einem heftigen Schlage getroffen. Die Sklaven, welche mehr auf seinen Unfall als auf dessen Gründe achtgaben, trugen ihn sterbend hinweg und sahen selber den verhängnisvollen Bart nicht, den Werdinitz täglich mit viel List vor ihnen verborgen hatte.

Als der Gouverneur gestorben war, ohne wieder so viel Bewusstsein erlangt zu haben, dass er seine letzten Verfügungen zu treffen vermocht, sah sich Plomby als die einzige seiner Frauen, die er rechtmäßig geheiratet hatte, umso freier, da die Kinder ihres Gatten sich an Orten aufhielten, die weit entfernt von Hradisch lagen; es war demnach niemand da, der ihr die Machtvollkommenheit streitig machen konnte.

Sie bediente sich ihrer alsbald, um sich zu Werdinitz zu begeben, den sie höchst eigenhändig rasierte, so dass, nachdem er wieder die Frauenkleider angelegt hatte, in welchen man ihn gewöhnlich gesehen, kein Türke sein Geschlecht und sein Abenteuer argwöhnte. Endlich ließ sie im Einverständnis mit ihm den Kaufmann benachrichtigen, er möchte ihn aus dem Serail abholen, unter dem Vorwande, dass er als Böhme einige Sorge für eine Frau seines Landes tragen müsse.

Das einzige Hemmnis, welches für Plomby noch bestand, war die Furcht vor ihrem Vater, in dessen Gewalt sie, wenn sie das Serail verließ, zurückkehren musste. Sie würde es haben versuchen können, Hals über Kopf mit ihrem Geliebten nach Böhmen zu reisen, aber eine so bedeutende Erbschaft, wie sie ihr einstmals zukommen musste, verdiente abgewartet zu werden, und Werdinitz selber hatte sich einem so wichtigen Grunde gefügt. Überdies hatte man hunderterlei Gefahren zu laufen, wenn man kühn den Weg über Ungarn nahm, welches das nächste christliche Land war, und nur der Kaufmann, ein älterer und erfahrener Mann, war ein passender Führer, um die Schwierigkeiten zu überwinden. Man musste ihm also Zeit lassen seine Angelegenheiten zu regeln, und vor allem Werdinitz die geben, nach Prag zu schreiben, um für die Rückkehr eines Mannes günstig zu wirken, dem er bereits allzu sehr verpflichtet war. Man entschloss sich also zu warten und Plomby kehrte ruhig zu ihrem Vater zurück, nachdem sie ihre Pflichten im Serail erfüllt hatte.

Doch geschah es nicht, ohne mit ihrem Geliebten vorher die Mittel und Wege, wie sie sich sehen könnten, ausgemacht zu haben. Sie gestalteten sich leichter, als sie es zu wagen gehofft hatte, da sie ihren Vater bereitwillig fand, Werdinitz zu verzeihen, den er gerne wiederzusehen wünschte. Seine Flucht hatte ihn zu wenig aufgeregt, als dass nicht die Erinnerung an seine Treue und Anhänglichkeit es über ihn vermocht hätte, ihn zu lieben. Er tat fortwährend seine Verwunderung über einen Sklaven kund, der aus seinem Zimmer geflohen war, ohne seine Schätze anzurühren, und während eines dieser Hochachtungs- und Dankbarkeitsausbrüche fragte er seine Tochter, ob es wahr sei, dass sie jemals eine Zuneigung für ihn gefühlt habe; wenn er ihn von guter Herkunft gewusst und wenn er Anhänglichkeit an die Religion Mohammeds an ihm bemerkt hätte, würde er ihn ohne Weiteres zum Schwiegersohn gewählt haben. Sie erzählte ihm, was sie nach seinen und des Kaufmanns Aufklärungen von seiner Herkunft wusste. Was die Religion anlangte, so verpflichtete sie sich, ohne sich der Gefahr begeben, etwas zu versprechen, einzig, sie würde alles daran setzen, einen Muselmann aus ihm zu machen, und flößte ihrem Vater als neuen Beweggrund das Verlangen nach dem Verdienste ein, einen Mann zu bekehren, den er seiner Schätzung würdig fände.

So wurde denn Werdinitz in das Haus seines Herrn zurückgerufen und mehr als ein Sohn wie als ein Sklave aufgenommen. Der Alte aber, der sich hauptsächlich vom Geiz, weniger von außergewöhnlichen Regungen der Güte bestimmen ließ, fühlte sich immer schwächer werden, und da er nicht mehr fähig war über seinen Schatz zu wachen, beschloss er, sich in das Gemach tragen zu lassen, in dem er ihn eingesperrt hatte, und ließ es sich als einen Wohnraum einrichten, den er nicht mehr zu verlassen vermochte. Werdinitz ward unumschränkter Herr des ganzen übrigen Hauses, und um sich fortgesetzt des Vertrauens des Alten zu versichern, trug er Sorge ihm die Säcke Silbers und Goldes zuzutragen, die er in all seinen Lebzeiten von seinen Einkünften erspart hatte. Diese Arbeit tat er für sich selber. Der Tod befreite endlich den Alten von seinen Besorgnissen und sein ganzes Haus von einem allzu langen Zwang. Sterbend vermachte er Werdinitz seine Tochter und all seine Schätze unter der einzigen Bedingung, dass er ein Muselmann würde.

Es handelte sich nun darum, dieses Gebot zu umgehen, welches zu deutlich und öffentlich geschehen war, als dass es leichtfertigerweise hätte umgangen werden können. Die Rücksicht, die man auf Plomby um ihrer ersten Heirat willen noch in der Stadt nahm, und Werdinitz' Freigebigkeiten erhielten sie einige Zeit in der Hoffnung, die Häupter der Religion für sich zu gewinnen. Werdinitz aber, der Zeit gehabt hatte, nach Prag zu schreiben und dem Kaufmann Begnadigung zu erwirken, beschloss diesen mit all seinen Schätzen abreisen zu lassen oder wenigstens mit den Schätzen, die er der Habgier der Türken nicht überlassen wollte. Die Überlieferung dieses Gutes geschah so heimlich, dass selbst die Neugierigsten nichts davon merkten. Die Abreise des Kaufmannes selber wurde mit vielen Vorsichtsmaßregeln ins Werk gesetzt; man hielt sie für eine ganz kurze Reise, zu der sich der Kaufmann mit seiner Familie genötigt sah. Er ließ sein Haus eingerichtet, und sein Sohn blieb dort zurück, um es in seiner Abwesenheit zu bewachen, während er alle Schätze Werdinitz' und die von ihm selber angesammelten mit sich nahm.

Als sie schließlich in Prag angelangt waren und Werdinitz nichts weiter zu wagen hatte als das zu verlieren, was er dazu ausersehen, führte er mit mehr Glück als Klugheit einen lange von ihm ersonnenen Plan aus. Er beantragte bei dem neuen Gouverneur, ihm die Erlaubnis zu geben, eine Reise von mehreren Monaten mit dem Sohne des Kaufmanns, der in seinem Vaterhause geblieben war, in sein Heimatland zu machen. Man verwarf diesen Antrag, wie er es erwartet hatte. Um aber alle Hindernisse schnell aus dem Wege zu räumen, bot er ihnen an, ihnen während seiner Abwesenheit als Pfand für seine Rückkehr sein Haus, das des Kaufmanns, der ihn begleiten sollte, und die ganze Erbschaft des Türken, seines Herrn, auszuliefern. Sehr gierig nahm man dies Anerbieten an; die, welche am meisten Glaubenseifer bezeigten, fanden es nun vorteilhaft, nicht allzu sehr auf seine Rückkehr zu dringen.

Eine Schwierigkeit blieb. Es war Plombys Entweichen, für welches man unmöglich einen Vorwand finden konnte. Man nahm zur List Zuflucht. Plomby wurde als Mann verkleidet und ging am Tage der Abreise für einen Sklaven durch. Diese romantische Flucht würde auch Erfolg gehabt haben, da sich Werdinitz sorgsamsterweise mit einem so leichten Wagen und sechs so ausnehmend feurigen Pferden versehen hatte, dass er seines Ermessens schon eher in Sicherheit zu sein vermeinte, als man die Entführung seiner Geliebten entdecken könne. Aber ein junger Türke namens Dalmet, der Plomby schon seit Langem liebte und anfangs hoch erfreut über Werdinitz' Abreise war, geriet in die höchste Verzweiflung, als er entdeckte, dass sie ihm zu folgen eingewilligt hatte, und stimmte so lebhafte Klagen an, dass sich der Kadi gegen seinen Vorteil aus Schicklichkeit veranlasst sah, einige Reiter hinter dem Entführer mit dem Auftrage herzujagen, ihn tot oder lebendig zurückzubringen. Er traf das Liebespaar zwei Tagereisen vor der Grenze an. Das Pferdegetrappel ließ Werdinitz von Weitem erkennen, dass er verfolgt würde; die einzige noch bleibende Rettung in einer so dringlichen Gefahr war Plombys sofortige Entfernung aus dem Wagen. Sie war noch in der Verkleidung, die sie am Tage ihrer Abreise gewählt hatte. Mit Hilfe von etwas Staub machte sie ihre Gesichtszüge vollkommen unkenntlich, schwang sich hinten auf den Wagen zu dem einzigen Sklaven, den Werdinitz bei sich hatte und ermutigte sich selbst im Übermaß ihrer Furcht, ihre Rolle unerschrocken durchzuführen.

Dalmet kam fast im gleichen Augenblicke an; man war nicht stark genug, um schroff das Anhalten des Wagens zu verhindern. Man fragte, wo Plomby wäre. Werdinitz und der Kaufmann stellten sich sehr überrascht bei dieser Frage und entgegneten, dass sie nicht wissen könnten, was aus einer Person geworden sei, die sie in Hradisch zurückgelassen hätten. Da alle Umstände solche Antwort zu bestätigen schienen und zwei Sklaven der Zahl entsprachen, welche dem Dienst zweier Reisender angemessen war, richtete sich die Aufmerksamkeit der Reiter nicht weiter auf sie; Dalmet konnte nicht glauben, dass er sich in der Sorgfalt getäuscht hatte, die er angewendet, um sich von dem Entweichen seiner Geliebten zu überzeugen. Da er bemerkt hatte, dass Werdinitz' Wagen hinter einem Buschwerk gehalten, während Plomby ausgestiegen war, so zweifelte er nicht, dass sie sich im Einverständnis mit ihren Entführern entfernt hätte und sich längs dem Walde oder in irgendeinem Hause versteckt hielte, wo sie sie bestimmt wiederzufinden gedächten. Also denkend ließ er einen Teil seiner Leute zur Bewachung des Wagens zurück, während er mit den übrigen sich anschickte alle benachbarten Orte abzusuchen, die ihm geeignet schienen, ihren Zufluchtsort zu bilden. Damit brachte er einen Teil des Tages hin. Als er endlich des Suchens müde ward und glaubte, dass er sich tatsächlich in der Annahme, Plomby sei außerhalb von Hradisch, getäuscht habe, fasste er einen Entschluss, der dafür sorgte, dass er völlig getäuscht wurde. Er begleitete nämlich Werdinitz bis an die Grenze, um sich nicht allein der Abreise eines so gefährlichen Nebenbuhlers zu versichern, sondern um auch zu verhindern, dass Plomby zu ihm stoßen könne, falls sie seiner Voraussetzung gemäß den Wagen verlassen habe und sich an irgendeinem Orte verborgen halte, den er nicht zu entdecken vermocht. So verharrten die beiden Liebenden während zweier Reisetage ruhig unter dieser Bedeckung. Plomby hatte einige Unbequemlichkeiten in einer Lage zu erleiden, die sie beizubehalten gezwungen wurde; der Lohn aber, welcher ihrer Liebe in Prag wartete, ließ sie sie mutig ertragen. Und das Lächerlichste an diesem sonst so ernsthaften Ereignis war, dass Dalmet, nachdem er von dem Wagen gewichen war, mehrere Tage an der Grenze zubrachte, um zu verhindern, dass Werdinitz die Lust ankäme, nach Hradisch zurückzukehren, und um sich zu vergewissern, ob er seine Reise fortsetzte.

Unser Liebespaar zauderte nicht sich eines sehr glücklichen Lebens im Schoße einer reichen und angesehenen Familie zu erfreuen, die Werdinitz und seine Geliebte unter lebhaften Freudenbezeigungen ankommen sah. Der alte Kaufmann war nicht minder bestrebt ihnen zu ihrem Glücke alles Gute zu wünschen, und händigte ihnen all ihre Schätze aus, die er glücklich nach Prag gebracht hatte. Doch wie sich alles so anließ, sie für ihre Nöte zu entschädigen, gerieten sie noch einmal in eine Aufregung, die als Schluss ihrer Geschichte angeführt zu werden verdient. Als sie sich eines Tages ohne andere Begleitung wie die ihrer Dienerschaft auf das Land zurückgezogen hatten, sahen sie zu ihrer höchsten Bestürzung eines Abends achtzehn oder zwanzig Türken ihr Haus betreten, die sich alsbald mit gezückten Säbeln in ihre Gemächer zerstreuten. Werdinitz, der viel zu schlecht mit Leuten versehen war, als dass er hätte an eine Verteidigung denken können, suchte sich nur mit Plomby und seinen Kindern zu verbergen; denn sein erster Gedanke fiel auf seine alte Besorgnis: Er zweifelte nicht, dass der Kadi von Hradisch oder Dalmet die Kühnheit gehabt hätten, ihm bis nach Prag zu folgen. Obwohl es dieser Einbildung an Wahrscheinlichkeit gebrach, quälte sie ihn während mehr als einer Stunde, welche die Türken mit der Ausführung ihrer Pläne zubrachten, tödlich. Diese bestanden nämlich darin, die Vorbereitungen zu einem herrlichen Feste zu treffen. Es folgten ihnen nicht nur eine Menge Wagen auf dem Fuße, welche die nötigen Dekorationen herbeibrachten, sondern auch eine zahlreiche Gesellschaft, die sich aus den vornehmsten Damen Prags zusammensetzte. Der Fleiß der Arbeiter entsprach ihrem Eifer, sie hatten dem Hause bald von Grund auf ein anderes Aussehen gegeben, und als alles, wie man es sich vorgenommen, in Ordnung gebracht war, dachten sie nur noch daran sich an der Freude zu weiden, die sie sich von Werdinitz' Schrecken und Überraschung versprachen. Es war die vornehmste Jugend Prags, welche sich den Plan zu diesem Feste nach den Erzählungen des Liebespaares erdacht hatte, und die mit viel Kunst alles, was sie immer von den Gebräuchen in Hradisch hatten erzählen hören, nachgebildet. Das Lustspiel selber, das von den besten Schauspielern Prags dargestellt wurde, war nur die Geschichte von Werdinitz' Sklaverei und seinen Abenteuern im Serail. Zum Schluss verbrannte man, um das glückliche Ende seiner Leiden besser darzustellen, alle Maschinen und die Kleider sowohl der Sklaven wie Muselmänner, deren man sich zu dieser Belustigung bedient hatte, auf einem Scheiterhaufen, den man im Garten besonders errichtet hatte.

Abenteuer eines jungen Flamen

Ein junger Mann, der sich seit länger als einem Jahre durch die feierlichen Gelübde einem Kloster in Flandern verpflichtet hatte, flüchtete und wurde anderen Tages durch einige mit seiner Verfolgung beauftragte Leute festgenommen. Zu seinem Glücke geschah dies vor mehreren Zeugen, denen er in kurzen Worten seinen Namen und seine

Verlegenheit eingestand. Er versicherte ihnen, er sei der Sohn des Herrn G., Amtsmann von B..., mithin als Protestant geboren, und da er seinen Glauben nimmer abgeschworen habe, könne man ihn nicht zwingen, in einem seinen Grundsätzen widersprechenden Stande zu verharren, den er nur aus Schicksalsnotwendigkeiten ergriffen habe. Seine Klagen hinderten aber weder seine Wächter, ihn den Weg nach seinem Kloster zurückzuschleppen, noch seine Vorgesetzten, ihn in einem engen Gefängnis eingesperrt zu halten. Unter den Unbekannten, welche er heiß um Hilfe anflehte, befand sich einer, der mitleidig genug war, an den Amtsmann von B... zu schreiben, den er als seinen Vater angegeben hatte. Dieser, der es tatsächlich war, fühlte all seine Liebe für seinen einzigen Sohn wieder erwachen, dessen Verschwinden er seit mehr denn zwei Jahren beweinte, und ließ keinen Augenblick verstreichen, um ihn aus seiner Gefahr zu erretten, welche ihm seine Religionsvorurteile noch viel dringlicher erscheinen ließen.

Da es ihm ein leichtes war zu beweisen, dass sein Sohn nimmer Katholik gewesen sei, und der junge Mann seinen Glauben nicht abgeschworen habe, als er das geistliche Gewand anzog, war es nicht schwierig, ihn den dadurch nichtig gewordenen Verpflichtungen ohne Gewalt zu entheben, wohl aber schwer, ihn vor der Bestrafung zu sichern, die er für eine so lange Zeiten durchgeführte Entweihung ehrwürdiger Einrichtungen zu verdienen schien. Indessen deuchten die inständigen Bitten des Amtmanns und die vorsichtige Behandlung, die man einem der ersten Beamten einer fremden Stadt schuldig war, hinreichend schwerwiegende Gründe zu sein, um ein Auge zuzudrücken. Man lieferte ihm seinen Sohn trotz der Beschwerden einiger Eiferer aus, welche solche Duldsamkeit verurteilten.

Wiewohl dieses Geschehnis nicht allzu viel Aufsehen machte, hatte es doch die Neugier vieler Leute so weit gereizt, dass sie begierig wurden, alle seine Umstände, und vor allem die Gründe zu erfahren, die einen Protestanten von zweiundzwanzig oder dreiundzwanzig Jahren vermochten, sich in eine katholische Freistatt zu werfen. Diese Einzelheiten gibt unsere sehr reizvolle Geschichte wieder.

Es mag etwa achtzehn oder zwanzig Jahre her sein, dass eine katholische Dame aus B..., die seit Ende des letzten Krieges auf den Verdacht hin, durch einige rechtzeitig gemachte Meldungen zum letzten Siege Frankreichs beigetragen zu haben, festgesetzt war, ihrem Gefängnis glücklich entrann und eine kleine brabanter Stadt gewann, wo sie Ermüdung und Elend zwangen, die Mildtätigkeit ehrenwerter Leute in Anspruch zu nehmen. Sie würde dort genug Hilfe gefunden haben, um minder sorgenvoll nach Frankreich zu reisen, wenn sie dort nicht durch einen Grund zurückgehalten worden wäre, der ihr nicht erlaubte sich zu entfernen. Ganz von ihrem Vermögen zu schweigen, dessen Einziehung bereits gewiss war, ließ sie eine Tochter von sieben oder acht Monaten zurück, welche sie in der gleichen Zeit ihres Gefängnisses und wenige Wochen nach ihres Mannes Tode geboren hatte. Mütterliche Zärtlichkeit im Verein mit diesen beiden Umständen machten ihr dies Kind so teuer, dass sie bei der Unmöglichkeit es auf ihrer Flucht mit sich zu nehmen, im Begriff gestanden hatte, ihm die Freiheit, ja vielleicht das Leben zu opfern; die Zuversicht jedoch, dass sich nach ihrer Flucht ihre Freunde des Kindes annehmen würden, und dass sie an der Grenze verharrend leicht Gelegenheit finden möchte es sich bringen zu lassen, war ihrem Mut eine Stütze geworden.

Tatsächlich hatte sie sich nicht in der Hoffnung getäuscht, dass dem Kinde Hilfe zuteil werden würde: Der Gouverneur der Stadt selber nahm die Sorge dafür auf sich und vertraute seine Erziehung einigen ehrbaren Frauenzimmern mit der in Holland üblichen Bedingung an, es in der katholischen Religion zu unterweisen, weil es darin getauft war.

Dieses Geschehnis, von welchem die Mutter sich zu unterrichten Mittel und Wege fand, diente nur dazu ihr vollständig die Lust zu benehmen, sich nach Frankreich zu wenden. Und sie beschloss, die Zeit abzuwarten, wo ihre Tochter frei über sich selber bestimmen könne, indem sie damit rechnete, stets hinreichend Gelegenheit zu finden, mit ihr in Verbindung zu bleiben und ihr Entweichen zu unterstützen, wenn es ihr Alter erlaube, daran zu denken. Sie bat die Leute, welche ihr stets mit Rat und Tat beigestanden hatten, ihr einen Weg anzubahnen, auf dass sie sich von ihrer Hände Arbeit ernähren könne. Jedermann nahm Anteil an ihrem Unglück und man erwirkte ihr eine ehrenwerte Stellung in einem jener Nonnenklöster, die, wie üblich, einige fromme Frauen außerhalb der Klausur für den äußeren Dienst des Hauses haben. Ebenso fromm wie ehrbar lebte sie über achtzehn Jahre in solcher Zurückgezogenheit.

Kaum hatte ihre Tochter das Kindesalter überschritten, als sie sie ihren Aufenthaltsort wissen ließ und in welchen Plänen sie dort solange verweilt habe. Die Lust, sich mit ihr zu vereinigen, fehlte der jungen

Gefangenen nicht; aber wiewohl die Reise nicht so lang war, dass man vor ihr zurückschrecken musste, ermangelte ihr doch die Bequemlichkeit eines Schutzes bei solchem Unternehmen. Während einer wie der andere sich danach umsah, trat ein Umstand ein, der die Schwierigkeit noch vergrößerte. Der einzige Sohn des Amtmanns von B..., der gleiche junge Mann, der hier die Szene eröffnete, sah dies junge Mädchen in dem Hause, wo sie erzogen worden war. Es war sein Los, sie zu lieben, nachdem er sie erblickt, und seine Bemühungen waren so feurig, dass sie die Macht besaßen, sie zu rühren. Von dem Augenblicke an begann sie ihre Abreise weniger ungeduldig heranzuwünschen, ja sogar nach Vorwänden zu suchen, um sie zu verzögern. Ihr Liebhaber, dessen Besonnenheit nicht reifer als sein Alter war, redete sich vielleicht ein, die Erlaubnis sie zu heiraten, erhalten zu können, oder wenigstens schmeichelte er ihr so wohl mit dieser Hoffnung, dass sie sich ihres Glückes durch die Liebe versichert glaubte. Einiges davon schrieb sie an ihre Mutter. Weltkenntnis ließ diese aber einsehen, in welcher Gefahr ihre so teure Tochter schwebe; sie verbot ihr strengstens, länger solchen Gedanken nachzuhängen, welches Verdienst, welchen Reichtum sie auch in ihrem Geliebten finden könnte; und über alle Macht die Religion stellend, gab sie ihr Befehl, die Reise zu ihr zu beschleunigen, einigen Anstalten gemäß, die sie getroffen hatte, um ihr Fortgehen zu erleichtern. Ehrfurcht und Gehorsam siegten über die Liebe; doch hielt man das Opfer für hinreichend groß, um sich eine kleine Entschädigung zu gestatten. Man meinte, wenn man einen teuren Geliebten aufgäbe, wäre es billig, ihm wenigstens einiges Bedauern darüber zu äußern, und ihn nicht den Folgen auszusetzen, die man von einer Verzweiflung befürchtete. Kurz, man erzählte ihm von dem erhaltenen grausamen Befehle, ihn verlassen zu müssen. Ohne einen Augenblick über seine Antwort nachzudenken, verpflichtete er sich sogleich durch die schrecklichsten Schwüre, ihr bis ans Weltenende folgen zu wollen. Sie bekämpfte einige Zeit solchen Entschluss, doch die Liebe, die ihn eingegeben hatte, half bald, dass er gebilligt ward; das Liebespaar kam schließlich überein, zusammen abzureisen und geradenwegs nach N... zu gehen, wo die Mutter weilte, von der sie kraft inständiger Bitten und Beschwörungen früher oder später die Einwilligung zu ihrer Ehe zu erhalten sich schmeichelten. Nur zwei kleine Tagereisen galt's zurückzulegen, und sie hatten ihre Maßnahmen so sorgfältig getroffen, dass sie am Abend an der Grenze anlangend, sich vollständig außer

Gefahr glaubten. Ihrer eine blieb noch, die sie nicht bedacht hatten und der sie nicht so glücklich entschlüpften. Ein Liebespaar dieses Alters, allein, ungebunden, einer des anderen Herzens sicher, verbringt nicht so viele köstliche Stunden zusammen, sieht sich nicht, unterhält sich nicht miteinander, ohne seine Tugend den äußersten Prüfungen ausgesetzt zu fühlen. Schamhaftigkeit hält ein Mädchen zurück, doch ein junger Mann, der fähig ist sein Elternhaus so jäh zu verlassen, muss äußerst keck und unternehmend sein. Er ließ die Gelegenheit nicht unbenutzt. Legte seiner Geliebten dar, da man tausenderlei Widerstände vonseiten ihrer Mutter gewärtig zu sein habe, sei es das einzig Zweckmäßige, ihnen zuvorzukommen, kurz, er sagte alles, was die Liebe bei gleichen Gelegenheiten mit gleichem Erfolge reden lässt. Anderen Morgens reiste man sehr zufrieden mit dem Vertrauen, welches einer zum anderen gehabt, ab und kam denn schließlich nach N..., nachdem man die einzuhaltenden Maßregeln abgeredet hatte.

Die der jungen Dame waren einfach. Sie erzählte ihrer Mutter eine erdachte Geschichte von Reiseabenteuern. Da ihre Gestalt ihr als Empfehlung diente, erhielt sie leicht die Erlaubnis, im selben Kloster wohnen zu dürfen, bis es dem Himmel gefiele, ihr andere glückliche Aussichten zu eröffnen. Gemäß dem Abkommen, das sie getroffen hatten, mietete sich der junge Mann unter dem Vorwande in der Stadt ein, er sei hergekommen, um philosophische Studien zu treiben, und fand bald Gelegenheit, Bekanntschaft mit dem Beichtvater des Klosters zu machen. Dieser war ein gewisser C., Mönch eines in weniger Entfernung von der Stadt liegenden Klosters, welcher, wie es dem Brauche entsprach, ein bequemes Gemach bei den Nonnen inne hatte. Die gesittete und aufrichtige Art des Schülers, sein achtungsvolles Entgegenkommen, sein rechtschaffener Aufwand, den er mit einigen seinem Vater entwendeten Geldsummen bestreiten konnte, bestimmten den Beichtvater, ihn so zu schützen, dass ihm nichts Günstigeres für seine Pläne geschehen konnte. Er zauderte angesichts eines so sicheren Schutzes nicht, Bekanntschaften mit der Mutter seiner Geliebten anzuknüpfen. Da nie etwas Verdächtiges durch den Beichtvater geschah, lebte der junge Mann zwanglos in dem Teile des Klosters, der außerhalb der Klausur lag, und mit der Genugtuung, unaufhörlich in deren Nähe zu sein, die er liebte. Diese Zwanglosigkeit ward die Ursache all seines Unglücks; denn während seine Leidenschaft keinen Widerstand zu bekämpfen hatte, vergaß er, dass zum Nutzen seiner Geliebten wenigstens tausend Gründe bedacht werden mussten, um die Zustimmung ihrer Mutter zu ihrer Heirat zu erlangen. Seine Angehörigkeit zu einer anderen Religion, die er zu verbergen bestrebt war, weil er die Schwierigkeiten ahnte, die daraus erwachsen konnten, und die Hoffnung, welche das Alter und die Gebrechlichkeit der alten Dame stets in ihm erweckten, sich bald durch ihren Tod frei zu wissen, bildeten die einzigen Gründe, die er später zur Rechtfertigung seiner Unklugheit vorbrachte. Doch deren Ergebnis war nicht wieder gutzumachen. Sechs Monate verstrichen nicht ohne die Folgen einer Leidenschaft, der er sich besinnungslos ergab. Alle nur erdenklichen Vorsichtsmaßregeln wurden angewendet, um sie verborgen zu halten, und man schmeichelte sich sogar, es würde ein leichtes sein, sie bis zum Ende einer alten und frommen Mutter und einigen ebenso leichtgläubigen Frauen, die nicht einmal daran dachten den geringsten Verdacht zu schöpfen, geheim zu halten. Durch große Geldaufwendungen versicherte sich der Liebhaber eines besonderen Hauses in geringer Entfernung von dem Kloster, wo, wie er sich noch törichter einbildete, seine Geliebte nur einige Stunden über zu verweilen brauche, um sich ihrer Bürde zu entledigen. Nach seinem Plane sollte sie darauf ihre Wohnung gewinnen und mit einer geheuchelten Krankheit das verdecken, was ihr an Blässe und Schwäche zurückbleiben könnte. Der verhängnisvolle Tag kam. Alles wurde bestens durchgeführt bis zu den Wehen. Doch sei es nun aus Unwissenheit der zu ihrer Hilfe genommenen Weiber, sei es aus natürlichen Gründen, die Geburt ward so schwierig und gefährlich, dass man sich keine andere Hilfe wusste, wie die Unterstützung der Mutter; das Liebespaar sah selber ein, dass man sie notgedrungenerweise benachrichtigen müsste.

Ohne so weit ganz aufgeklärt zu sein, um sich die Wahrheit denken zu können, eilte die herzu. Welch ein Schauspiel für ein Weib, die seit mehr als zwanzig Jahren mit den Übungen eines frommen Lebens vertraut ist und diesen ihre Tochter nicht weniger als sich selber ergeben glaubt! Indessen wollte sie, als sie die gefährliche Lage sah, ihre Vorwürfe bis auf ruhigere Zeiten aufsparen und wendete all ihr Sorgfalt auf, um ihr zu helfen. Die Gefahr wuchs, sie ließ den Beichtvater rufen, der nicht minder überrascht von einer so wenig erwarteten Szene war. Auf das Geständnis des jungen Mannes hin, der Urheber solcher Verwirrung zu sein, wurde er sofort mit seiner Geliebten verheiratet und der Tod, welcher nur auf diesen Augenblick zu warten schien, erlöste sie alsbald von ihren Schmerzen und von ihrer Schande.

Die Verzweiflung des jungen Liebhabers entsprach der Glut einer so beständigen Leidenschaft. Seine Klagen waren so wild und rührend, dass selbst die Mutter lebhaft davon ergriffen wurde; ihm den Fehl verzeihend, für den er nur allzu sehr bestraft worden war, glaubte sie auf ihn als ihren Schwiegersohn einen Teil der Neigung übertragen zu müssen, die sie für ihre Tochter gefühlt hatte. Wiewohl sie selber des Trostes bedurfte, wendete sie all ihre Aufmerksamkeit ihm zu, ohne einen Augenblick von ihm zu weichen. Ihrer und des Beichtvaters Sorgfalt gelang es so, das erste Ungestüm seiner Verzweiflung zu mildern; doch diese Hilfe würde als eigennützig erschienen sein, wenn sie hätte voraussehen können, dass sie alsbald die gleiche von ihm erhalten sollte. Sie wurde von einem Schlage betroffen, dessen sie sich weniger leicht tröstete und der die Gruft acht Tage, nachdem sie sich über ihrer Tochter geschlossen hatte, sich wieder für sie öffnen ließ.

Das Geheimnis konnte nicht so treu unter den Mitwissern dieses Geschehnisses gewahrt werden, dass nicht wenigstens ein Gerücht davon bis zu den Nonnen drang; da die Empfindlichkeit ihrer Tugend vor allem erschreckt, was sie verletzen könnte, so ließen sie dem jungen Mann und der unglücklichen Mutter auf der Stelle verkünden, die Wohlanständigkeit erlaube es nicht, dass sie ihren Fuß wieder ins Kloster setzten. Ein so strenger Befehl, der die Mitwisserschaft der Mutter am Fehl ihrer Tochter vorauszusetzen schien, besiegte vollends die wenige Widerstandskraft, welche ihr der gegenwärtige Schmerz und ihre gewöhnliche Schwäche übrig gelassen hatten. Sie fiel in tiefe Ohnmachten, die in Fallsucht mit so schrecklichen Zuckungen endeten, dass die, welche sie gerade sahen, entsetzt darüber waren. Bei solcher Prüfung konnte man die Geradheit und den ausgezeichneten Charakter des jungen Mannes sehen. Er besaß die Kraft, seine eigene Not zu überwinden, um sich der anderer zu widmen; und weder Geld noch Sorgen sparend, tat er für seine Schwiegermutter alles, was sie nur von dem tugendhaftesten und mit bester Gemütsart begabten Sohne erwarten konnte. Als sie schließlich nach einem verdoppelten Anfall ihrer Leiden gestorben war, ließ er ihr die letzten Ehren angemessen zuteil werden und fing nicht eher wieder an, sich seinen eigenen Leiden zu überlassen, als er sie für ewig von den ihrigen befreit sah.

Seine zahlreichen Ausgaben und die aufgewendeten Bemühungen, um so viel Not zu überstehen, erschöpften gleichermaßen seine Börse wie seine Gesundheit. Er befand sich in einer Lage, der er gewisslich unterlegen wäre, wenn ihm nicht der Beichtvater, welcher ihm stets eine gleiche Zuneigung bewahrte, die Dienste geleistet hätte, die er selber zu erbitten nicht mehr imstande war. Der ließ ihn in sein Kloster schaffen, welches, wie schon erwähnt, in einiger Entfernung von der Stadt lag. Seine Empfehlung veranlasste die Mönche, ihn bei sich aufzunehmen und ihn mit so viel Nächstenliebe und Güte zu pflegen, dass sie ihm, als er nach und nach wieder zu Kräften kam, Vorliebe für ihre Lebensweise und ihre Behausung einflößten. Die Folgezeit tat jedoch kund, dass mehr seine Traurigkeit als die Bekehrungsgedanken, von denen man sprach, Anteil hieran hatten. Andererseits weiß man wohl, dass er bei den Vorurteilen, welche der größte Teil der Protestanten gegen die religiösen Gemeinschaften hat, nimmer hat ernsthaft daran denken können, sich einem Stande zu widmen, von dem er noch kaum die äußerlichen Gebräuche kannte. Auch gestand er selber, dass zugleich mit der Last eines tödlichen Grams, der ihn Geschmack an der Einsamkeit finden ließ, und der ihm das Treiben der Welt unerträglich gemacht haben würde, auch die Neugier, sich über alles, was er tausendmal wider Klöster habe sagen hören, bestimmt hätte, das geistliche Kleid zu erbitten, um die Grundsätze und die Aufführung derer zu ergründen, mit denen er zusammen leben wollte. Nachdem er während des Prüfungsjahres nur Erbauliches und streng Geregeltes erfahren hatte, glaubte er fest, eine gewisse Klugheit bestimme die Mönche, noch Maßregeln bis zur letzten Verpflichtung zu bewahren, und dass er, wenn das Misstrauen nach dem Gelübde weiche, dann alles, was er zu erfahren wünschte, kennenlernen werde. Man bestärkte ihn in dieser Ansicht. Aber nachdem er auch dann keinen Wechsel eintreten sah und ihm die regelmäßigen Übungen umso lästiger zu werden begannen, als die Zeit seine Traurigkeit und alle unglücklichen Gedanken, welche ihm die Einsamkeit wünschenswert gemacht hatten, linderte, ward er des Joches bald überdrüssig und suchte, um es gänzlich abzuschütteln, eine Gelegenheit, die er dann ja auch in der Tat fand.

Abenteuer eines englischen Edelmanns

Eine merkwürdige Beschreibung von Sibirien

Ganz allgemein bekannt ist, dass die Verbrecher des Moskowiterreichs gewöhnlich nach Sibirien verbannt werden; doch sei es, dass man nur schwer von dieser Stätte des Unheils zurückkommt, da man es ja verdient hat, nach dort verschickt zu werden, sei es, dass die Freude, von dort zurückzukehren, alle die erlittenen Leiden vergessen macht, wenige Leute nur haben uns von den dortigen Geschehnissen Mitteilung gemacht. Einige Unglückliche, denen der Wechsel ihrer Lebensverhältnisse die Erinnerung ihrer vergangenen Qualen nicht abhanden kommen ließ, gaben, es mag einige Zeit her sein, durch den Mund ihres Oberhauptes sehr merkwürdige Aufschlüsse über diese Gegenden. Dieses Oberhaupt war ein englischer Edelmann, Herr eines Handelshauses in St. Petersburg. Er war überführt worden, über einige, für die Russen nachteilige Dinge geheimes Einverständnis mit Schweden unterhalten zu haben, und wurde für den Rest seines Lebens nach Sibirien verbannt. Da seine Angestellten sich an seinem Vergehen beteiligt hatten, wurden sie in seine Bestrafung mit eingeschlossen. Wiewohl er weniger, was er gesehen, als, was er erlitten hat, berichtet, ist seine Erzählung nicht minder anziehend. Solcherart schilderte er: Unsere Reise war nicht mühselig genug, um unseren Leiden gleich hoch gestellt zu werden. Nach einigen Tagemärschen durch eine Eisgegend, wo uns der hohe Schnee die Farbe der Erde nicht zu erkennen erlaubte, kamen wir am Ufer eines großen Sees an, welchen unsere Wache den Lengehersee nannte, und fanden dort einige Schlitten, die uns als Gefährte dienen mussten. Sie waren mit Vorräten beladen und es war die erste Sorge unserer Wache, uns klar zu machen, dass man uns mit Menschlichkeit behandeln wolle. Und tatsächlich hatten wir, die Strenge der Kälte ausgenommen, gegen die uns selbst die fortwährend unterhaltenen Feuer nicht schirmen konnten, wenig während der drei Wochen zu erdulden, die wir sehr ungezwungen über Schnee und Eis geführt wurden.

Auf einer so langen Reise bot sich unserem Auge nichts, was Wechsel in die Szene bringen und unsere Langeweile vermindern konnte. Der See war nicht breit genug, um uns des Anblicks beider

Ufer zu berauben, und wir bemerkten an beiden Seiten nur mit Schnee bedeckte Landstriche, ohne die geringste Spur von Ansiedlung. Nur am dreiundzwanzigsten Tage kündeten uns die Freudenschreie unserer Wache einen Wechsel an, und das Schauspiel, welches wir bald erblickten, ersparte ihnen die Mühe, uns darüber Mitteilung zu machen. Der See ward unmerklich schmäler und wir sahen am Fuße eines Hügels, der uns seit langer Zeit den Horizont zu begrenzen schien, einige Türme von bedeutender Höhe; doch dieser Anblick kündete uns nur Furchtbares an, da auf ihrer Spitze ein Kreuz stand, an welchem man einige Unglückliche hängen sah, die wahrscheinlich solche Strafe um ihrer Verbrechen willen verdient hatten. Unsere Wache setzte uns die Bedeutung dieses Schauspiels auseinander. Da die Stadt, der wir uns näherten, der Aufenthaltsort einer großen Anzahl Verbrecher war, wollte man ihnen durch solchen Anblick anzeigen, dass sie die gleiche Strafe verdient hätten, und dass das Leben, welches man ihnen gelassen, einem Gnadengeschenk gleichkomme, dessen sie nicht würdig wären. Man erklärte uns, dass diese Verkündigung auch uns gälte, und ersuchte uns, aus solch schrecklichem Beispiel unseren Nutzen zu ziehen. Es währte nicht lange, bis wir das Ufer gewannen, und wir legten die noch übrigbleibende Entfernung von zwei Meilen bis nach der Stadt zu Fuß zurück. Die Zugänge zu diesem trostlosen Ort entsprachen den Vorstellungen, die wir uns auf der Fahrt davon gemacht hatten. Die Natur schien ihn bei der Verteilung ihrer Güter ganz vergessen zu haben. Man schaute dort die Sonne, aber ohne ihre Wärme zu spüren und fast ohne eine andere Spende als ihr Licht zu empfangen. Ihre Strahlen fielen immer so spärlich, dass die Einwohner dort kaum ihr, sondern der Weiße des Schnees den Tag verdankten. Als wir die Stadt betraten, hielten wir die Gebäude weniger für Häuser als für Höhlen wilder Tiere. Die Straßen lagen verlassen da und waren ebenso eisig wie das Land. Lediglich ein spärlicher Rauch wirbelte auf den Dächern auf, als einziges Zeichen, dass wir hier Menschen zu finden hoffen dürften.

Unsere Wache kannte den trostlosen Ort schon und führte uns geradeswegs zum Gouverneur. Er empfing uns sehr menschlich; da er sich aber erst über unsere Verbrechen und Strafen unterrichten wollte, um nach dieser Kenntnisnahme die uns gebührende Behandlung abzuwägen, ließ er uns in ein weit von seinem entfernt liegendes Haus führen, wo wir lange Zeit auf seine Befehle zu warten hatten. Wir wurden von ihm verurteilt, in die benachbarten Wälder gebracht zu werden, um dort mit der Jagd auf wilde Tiere, an denen sie Überfluss haben, den Rest unseres Lebens zu verbringen.

Ich muss gestehen, dass mich meine Standhaftigkeit, die sich bis dahin als ziemlich fest erwiesen hatte, plötzlich verließ, um einer schrecklichen Verzweiflung zu weichen. Konnte meine Tränen nicht aufhalten. Ein so grausames Los erschien mir fürchterlicher als der Tod. Ich beschloss zu sterben, wenn ich meinen Urteilsspruch nicht zu mildern vermöchte, und beschwor meine Wache mir einen freien Augenblick zu gewähren, um mich vor dem Gouverneur zeigen zu können. Solche Gunst ward mir nicht verweigert. Ich erschien vor dem unumschränkten Herrn meines Schicksals. Er ließ sich durch die Schilderung meiner Schwächezustände rühren, und da er einsah, dass man nicht viel Nutzen aus meinen Arbeiten im Walde ziehen könnte, willigte er ein, mich in Ciangut leben zu lassen. Dies ist der Name der Stadt oder vielmehr des elenden Nestes, in welchem er selber seinen Wohnsitz hatte. Vergebens bat ich ihn um gleiche Gunst für meine Genossen: Sie zogen fort, und ich litt tödlichen Schmerz, mich von ihnen getrennt zu wissen.

So empfing meine peinliche Strafe einige Erleichterung; doch ward ich deshalb nicht weniger von den Bewohnern Cianguts für einen Verbrecher und unglücklichen Verbannten angesehen. Man erklärte mir seitens des Gouverneurs bald, dass ich mich vorbereiten müsse, mein Verbrechen durch andere Strafen wieder gut zu machen. Sie waren minder hart, schienen mir aber so demütigend, dass, da mein Stolz noch mehr als meine anfängliche Furcht vor dem Waldleben über mich vermochte, der bereits vorher in mir aufkeimende Gedanke, mir den Tod zu geben, von Neuem in mir wach wurde. Gemäß der moskowitischen Sitte bestanden sie darin, dass ich einer Tätigkeit nachgehen sollte, die der, in welcher ich geboren und stets gelebt hatte, gänzlich entgegengesetzt war.

Mein Beruf war der Handel. Ich hatte ihn dreißig Jahre mit der Auszeichnung ausgeübt, die den Engländern eigentümlich ist, will sagen, mitten im Überfluss und in Vergnügungen, frei, unabhängig, von einer großen Zahl Angestellter und Diener umgeben, kurz im Besitz all dessen, was das Leben schön und glücklich machen kann. Man kündete mir an, ich sollte von nun an in der Eigenschaft eines Lastträgers verwendet, folglich zu den elendesten Diensten gezwungen werden, um Brot zu verdienen, dazu der Machtvollkommenheit einiger Unglücklicher unterworfen, die eine unumschränkte Gewalt über die hatten, die zu gleichem Lose verdammt worden waren. Um mich dieses schändlichen Missgeschicks zu trösten, führte man mir eine Unzahl Leute an, die höherer Herkunft als ich waren. Diese Mitteilung hatte die Kraft, mir Geduld einzuflößen. Tatsächlich weilte ich nicht lange in Ciangut, ohne nicht hundert Leute von Rang kennenzulernen, die sehr viel mehr um des Unterschiedes ihres gegenwärtigen Gewerbes willen von dem, welches sie verlustig gegangen, zu beklagen waren. Ich sah Generäle zu einfachen Soldaten erniedrigt, Richter des ersten russischen Gerichtshofes gezwungen, ihr ganzes Leben als Scharfrichter hinzubringen, Adelige von sehr hoher Geburt als Diener eines Bürgers oder Pächters, kurz die unerträglichste Umkehrung der von der Natur und himmlischen Vorsehung eingerichteten Ordnung. Wahrlich ist man bestrebt, all diese Wechsel in der Ordnung als Strafe hinzustellen, aber ich übertreibe nicht, wenn ich erkläre, dass meine Einbildungskraft dadurch sehr viel mehr verwirrt wurde, als etwa durch ein Menschengeschlecht, bei welchem der Kopf da säße, wo wir die Füße haben.

Indessen verminderte die eigene Erfahrung meine Verwunderung und ich passte mich meinem Unglück und dem anderer eher an, als ich gedacht hätte. Ich knüpfte mit manch einem dieser Schuldigen Bekanntschaft an und fand sie weniger traurig, als es ihr jetziger Stand eigentlich mit sich brachte. Mit Freude gingen sie auf meine Freundschaftsanerbietungen ein. Sie erzählten mir die Geschichte ihres Unglücks und, sei es Gewohnheit oder Geisteskraft, fast alle äußerten ihrem harten Geschick gegenüber eine außergewöhnliche Ergebung. Vielleicht muss man diesen Umstand den blinden Ehrfurchts- und Unterwerfungsgefühlen zuschreiben, welche alle Moskowiter vor ihren Herrschern empfinden, will sagen, denselben Gründen, welche die Türken veranlassen, ihren Hals ohne Murren dem Säbel oder der Schnur des Stummen ihres Großherrn hinzuhalten. Wie diese, schienen sie überzeugt zu sein, dass ein von ihrem Zaren ausgesprochenes Todesurteil ein sicherer Geleitbrief für den Himmel bedeute.

Doch diese religiösen Gedanken, welche ich anfänglich bewunderte, sollten mir hernach verderblich sein. Man hatte mich in Petersburg ungekränkt in der anglikanischen Kirche, der ich angehörte, belassen, und ich hoffte mich der gleichen Freiheit in der Verbannung erfreuen zu dürfen. Tatsächlich war ich solange frei wie man nicht argwöhnte, ich hätte einen anderen Glauben wie die Bewohner; es war aber unmöglich, dass man nicht früher oder später bemerkte, dass ich nicht in die Kirche käme; ich dachte an nichts weniger als den Schein zu wahren. Leise verbreitete sich das Gerücht, ich sei ein Ketzer. Bald bemerkte ich, wie mir jedermann unter Schreckens- und Entsetzensbezeigungen aus dem Wege ging. Einige Verbannte, deren Freundschaft ich mir erworben zu haben glaubte, flohen meine Gegenwart und, um mein Unglück voll zu machen, begannen meine Herren, von denen ich abhing, mich mit größerer Strenge zu behandeln. Endlich führten mich zwei Popen eines Tages abseits und fragten mich sehr dringlich, ob es auf Wahrheit beruhe, dass ich ein Ketzer sei. Arglos erzählte ich ihnen, ich sei als Anglikanischer geboren und wollte als solcher denn auch sterben. »Man wird Ihnen gegenüber keine Gewalt anwenden«, sagten sie mit einiger Liebenswürdigkeit, »doch wir haben den Befehl vom Gouverneur erhalten, Ihre Ansichten zu erforschen und Ihnen kundzutun, dass, wenn Sie sich nicht zu unserem Glauben bekehren, Sie in die Wälder verbannt werden würden!«

Ich beschwere mich bitter über solchen Zwang, fragte, ob es das Gerichtsurteil verlange, dass ich meinen Glauben wechsele. Man gestand mir, es enthielte nichts auf diese Sache Bezügliches, aber der Gouverneur, der unumschränkte Machtbefugnis über alle Verbannten habe, sei ein so eifriger Anhänger der griechisch- katholischen Kirche, dass er keinen Andersgläubigen in Ciangut dulde. Solcherart war der Wille ihres Herrn der Hauptgrund, welchen die guten Popen, um mich zu bekehren, gelten ließen. Nun erst sah ich klar, warum man sich seit einiger Zeit so seltsam gegen mich betrug, und auch was ich von dem blinden Eifer einer unwissenden Bevölkerung zu befürchten hätte. Vielleicht würde ich weniger ängstlich gewesen sein, wenn ich nur den Tod zu befürchten gehabt hätte; aber außer der drückenden Erniedrigung aller meiner Verhältnisse, dachte ich daran, dass mein Los trauriger denn je durch die Weigerung aller Einwohner, sich mit mir zu unterhalten, geworden sei. Konnte ich Schlimmeres in den Wäldern für mich erwarten? Ich hatte im Gegenteil die Hoffnung mich dort mit meinen Gefährten vereinigen zu können. Tausendmal bereute ich es sie verlassen zu haben. So erbat ich es mir denn, ohne den geringsten Widerstand gegen die eben vernommene Erklärung zu leisten, als eine Gunst aus Ciangut verbannt zu werden, um unter den wilden Tieren zu leben.

Da den Gouverneur mein Entschluss, nach all meinen inständigen Bitten um ganz entgegengesetzte Gnade, welcher er sich erinnerte, überraschte, wünschte er mich zu sehen und zu sprechen. Ich ward vor ihn geführt. Mein Abenteuer hatte einiges Aufsehen in der Stadt erregt und seine Gattin und einige andere Frauen waren so neugierig mich sehen zu wollen. Die Gesellschaft war sehr zahlreich. Trotz meiner ärmlichen Kleider und der Abgespanntheit, die ein so langes Unglück auf meinem Gesichte eingeprägt hatte, sah ich mich doch angesichts einiger liebenswürdiger Weiber veranlasst, einige Überbleibsel von Höflichkeit in der Art mich zu benehmen und in der Unterhaltung hervorzukehren. Obwohl der Gouverneur scheinbar sehr menschlich war, blieb er in dieser Sache nicht minder starrsinnig; doch seine Gattin und die anderen Damen waren so gerührt über den Umstand, welcher mich den Waldaufenthalt dem Wechsel meiner Meinungen vorziehen ließ, dass sie ihre Bitten vereinigten, um ihn zu meinen Gunsten umzustimmen. Er schlug es ihnen mit einiger Hartnäckigkeit ab; und ich bemerkte, als ich mich zurückzog, dass sie empört waren, ihn so wenig gefällig zu finden. Ich sagte allen, die es hören wollten, Lebewohl; da bereits am Morgen der Befehl zu meinem Abmarsch erteilt worden war, machte ich mich unter dem Schutze des Himmels und der Führung zweier Wächter auf den Weg. Wir marschierten eine Strecke von etwa zwei Meilen. Ich war meines Unglücks so sicher, dass selbst Gebete mir nutzlos erschienen, ich sprach deshalb auch keine für den Wechsel meines Loses. Indessen war mir die Hilfe des Himmels niemals so nahe gewesen. Meine Wächter machten am Eingange eines Waldes halt, indem sie mir erklärten, meine Reise wäre beendigt, und verkündeten mir ein Glück, das zu erhoffen ich keinen Grund hatte.

Die Gattin des Gouverneurs war empört über die hartnäckige Weigerung ihres Ehemanns gewesen und hatte nicht den Augenblick meiner Reise abgewartet, um ihrem Groll genug zu tun. Sie weihte einige ihrer Freundinnen in ihr Vorhaben ein, welche Mitleid mit meinem Lose bezeigt hatten, und sie beschlossen zusammen mir die Freiheit wiederzugeben. Die Zeit drängte so, dass sie, ohne ihre Gedanken allzu weit in die Zukunft zu richten, zuerst nach Mitteln suchen mussten, um meine Reise aufzuhalten. Das Natürlichste war meine Wächter zu gewinnen. Sie waren darin so erfolgreich, dass diese beiden Männer alle Zuneigung, deren sie fähig waren, zu mir fassten, und mir mit ebenso viel Zuvorkommenheit wie Nutzen dienten.

Nachdem sie mich in den Plan der Gouverneurin eingeweiht hatten, setzten sie mir die ersten Maßnahmen auseinander, die man sie in Anbetracht meiner Sicherheit hatte ausführen lassen. In der vorhergehenden Nacht waren sie in denselben Wald mit einem geschlossenen Schlitten gekommen, welchen sie zu meinem Gebrauch dort gelassen hatten, will sagen, um mir als Wohnung zu dienen, bis die Damen andere Entschlüsse gefasst. Die zugleich mitgebrachten Lebensmittel reichten für einige Tage für uns aus; denn in diesen ungeheuren Einöden reist man lange ohne auf bewohnte Orte zu stoßen, und man nimmt von einer Ansiedlung bis nach der anderen alle für die Reise notwendigen Mittel mit. Sie geleiteten mich nach dem Schlitten, der im dichten Gebüsch versteckt war. Wir nahmen dort einige Erfrischungen zu uns und, um meine Freude voll zu machen, versicherten mir meine Wächter, dass sich die Gouverneurin mit drei Damen ihrer Freundschaft verabredet hätte, mich am Nachmittage, unter dem Vorwande eine Lustpartie zu machen, aufzusuchen.

Ich empfing diesen hochherzigen Besuch. Meine Dankbarkeit äußerte sich in solch lebhafter und zarter Weise, dass sie deren Lust, Gutes an mir zu tun, vermehrte. Zuerst aber musste ich der Neugierde Genüge leisten, die man bezeigte, um mein Vaterland und den Grund meiner Abenteuer kennenzulernen. Ich hatte mir nichts Unehrenhaftes vorzuwerfen, und die Erzählung meines Missgeschicks war geeignet Mitleid mit mir zu erwecken. Diese Wirkung brachte sie auch hervor. Ich sah vier Damen, die über mein Los ebenso gerührt waren, wie wenn sie Blutverwandtschaft oder Freundschaft dazu veranlasst hätte. Wir beratschlagten über die Mittel zur Beendigung meiner Flucht. Welche Hilfe sie mir auch verschaffen konnten, es war doch hoffnungslos für einen Fremden, der die Reise von Petersburg nach Ciangut nur einmal gemacht hatte, sich auf den Wegen und in den wüsten Gegenden, welche diese beiden Städte voneinander trennen, zurecht zu finden. Noch weniger Hoffnung war vorhanden, Europa auf anderen Wegen, die mir noch unbekannter waren, wieder zu erreichen. Solche Schwierigkeiten kannte ich nicht allein; denn die Damen waren ihretwegen nicht minder besorgt und sahen nicht klarer als ich in ihren eigenen Unternehmungen. Man musste einen wahrscheinlichen Vorwand für die so schnelle Rückkehr meiner beiden Wächter finden, außerdem durfte unser Geheimnis nicht viel länger als ihre Abwesenheit dauern. Man hätte dem Gouverneur etwa leicht einreden können, ich sei auf dem Marsche gestorben; da aber Ciangut so nahe lag, konnte der Zufall meinen Zufluchtsort leicht entdecken lassen und ich verfiel nicht nur all dem Unglück, dem ich mich ausgeliefert wähnte, sondern ich setzte auch die Gouverneurin dem Groll ihres Gatten aus. Andererseits konnte ich mich nicht weiter entfernen, ohne nicht auf alle Arten von Trost- und Hilfsmitteln zu verzichten; und wenn ich in einer grausigen Einöde inmitten der Wälder und wilder Tiere leben sollte, nutzte mir die Freiheit wenig, da ich in Sklaverei nichts Traurigeres zu befürchten hatte.

Ich weiß nicht, wohin diese verdrießlichen Betrachtungen geführt haben würden, wenn mich die Macht einer so dringlichen Schwierigkeit nicht alles, was zu meinem Heile dienen konnte, hätte in Erwägung ziehen lassen. Ich erinnerte mich meiner Gefährten in der Verbannung. Es waren ihrer vier: zwei Engländer, ein Schwede und ein Moskowiter. Ich schlug der Gouverneurin vor, die beiden Wächter mit dem Befehle auszuschicken, sie frei herzuführen. Durch diesen Vorschlag waren all meine Bedenken gehoben; denn die Reise überzeugte den Gouverneur von der Treue der Wächter, mir aber gab die Rückkehr meiner Gefährten die Hoffnung mich mit ihnen auf dem gar langen und gefährlichen Weg retten zu können. Ich zweifelte keinen Augenblick, dass die Sklaven, die schon vor dem Namen ihres Herrn allein zittern, den Befehl der Gouverneurin genauso ausführen würden, wie wenn er vom Gouverneur selber käme.

Die Wächter gingen von dannen. Ich blieb mit den Damen zurück, die mir neue Beweise ihres Mitleids und ihrer Schätzung gaben. Mein noch bestehendes Unglück hinderte mich nicht den Reizen der Jüngsten gegenüber empfänglich zu werden; doch verwarf ich ein Gefühl, das sich bei meinem Unglück gar wenig für mich ziemte. Sie versprachen mir insgesamt bestens für meine Bedürfnisse zu sorgen und ihren Besuch oft zu wiederholen. Die Wächter hatten sich nur acht Tage für ihren Weg ausbedungen. Die Zeit war so kurz, dass ich mich wahrlich des Endes meiner Leiden versichert glaubte.

Hinreichend getröstet durch die Hoffnung, sie wiederzusehen, sah ich meine barmherzigen Befreierinnen ohne Bedauern von dannen gehen. Als sich die Nacht näherte, wandte ich mich nach meinem Schlitten, der dazu dienen sollte, mich vor den Unbilden der Witterung zu schützen. Er glich in der Form dem Rumpfe unserer Kutschen mit dem Unterschiede, dass, da er mit Bärenfellen gefüttert war und nur eine sehr kleine Öffnung hatte, ein Mann von meiner Stärke und meinem Alter darin der Kälte durch seine eigene Körperwärme widerstehen konnte. Nichtsdestoweniger war er so leicht, dass ich ihn mit meiner Hand schnell auf dem Boden vorwärts zu bewegen vermochte; doch waren wir in der schönsten Jahreszeit und die Sonne hatte Kraft genug, um den Schnee bis in die Wälder zu vertilgen. Indessen waren die Abende so kühl, dass ich nicht die Dunkelheit erwartete, um mich zur Ruhe zu begeben. Stieg in meinen Schlitten und schloss die Türe sorgsam ab. Meine Lage war nicht so unbequem, als dass sich der Schlaf meiner Augen nicht bald bemächtigt hätte. Ich schlief einige Stunden lang ebenso ruhig wie ich es in meinem Bette getan haben würde.

Während ich mich so glücklich des Vergessens all meiner Nöte erfreute, ward meine Ruhe plötzlich durch eine heftige Bewegung des Schlittens gestört. Erschreckt wachte ich auf, doch da ich mir für diesen Zufall keinen anderen Grund wie einige Bewegungen wusste, die man öfters im Schlafe macht, dachte ich nicht daran, dass mir ein neues Unglück drohen könne. Nach einigen ruhigen Augenblicken fühlte ich, dass meine Behausung zu schwanken begann; und die Stöße verdoppelten sich bald mit solcher Wucht, dass der Schlitten umgeworfen wurde. Ich hörte kein anderes Geräusch wie ein fortwährendes Kratzen an den Brettern meines Käfigs. Meine Unruhe war unbeschreiblich. Die Furcht verband mich, meine Hand beständig an dem Kutschenschlag zu haben, besorgend, er möchte sich von selber öffnen oder dies könnte von außen her geschehen. Und in solcher Sorge, zu der noch meine unbequeme Lage in dem umgestürzten Schlitten kam, verbrachte ich fünf oder sechs Stunden in einer Angst, schlimmer als Erleiden aller Todesstrafen. Endlich hörten Kratzen und Bewegung auf; aber ich hatte keinen Mut mehr, selbst als ich es Tag werden sah, aus meinem Gefängnis hervorzugehen. Da ich hinreichende Nahrungsmittel hatte, um einige Tage ohne andere Hilfe leben zu können und ich Luft durch ein hinteres Kutschenfenster, welches mir auch gleichzeitig Licht spendete, bekam, beschloss ich, in solcher Lage den Besuch der Damen oder die Rückkehr der Wächter abzuwarten.

Die Gouverneurin erinnerte sich glücklicherweise ihres Versprechens und suchte mich vor Ende des Tages mit den gleichen Begleiterinnen auf; das Geräusch ihrer Wagen, welches ich schon von fern her vernahm, zerstreute all meine Besorgnisse. Ich strebte eiligst aus meinem

Schlitten, um den Scherzen zu entgehen, denen ich ausgesetzt worden wäre, wenn ich einige Zeugen meiner Schwäche gehabt hätte. Überlegte sogar, ob ich von meinem Abenteuer und hauptsächlich von meiner Angst sprechen solle; doch wiewohl ich der Gefahr entronnen, wähnte ich, sie könne sich in der folgenden Nacht erneuern und ein wenig Rat werde mir nicht nutzlos sein; darum erzählte ich kaltblütig, in welcher Verwirrung ich nachts über gewesen sei. Man hörte meiner Schilderung ernsthafter zu, als ich erwartet hatte, und vermehrte meine Besorgnis noch, indem man mich um die Ursache wissen ließ. Es wären die Grizzlys, sagte man, oder andere wilde Tiere gewesen, die mich während der Nacht gequält hätten. Man riet mir, meinen Schlitten niemals nach Sonnenuntergang zu verlassen und meine Türe stets gut verschlossen zu halten. Diese Grislys sind eine Bärenart, die immer in großer Zahl die sibirischen Wälder durchschweifen. Sind wild und grausam, wenn sie Hunger quält, und man sieht sie winters ohne Furcht vor den Waffen der Landbevölkerung bis in deren Dörfer vordringen, um dort ihre Beute zu machen. Dieser Blutdurst lässt gewöhnlich im Sommer etwas nach, da sie dann eine Unzahl furchtsamer Tiere finden, die ihnen als Nahrung dienen. Doch sind sie stets gefährlich genug, dass man sie fürchten muss, und die Reisenden haben in den Wäldern keine stärkeren Feinde als sie. Indessen sprachen die edlen Damen mir Mut zu, indem sie versicherten, ich müsste ruhig in meinem Schlitten bleiben, man wüsste sich nicht zu entsinnen, dass Jäger, die nicht anders hausten, jemals der geringsten Lebensgefahr darin ausgesetzt gewesen wären. Darum war ich ohne Besorgnis vor der folgenden Nacht; und da ich nur noch Gutes für die Zukunft und mein Los voraus sah, überließ ich mich mit minderer Zurückhaltung der vergnügten Unterhaltung mit den vier Damen. Die Weise, in der sie meine Artigkeiten und Schmeicheleien entgegennahmen, ließ mich erkennen, dass Galanterie in diesem eisigen und wilden Lande nicht unbekannt sei. Die Dame, deren Vorzüge ich schon lobte, bemerkte bald, welche Auszeichnung ich ihr vor ihren Gefährtinnen zuteil werden ließ. Ihre Augen sagten mir tausend Dinge, die ich ohne Zagen zu meinen Gunsten auslegte; und ich fand Gelegenheit, ihr noch viel sichere Beweise ihrer Gefühle, ehe wir uns trennten, zu entlocken. Nicht sobald war ich allein, als ich meine Augen auf meinen in Fetzen herabhängenden Kleidern, kurz auf all den Umständen meines Geschicks ruhen ließ; ich konnte mich eines Gelächters über diese Neigung, welche mich zur Zärtlichkeit veranlasste, nicht erwehren, denn es fehlten mir die notwendigsten Bequemlichkeiten des Lebens. »Ist es denn süßer zu lieben als zu leben?«, rief ich aus, indem ich über die Vorgänge in meinem Herzen staunte, und dass ein Schimmer von Liebe mich plötzlich, noch dazu in einer Lage, in der ich das Leben als eine Last ansehen musste, wieder froh machte. Ohne länger nach der Ursache dieses Wunders zu suchen, nahm ich mir vor, allen Vorteil aus solch gutem Glücke zu ziehen. Unter diesen süßen Gedanken kehrte ich in meinen Schlitten zurück und verbrachte dort mehrere Stunden in größerer Zufriedenheit als sie dem nun erfolgendem Ereignisse zukam.

Die Grislys unterließen es nicht, um Mitternacht wiederzukommen. Seit der von den Damen erhaltenen Aufklärung fürchtete ich sie weniger und meinte, der größte Schaden, den sie mir antun könnten, bestände in der Unterbrechung meines Schlafs. Tatsächlich stießen sie anfangs nur an den Schlitten, und ich rechnete damit dieselben Vorkehrungsmaßregeln wie in der vorigen Nacht auch heute bis zum Tagesanbruch anwenden zu müssen. Gewöhnte mich unvermerkt an das Schwanken, als ich bemerkte, wie der Schlitten mit großer Gewalt und Schnelligkeit vorwärts geschoben wurde, und nach dem Raum zu schließen, den er bei der Lebhaftigkeit seiner Bewegung zurücklegen musste, war er bald sehr weit von dem Orte entfernt, von welchem man mich fortgezerrt hatte. Im ersten Augenblick wollte ich dies Abenteuer auf Rechnung der Damen setzen, die gewiss imstande waren, sich ein wenig auf meine Kosten lustig zu machen. Doch war es ja ganz unwahrscheinlich, dass sie inmitten der finsteren Nacht und zwei Meilen von Ciangut fern, ihre Gesundheit und selbst ihr Leben daran gewagt hätten, um sich an meinem Schrecken zu vergnügen. Diese Erwägung ließ mich nur allzu sehr die Wahrheit erkennen. Ich vermutete, dass es die Grizzly seien. Die Stricke, die zum Ziehen des Schlittens dienten, hingen herab. Keinen Augenblick zweifelte ich, dass die sehr listigen Tiere sie mit den Zähnen erfasst hätten, um mich in den tiefen Wald zu schleppen.

Ich empfahl mich dem Himmel, denn nur seine Hilfe vermochte mich aus einer so dringlichen Gefahr zu befreien. Die Einbildung allein schon, eine Schar dieser ausgehungerten Bären zögen mich mit solcher Gewalt von hinnen, und ihre Hartnäckigkeit mussten mir tödliche Aufregungen verursachen. Ich sah den Schlitten bereits in tausend Stücke zerrissen und die grausamen Tiere mit ihren Krallen und blutigen Zähnen sich auf mich stürzen. Das furchtbare Entsetzen, welches dieser Gedanke in mir erzeugte, ließ mich in Schreie oder besser in ein Geheul ausbrechen, und ich bemerkte an dem Eindruck, den das hervorrief, dass die Grizzly erschreckt waren. Ich urteilte wenigstens nach der Ruhe, die sie mir einige Augenblicke ließen, dass sie sich entfernt hatten, und als ich wieder ein wenig zu mir kam, wagte ich schon zu hoffen, der Himmel habe mein Gebet erhört. Doch kamen sie bald zu ihrer Lust zurück. Und mit der Gefahr wuchs meine Verzweiflung wieder. Ich hielt mich für verloren. Erneute Schreie waren nutzlos und ich sah nichts anderes wie einen unvermeidlichen grässlichen Tod vor mir.

Ward nicht mehr weiter gezogen, aber das Stoßen und Rütteln währte den ganzen Rest der Nacht. Dieser Aufschub meines Verderbens machte meine Hoffnungen nicht wieder lebendig. Ich redete mir im Gegenteil ein, der Tag würde nur wiederkehren, um meine letzten Augenblicke zu beleuchten, und an dem entlegenen Orte, wo ich nach mindestens halbstündiger Fahrt weilte, würde es den Grizzlybären bei Tageslicht nur leichter fallen, mich meiner Zufluchtsstätte zu entreißen. Es erschien endlich der Tag. Seine ersten, durch das Fensterchen fallenden Strahlen gaben mir die Kühnheit, hinauszublicken; aber seine Öffnung war so schmal, dass ich die Feinde, die mich belagerten, nicht entdecken konnte. Vielleicht waren sie bei Tagesanbruch geflohen. Naturgemäß musste ich der Ruhe wegen, deren sie mich bis zum Abend erfreuen ließen, darauf schließen. Doch muß ich bekennen, dass mir dies keinen neuen Mut gab, und ich verbrachte den ganzen Tag über in einer solchen Niedergeschlagenheit, dass ich nicht einmal daran dachte, die geringste Nahrung zu mir zu nehmen.

Meine einzige Hoffnung war, wenn die Gouverneurin und ihre Begleiterinnen mich nicht an alter Stelle wiederfänden, würden sie sich mein Unheil leicht denken können und mit einigem Eifer meine Spuren zu entdecken suchen. Im festen Glauben daran war ich entschlossen meinen Schlitten nicht einen Augenblick zu verlassen. Inzwischen kam die Nacht und ich sah keine Spur von Hilfe. In der Dunkelheit begannen meine Qualen von Neuem und dauerten noch bis zum Tage. Am Morgen fand ich mich so geschwächt, dass mich die Not zwang, Zuflucht zu meinen Lebensmitteln zu nehmen. Wie am Vortage wagte ich noch zu hoffen, dass die Frauen, von denen ich so edelmütige Dienstleistungen empfangen hatte, nicht die Grausamkeit besitzen würden, mich meinem harten Lose zu überlassen. Sie dachten tatsächlich meiner, doch der Erfolg ihrer Bemühungen entsprach weder ihren noch meinen Wünschen.

Kurz ich brachte eine volle Woche in dem Schlitten zu, um mich bald der Verzweiflung bald der Hoffnung zu überlassen und jede Nacht mein Ende für bestimmt zu halten; wenn ich mich manchmal des Tages über soweit von meinem Entsetzen erholte, dass ich für den kommenden Tag Pläne fasste, hatte ich nicht die Kraft, sie auszuführen. Der Hunger war das Mittel, welches der Himmel anwendete, mir einen unerwarteten Weg zur Rettung zu weisen. Meine Lebensmittel reichten nicht länger als fünf, sechs Tage; ich sah am Ende des vierten ein, dass, wenn ich gezwungenerweise noch länger an meinem unbehaglichen Zufluchtsorte verweilte, es zu spät ward, ihn zu verlassen, da es mir völlig an Nahrungsmitteln fehlen würde; denn, vorausgesetzt ich entrönne den Bärenklauen, so konnte ich doch nicht hoffen, nach welcher Seite ich meine Schritte zu wenden Lust hätte, dass in einem Walde von Fichten und anderen, keine Früchte tragenden Bäumen die geringste Nahrung für meinen Hunger zu finden sei. Trotz der Bedeutung dieser Erwägung waren meine Furchtgefühle so stark, dass ich all meine Vorräte dahinschwinden sah, ohne es über mich gewinnen zu können, meine Türe zu öffnen. Ich verweilte sogar den sechsten Tag hungrig dort, unentschlossen, welchen Plan ich fassen sollte, und immer noch auf den Edelmut der russischen Damen rechnend. Schließlich ward es mir klar, dass ich auf diese oder jene Weise umkommen müsste; und von den beiden Todesarten, unter denen mir der Tod die Wahl ließ, schien es mir bei meinem verzehrenden Hunger, dass der durch die Klauen und Zähne der Bären der weniger schreckliche sein müsse. Fügen wir hinzu, dass dies der minder gewisse war; denn meine Kräfte waren bereits derartig erschöpft, dass mir ihrer kaum so viele blieben, um gehen zu können.

Ich stieg aus dem Schlitten. Meine ersten Schritte geschahen schwankend, und ich weiß nicht, ob das mehr eine Wirkung meiner Furcht als meiner Schwäche war. Einen Augenblick betrachtete ich die Spuren der Grislys auf der Erde und an meiner Behausung. Das Leder, welches den Schlitten überspannte, war grausam zerrissen. Ich verdankte mein Leben nur den Brettern, deren Haltbarkeit mich verteidigt hatte, wiewohl sie aus leichtestem Holze bestanden. Die Stricke waren durch die schrecklichen Zähne meiner Feinde abgerissen und ihre geringen

Reste trugen die Spuren ihrer Bisse. Dieser Anblick machte mein Blut gefrieren.

Es mochte gegen Mittag sein. Die Sonne, im Vollbesitze ihrer Kraft, gab mir einigen Lebensmut und gleichzeitig die Hoffnung, dass die Tiere, welche immer die Nacht gewählt hatten, um mich zu quälen, sich nicht am hellen Tage auf meinem Wege blicken lassen würden. Doch nach welcher Richtung mich wenden? Wiewohl ich mich auf einer Lichtung von gewisser Größe befand, sah ich in einiger Entfernung von mir nur mehr als hundertjährige Bäume, unter welche ich mich nicht wagen konnte, ohne alle Angst in mir zu erneuern. Im Übrigen bemerkte ich, dass ich in einem Tale war und dass ich nach allen Seiten hin hochsteigen musste. Überlegung war für einen Menschen, der nicht die geringste Kenntnis von Astronomie hatte, völlig nutzlos. Ich beeilte mich, den Weg einzuschlagen, der mir der leichteste schien, wie wenn nichts Dringlicheres für mich zu tun gewesen wäre, als mich von dem Schlitten zu entfernen, und die argen Bären nur in dem Tal zu befürchten wären. Kam auf dem Gipfel eines Hügels an, wo ich mich gezwungen sah, mich aus Mattigkeit und Schwäche niederzusetzen. Glücklicherweise besaß ich bei mir noch einige Tropfen Branntweins, die ich mir als letzte Hilfe aufgespart hatte. Als ich sie trinken wollte, erblickte ich um mich her eine große Anzahl Champignons. Nahm ihrer einige, tauchte sie in meinen Branntwein, und dieses wilde Gericht als eine Gabe des Himmels betrachtend, stellte ich mir eine Mahlzeit daraus her, welche mich das Übermaß von Hunger köstlich finden ließ.

Zweifle, wer will, an der Vorsehung. Ich für meinen Teil, der in dieser Hilfe eine sinnlich wahrnehmbare Tat ihrer Sorge sah, gestehe ein, ihr mein Leben zuschulden, welches sie mir bewahrt hat. Von dem Augenblicke an kam es mir vor, als ob sie mich an der Hand halte, um mich durch die schrecklichsten Gefahren zu führen. Ich fand mich so gekräftigt durch dies merkwürdige Mahl, dass ich nicht zauderte, mich wieder auf den Weg zu machen, entschlossen, bei Sonnenuntergang auf einen Baum zu klettern und dort meine Unterkunft für die Nacht zu suchen. Alle Champignons, die ich zu pflücken vermochte, nahm ich mit mir. Da eine so einfache Nahrung mir hatte Kräfte geben können, zweifelte ich nicht, dass mir nötigenfalls auch eine Menge Kräuter und Wurzeln von demselben Nutzen sein würden. Wie gesagt, ich befand mich in dem Zustande, in welchem die ersten Menschen nach der Schöpfung gewesen waren. Sie kannten kaum, was ihnen als

Nahrung dienlich sein mochte, und konnten das nur durch Versuche feststellen. Solche Kenntnisse vermochte ich mir nur in gleicher Weise wie sie zu erwerben.

Mit solchen Gedanken mich abgebend, wanderte ich rüstig zu. Doch in dieser Zeit, wo rings um mich her Stille herrschte, vernahm ich die gellenden Schreie einiger Tiere, die ich nicht schauen konnte. Die Furcht befiel mich von Neuem. Ich rettete mich auf den nächsten Baum, der meine einzige Zuflucht bilden mochte, und in weniger als zwei Minuten war ich in seinem Wipfel. Die Sonne stand noch hoch über dem Horizonte. Wie groß war meine Überraschung, als ich auf den ersten Blick die Türme von Ciangut erspähte, die mir nur zwei Meilen entfernt zu sein schienen. Ich machte mir bittere Vorwürfe, nicht eher daran gedacht zu haben, mir also die Umgebung anzusehen, und in meinen ersten Freudenregungen stieg ich schnell hinab, ohne an die wilden Tiere zu denken, die mir Furcht verursacht hatten. Nichtsdestoweniger waren sie am Fuße des Baumes. Dies unvermutete Schauspiel erschreckte mich so stark, dass ich die Aufmerksamkeit, die ich den Zweigen widmen musste, an denen ich mich festhielt und auf denen ich stand, verlor und mitten zwischen sie fiel und eins davon durch meinen Sturz tötete. Die anderen ergriffen, scheinbar ebenso erschreckt wie ich, die Flucht und ich blieb einige Augenblicke bei dem, welches ich getötet hatte, niedergestreckt liegen, ohne noch zu glauben zu wagen, dass es außerstande sei mir zu schaden. Als ich es unbeweglich sah, erhob ich mich geräuschlos und wandte mich nach Ciangut.

Kaum hatte ich hundert Schritte zurückgelegt, als mir ein anderes, aber viel zu glückliches Geräusch, als dass ich mich darüber zu beklagen gehabt hätte, noch einige furchtsame Augenblicke bereitete. Ich glaubte die Stimmen mehrerer Leute zu vernehmen, die sich eifrig unterhielten. Ich erreichte sie in einem Augenblicke und, ein noch unglaublicheres Wunder als alles bereits Erzählte, sah in ihnen meine Genossen der Verbannung.

Sie waren in weniger als acht Tagen mit den beiden Wächtern an dem Orte angelangt, wo mich diese zurückgelassen hatten, und waren dort einige Zeit, sehr überrascht, mich dort nicht zu finden, geblieben. Dort hatten sie die Damen aus Ciangut erwartet, von denen sie erfuhren, was die um mein Unglück wussten. In ihrem Schmerze darüber hatten sie mehrere Tage lang alle erdenklichen Mittel angewendet, um mir zu Hilfe zu kommen. Unter dem Vorwande einer Jagd hatten sie treue Leute in den Wald geschickt, deren Nachforschungen fruchtlos gewesen waren. Sie hatten zahlreiche Flintenschüsse abgegeben, die zu hören mir mein Unglück nicht erlaubt hatte. Die junge Dame, welche eine stille Zuneigung zu mir hegte, war dem Anscheine nach darüber betrübt gewesen, besonders nachdem sie meine Gefährten auf das Genaueste ausgeforscht und durch ihr Zeugnis alles, was ich von meiner Herkunft, meinem Schicksal gesagt und dem, was sie selber an meinem Charakter zu erkennen geglaubt, hatte bekräftigen hören. Da sich die Gouverneurin nicht denken konnte, dass ein Mann mit einem festen Schlitten vom Erdboden zu verschwinden vermöchte, hatte sie sich indessen nicht durch die Nutzlosigkeit ihrer anfänglichen Bemühungen abschrecken lassen, und hatte gewünscht, dass die beiden Wächter und die vier Verbannten noch einige Zeit an dem Orte, wo man mich das letzte Mal gesehen, verweilten, Tag und Nacht damit beschäftigt, mich zu suchen. Dieser Auftrag konnte für Leute, die von der Jagd auf die wildesten Tiere zurückkamen, und die so manche Nacht in elenden Schlitten verbracht hatten, nicht weiter arg sein. Sie führten diesen Befehl am selben Tage aus, wo ich ihnen glücklicherweise begegnen sollte. Sie hatten auch die Tiere verjagt, die mich so erschreckt.

Meine Freude, wieder mit meinen Gefährten zusammen zu sein, war nicht viel größer als die, welche mir die Güte der russischen Damen und besonders das zärtliche Gefühl derjenigen erweckte, die mein Herz gewonnen hatte. Nichts wünschte ich mir glühender, als ihnen meine Dankbarkeit auszudrücken. Sie nahmen die Bezeigungen in einer Weise an, die nur dazu diente, sie zu vermehren. Sie gingen in ihrer Gefälligkeit so weit, uns mehr als sechs Monate in den Wäldern Cianguts zurückzuhalten. Als endlich die Zarin nach dem Tode Peters I., ihres berühmten Gatten, alle Verbannten, die keine Kapitalverbrechen begangen hatten, aus den Einöden zurückrief, mussten wir sie verlassen und wir schmeicheln uns, schmerzlich von ihnen vermisst zu werden, wie wir unsererseits die lebhafteste Erinnerung an alle ihre Güte bewahren.

Geschichte der Donna Maria

und des jungen Prinzen Justiniani

Ohne aus einer der erlauchtesten Familien zu stammen, war Donna Maria von vornehmen Eltern geboren. Da sie ihren Vater wie ihre Mutter in ihrer Kindheit verloren hatte, lebte sie unter der Obhut einer noch ziemlich jugendlichen Tante, welche sie einige Jahre über mit ebenso viel Sorgfalt wie Zärtlichkeit erzog. Sie erreichte ein Alter von vierzehn oder fünfzehn Jahren, ohne dass ihre Ruhe und Unschuld irgendwie gestört wurde; dann aber hub die Liebe an, ihr das Leben auf einem Landbesitz, welchen sie niemals verlassen hatte, zu vergiften. Der Prinz Justiniani erblickte sie und fand sie liebenswürdig. Er stellte sich sehr häufig bei ihr ein; die Nähe eines seiner Landbesitze machte ihm dies leicht. Sie gewöhnte sich daran, seine Besuche zu empfangen und sogar ihn zu lieben, ehe sie noch recht wusste, was Liebe bedeutete. Wusste nicht, welches die Absichten des Prinzen waren, und ob er daran dachte, sie zu heiraten. Obwohl sie an Geburt ziemlich viel unter ihm stand, war sie doch einem adligen Hause entsprossen und ihr Vermögen war keineswegs zu verachten. Doch überließ sie sich ihrer Herzensneigung, ohne solchen Erwägungen nachzuhängen, bis sie sich tausend Verdrießlichkeiten von außergewöhnlichster Art ausgesetzt fand. Ihre Tante hatte bis dahin in derselben Einsamkeit wie sie gelebt und hatte ihre Freude daran, den Prinzen oft in ihrem Hause zu sehen. Ohne sich über Donna Marias Anteilnahme daran zu beunruhigen, war sie in aller Höflichkeit bestrebt, seine öfteren Besuche herbeizuführen. Vielleicht geschah es anfangs nur einfach aus Freude an Vergnügen und Gesellschaft, doch die verbindliche Miene des Prinzen, der sich seines Ermessens bestreben musste, ihr zu gefallen, ließ den Gedanken in ihr wach werden, er spüre eine Neigung zu ihr, und die, welche er ihrer Nichte bezeige, sei nur ein Schleier, mit welchem er seine wahren Gefühle verdecke. Sie hatte noch eine gewisse Jugend mit einiger Schönheit, vor allem aber besaß sie ein unerschöpfliches Maß von Eigenliebe. Es bedarf ja doch so wenig, um in einer Frau die Einbildung wachzurufen, sie sei vielleicht geliebt. Auf einmal nahmen sie Ehrgeiz und Liebe in Beschlag und machten einen fast gleichen Fortschritt in ihrem Herzen und Sinn.

Der Prinz und Donna Maria merkten nicht alsogleich darum. Und als ihnen zum ersten Male die Augen darüber aufgingen, sahen sie in diesem Vorfall kein Übel, das sie zu befürchten hätten. Die Frucht im Gegenteil, die sie davon pflücken konnten, war, dass sie ungezwungener waren, sich zu sehen. Sie schmeichelten sich einige Zeit mit dieser Meinung, bis der Prinz, da ihnen ihre ewige Anwesenheit ein wenig lästig zu werden begann, im Einverständnis mit seiner Geliebten beschloss, sie kühler zu behandeln, um sich von ihrer Aufdringlichkeit loszumachen. Dies war der Anfang ihres Verderbens. Sie fühlte sichtlich diesen Unterschied; und da sie sich einbildete, ihre Nichte könnte ihre Nebenbuhlerin sein, warf sie auf diese einen furchtbaren Hass. Die Furcht, den Prinzen zu beleidigen, ließ sie Pläne mit einer Klugheit ausführen, deren Eifersucht nicht immer fähig ist. Sie entschloss sich, Donna Maria mit einem jungen Manne aus der Nachbarschaft zu verheiraten, der bereits einige Neigung zu ihr kundgetan hatte; regelte insgeheim alle Bedingungen für diese Heirat und benachrichtigte ihre Nichte erst am Vorabend zu dem für die Feier festgelegten Tage davon.

Die Ehrfurcht vor einer Tante, die Vater- und Mutterstelle an ihr vertrat, brachte Donna Maria in äußerste Verwirrung. Unglücklicherweise war der Prinz für einige Tage in Rom. Sie konnte ihn ihre Nöte nicht wissen lassen, und die andere hatte ausdrücklich dieses Zusammentreffen gewählt, um des Erfolges ihres Vorhabens sicher zu sein. Indessen täuschte die Liebe diese Vorsorge und flößte Donna Maria genug Festigkeit ein, um sich zu verteidigen. Sie schützte ihre allzu große Jugend und die Abneigung vor, welche sie der Ehe gegenüber besäße. Die Eifersucht ihrer Nebenbuhlerin, die klarer denn je sah, verwandelte sich in Hass. Beleidigungen und schlechte Behandlung waren seine ersten Früchte; und in einem grässlichen Übermaß von Tücke führte diese unwürdige Tante selber den jungen Mann, dessen Gattin ihre Nichte gezwungenerweise werden sollte, des Nachts in dieser Zimmer.

Ihre Absicht war, sie wirklich der Notwendigkeit, ihn zu heiraten, zu unterwerfen, um dem Aufsehen eines so fragwürdigen Abenteuers die Spitze abzubrechen, oder um sie wenigstens in den Augen des Prinzen zu entehren. Sie selber trug Sorge, dies Geschehnis zu verbreiten, indem sie mit grausamer Gewandtheit verheimlichte, dass sich ihre Nichte glücklicherweise den Händen ihres Verführers entzogen hatte. Für den Prinzen, der einige Tage später zurückkam, bedurfte es nur einer kurzen Unterredung mit seiner Geliebten, um sich von ihrer Treue und Unschuld zu überzeugen. Er besuchte sie fortgesetzt, während die Wut ihrer Tante sich nur verdoppelte, und ließ, um die Beleidigung zu rächen, die seine Geliebte erlitten, den jungen Mann, welcher so kühn gewesen war, sie während der Nacht zu beleidigen, durch seine Dienstboten züchtigen. Durch diesen Zwischenfall ward sie ihm nur noch teurer. Er gestand ihr, seine Neigung sei so groß, dass er sie heiraten wolle; doch da er nicht auf die Einwilligung seines Vaters rechnen dürfe, wisse er sich keinen anderen Rat, um mit ihr vereint zu sein, wie sich heimlich mit ihr trauen zu lassen, bis ihnen Alter oder irgendein anderer Umstand die ersehnte Freiheit des Handelns gäbe. Dem stimmte sie freudig bei. Sie überlegten sich die Weise, wie sie ihr Glück zu beschleunigen vermöchten, und nachdem sie nur ihre treuen Freunde in ihre Pläne eingeweiht hatten, schien nichts fähig zu sein, sie zu durchkreuzen.

Indessen hatte ihre gemeinsame Feindin mit so viel Sorgfalt über ihre Unterhaltungen und Schritte gewacht, dass sie alle ihre Geheimnisse durchdrang. Da ihr Hass auf ihre Nichte keine Schonung mehr duldete, schwur sie ihr, selbst auf die Gefahr hin, selber dabei zu Schaden zu kommen, Verderben. Sie bestimmte zuerst den jungen Mann, dem sie sie hatte verheiraten wollen, allen ihren Willen auszuführen. Statt einen hatte der zwei Gründe dazu: seine Wut auf den Prinzen, von dem er gezüchtigt worden war, und seine Liebe zu Donna Maria, die er sich immer noch schmeichelte, einst dank seiner Beständigkeit besitzen zu können. Man hütete sich wohl, ihn wissen zu lassen, dass es sich darum handele, seiner Geliebten zu schaden. Er ließ sich einreden, man wolle ihn glücklich machen und er könne es nur durch die Mittel werden, die man ihm vorschlage. Wie würde er einer Frau misstraut haben, welche ihm den bereits angeführten Dienst geleistet hatte! Er ging auf all ihre Vorhaben ein. Sie befahl ihm, sich an einem Tage, an dem sie entschlossen war, ihre Nichte dorthin zu führen, nach Rom zu begeben. Tatsächlich nahm sie sie unter dem Vorwande, dort einige Schmucksachen kaufen zu wollen, mit sich und brachte sie zu mehreren Kaufleuten, um die Zeit in die Länge zu ziehen, und als sie die Nacht herniedersinken sah, machte sie sich in ihrer Kutsche wieder auf den Weg nach ihrem Besitztum. Drei Männer, die sich auf der Straße aufgestellt hatten, hielten den Wagen an einer entlegenen Stelle an, beraubten alle beide unter geheuchelten Drohungen, und sich auf Donna Maria stürzend, welche sie nach ihren Worten als den schönsten Teil ihrer Beute ansahen, befahlen sie ihrer Tante rasch, sie solle sich allein in ihr Haus begeben.

Man kann ermessen, wie erschreckt und verwirrt die junge Person war, als sie sich von drei Räubern umgeben, in der Dunkelheit der Nacht und selbst ohne Hoffnung sah, dass ihre Schreie, die ihre einzige Hilfe bildeten, gehört werden könnten. Der Verlust ihrer Ehre und ihres Lebens schienen ihr unvermeidlich. Im Augenblicke, wo sie die letzten verzweifelten Entschlüsse fasste, hörte sie das Geräusch eines Menschen zu Pferde, der sich zu nähern schien. Sie glaubte ihn durch ihre Schreie herbeigelockt zu haben. Im Nu war er bei ihr. Es war der junge Mann, der im Einverständnis mit ihrer Tante handelte; sie angeblich nicht erkennend, wendete er sich an die drei Männer, welche sich auf sie gestürzt hatten, und ermahnte sie, eine Person zarten Geschlechts mit mehr Menschlichkeit zu behandeln. Er fügte hinzu, wenn es ihr Beruf sei, zu stehlen, wolle er ihnen gern seine Börse geben, unter der Bedingung, dass sie der jungen Dame die Freiheit zubilligten. Solche Gunst verweigerten sie ihm rundweg. Sie erkannte ihn an der Stimme, warf sich ihm sofort zu Füßen, um ihn um Hilfe anzuflehen, indem sie mehreremale wiederholte, sie sei Donna Maria. »Sie«, rief er mit gemachter Verwunderung, »o Himmel, warum soll ich denn Ihnen eine solche Wohltat erweisen?« Dann sich an die Räuber wendend: »Meine Herren«, sprach er zu ihnen, »Ihr Glück ist gemacht, wenn Sie mir erlauben, mich einen Augenblick mit dieser Dame in Sicherheit zu unterhalten!« Es ward ihm zugestanden sich ihr nähern zu dürfen; und nachdem er ihr versichert, dass ihre Ehre und etwa ihr Leben rettungslos verloren seien, sagte er: »Die Begegnung mit Ihren Entführern ist hinsichtlich Ihrer Ehre und meiner Liebe ein Wunder. Ich will all mein Gut opfern, um Sie zu retten, doch unter der Bedingung, dass Sie einverstanden sind, mich zu heiraten, und um all mein Misstrauen zunichte zu machen, mir das hier zu gewähren, was Ihnen diese drei Verbrecher zweifelsohne zu rauben willens waren!«

Wie entsetzlich auch Donna Maria solcher Vorschlag erscheinen musste, sie brauchte keinen Augenblick zu überlegen. Die Gewissheit, umzukommen, wenn sie in den Händen dieser drei Menschen bliebe, und die Hoffnung wenigstens, sich leichter verteidigen zu können, wenn sie nur mit einem einzigen zu kämpfen hätte, entrissen ihr ein Versprechen, an dem ihr Wille nicht beteiligt war. Ihr Retter, welcher ihr kein minder abscheulicher Unhold als die drei anderen schien, fuhr fort, mit diesen in ihrer Gegenwart zu verhandeln, um sie von der Wichtigkeit des Dienstes zu überzeugen, den er ihr leistete; und hieß sie gehen, nachdem er seine Rolle mit viel Gewandtheit zu Ende gespielt hatte. Sie blieb mit ihm allein. Er drängte sie zur Erfüllung ihres Versprechens: eine bedeutend größere Gefahr als die, der sie sich ausgeliefert geglaubt hatte. Tatsächlich konnte ihr nur der Himmel helfen; und der wachte über sie.

Als Donna Maria allein und ohne Verteidigung mit einem Liebhaber blieb, der sie so wenig achtete, sah sie ein, dass ihr nur die Wahl zwischen dem Opfer ihrer Ehre und ihres Lebens blieb. Welchen Abscheu auch ein Mädchen vor tadelnswerten Handlungen hat, man kann bei solchen Gelegenheiten niemals zwei gegen eins zugunsten der Tugend wetten. Nicht weil es der Tugend an Kraft fehlt, Siegerin zu bleiben, sondern weil sie gewöhnlich von der Furcht unterbunden wird, die sich des Herzens bemächtigt und dem armen Gemüte die Schrecken des Todes so grausig ausmalt, dass sie, ohne die schwächere zu sein, einzig zu handeln unterlässt, weil es ihr schier unmöglich wird, sich wahrnehmbar zu machen. Ich will nicht entscheiden, wie sich diese Szene abgespielt haben würde, wenn Donna Maria mit denselben Augen wie die meisten Menschen ihres Alters den Tod vor sich gesehen hätte; doch den Kummer, den sie geprüft hatte, und den, den sie noch vor sich sah, belebte der Gedanke, dass sie, wenn sie sich ihr Leben durch eine Freveltat erkaufte, ihres Prinzen unwürdig werden und alle Rechte an seine Liebe verlieren würde. Diese drei Gründe genügten, um sie das Leben hassen zu lassen und den Sieg ihrer Ehre zu erleichtern.

Sie hatte Zeit, sich solchen Betrachtungen hinzugeben, während ein Rest von Wohlanständigkeit den jungen Mann warten ließ, bis sich die angeblichen Räuber entfernt hatten. Als er sie dann sogleich zur Erfüllung ihres Versprechens drängte, sah er sie zu seiner Überraschung ihm zu Füßen fallen und von ihr eine rührende Antwort erhalten, in der sie ihn beschwor, sie von dem Leben als dem unerträglichsten aller ihrer Übel zu befreien. Diese Bitte war sicherlich von Tränen und all dem begleitet, was ein Herz zu rühren vermochte, das dem Mitleid nicht ganz verschlossen sein konnte, da es für Liebe so empfänglich war. Die Wirkung übertraf alle Hoffnungen. Der junge Mann war weder Verbrecher noch Barbar. Donna Marias Tante hatte ihn nur durch ihre Pläne schlecht gemacht und bei seiner hitzigen Leidenschaft und tollen

Eifersucht ist es nicht verwunderlich, dass er sich so leicht dazu hergab, sie auszuführen. Die Liebe aber, welche nach und nach zu jedem Übermaße fähig ist, ließ ihn in einem Augenblicke von den frevelvollen Wünschen zu den edelsten Gefühlen der Tugend übergehen. Es war ihm schwer, Worte zu finden, um ihr seine Reue zu bekunden; und nachdem der feste Entschluss zum Verbrechen, dem er so frevelvoll nachgegeben hatte, endlich aus seinem Herzen gewichen war, stand er bebender vor seiner Geliebten, als sie es vorher vor ihm getan hatte.

Er hieß sie, die demütigende Stellung aufgeben, in der sie noch verharrte. Die Scham, sie zu dieser gezwungen zu haben, ließ ihn sie nun seinerseits einnehmen. Er legte ihr alles dar, was sie seines Ermessens besänftigen konnte: das Übermaß seiner Liebe und die Verzweiflung, in die sie ihn mit ihrer Verachtung getrieben. Er beschwor sie, ihm das Leben erträglicher zu machen oder ihm den Tod zu geben; es gab dieselbe Szene von vorher, nur waren die Rollen vertauscht. Ohne in der Kunst, die Leidenschaften der Männer auszunutzen, bewandert zu sein, ließ ihr natürlicher Menschenverstand Donna Maria alles benutzen, was sie ihrem Gefühle nach für gut hielt: Sie glaubte, bei derartigen Gelegenheiten müsse man einer so gefährlichen Neigung schmeicheln. Sprach zu ihm: »Das sind Beweise, die mich von Ihrer Zärtlichkeit überzeugen; und ich bin gerührter darüber, als ich es bislang von all Ihren Bemühungen um mich war!« Sie drängte ihn dann, sie sofort zu ihrer Tante zurückzuführen, indem sie ihm fortgesetzt versicherte, er würde mit ihrer Dankbarkeit zufrieden sein.

Der arme Liebhaber küsste die Spuren ihrer Füße und glaubte sich allzu glücklich in Anbetracht ihrer Gunst, von welcher er sich wahrlich ganz etwas anderes versprach. Im Augenblick seiner Freude hielt er es für verdienstvoll, seine Geliebte wissen zu lassen, dass er sich auf Rat ihrer Tante entschlossen habe, ihr die Not, der sie soeben entronnen sei, zu bereiten; und erzählte ihr, auf welche Weise die Ränke ins Werk gesetzt worden seien. Er leistete ihr in der Tat einen Dienst, indem er ihr die Bösartigkeit dieser Tante schilderte und ihr infolgedessen Furcht vor neuen Beleidigungen seitens dieser Wütigen einflößte. Donna Maria entschloss sich sofort, die Eröffnung zu benutzen, um Zuflucht in einem anderen Hause wie dem ihrigen zu suchen. Sie teilte ihren Plan dem jungen Manne mit, der dem alsogleich beistimmte, da er hoffte, wenn er ihr selber einen Schlupfwinkel anböte, würde er nicht nur die Freiheit haben sie zu sehen, sondern auch mit einer gewissen Macht über sie gebieten können. Er schlug ihr das Haus einer Verwandten vor, welches in einem Nachbardorfe lag, und Donna Maria, die nur an die gegenwärtige Gefahr dachte, nahm dies Anerbieten gerne an. Sie setzte sich hinter ihm auf sein Pferd. Die Dunkelheit der Nacht machte ihr Vorwärtskommen sehr schwierig. So ritten sie denn einige Zeit lang, einer scheinbar äußerst zufrieden mit dem anderen, dahin. Doch die traurige Maria fühlte im Grunde ihres Herzens all die Härte ihres Schicksals. Das eben gehörte Geständnis erlaubte ihr kein sicheres Vertrauen zu ihrem Führer zu haben. Wiewohl seine Reue echt schien, hatte er sich doch auf einen so furchtbaren Plan eingelassen, an den sie nicht ohne Beben denken konnte. Weniger ihm selber war sie für seinen Gesinnungswechsel verpflichtet als einem Wunder des Himmels, das seine verbrecherischen Pläne plötzlich zunichte gemacht hatte. Welche Gewissheit hatte sie, dass sie nicht wieder aufleben konnten? Des ferneren stellte sie sich vor, dass ihre Freiheit an dem Zufluchtsorte, wohin sie sich führen ließ, stets in Gefahr sein oder sie teuer zu stehen kommen würde.

Während sie solchen Gedanken nachhing, hörte sie das Geräusch eines Wagens, der sich auf der Hauptstraße näherte und von mehreren Leuten zu Pferde begleitet wurde. Ihr Führer wollte einen Umweg einschlagen, um ihm auszuweichen. Sie aber stellte ihm ungekünstelt vor, da sie alle beide im Einverständnis wären, hätten sie niemandes Begegnung zu scheuen. Schon war der Wagen ziemlich nahe und eine große Zahl Laternen- und Fakelträger verkündeten eine Person von Rang. Donna Maria fasste auf der Stelle einen sehr merkwürdigen Entschluss. Ließ sich von der Kruppe herabgleiten, und schnell vor die Kutsche laufend, erhob sie die Hände, indem sie den Kutscher anzuhalten bat. Dies Schauspiel ließ tatsächlich die ganze Gesellschaft haltmachen. Der Kardinal von C..., welcher ihr Herr war und der nach Rom zurückkehrte, wiewohl es schon zu später Nachtstunde war, streckte den Kopf hinter dem Vorhang hervor. Er war höchlichst überrascht, eine wohlgekleidete junge Dame voll des Liebreizes zu sehen, die sich vor ihm auf die Knie zu werfen anschickte und ihn mit gefalteten Händen bat, ihr Leben und ihre Ehre zu retten. Er zauderte nicht, ihr einen Platz in seinem Wagen anzubieten. Sie nahm ihn an; ihr Führer aber oder vielmehr ihr Entführer fürchtete, diese unvorhergesehene Szene möchte nicht gut für ihn ablaufen, und bestrebte sich, so schnell nur sein Pferd laufen wollte, zu entfliehen.

Da die Tränen und die Erregung eines flüchtigen Schmerzes Donna Marias Schönheit nur hoben, schien sie in den Augen des Kardinals eine der liebenswürdigsten Personen der Welt. Er fragte sie mit lebhaftestem Eifer, durch welches Abenteuer er so glücklich sei, ihr dienen zu können. Diese Frage, die sie vorausgesehen haben musste, setzte sie nicht in Verwirrung. Sie wollte ihm gern ihr Verhältnis mit dem Prinzen Justiniani verbergen, was schwierig war, wenn sie von dem Hass ihrer Tante und der Ursache ihres Unglücks redete. Auch noch ein anderer Grund hinderte sie daran: Sie war unsicher, wohin sie bitten sollte, dass der Kardinal sie führen möchte. Sie besaß keine näheren Bekannten in Rom, und alle Hoffnungen der Welt hätten sie nicht einwilligen lassen, wieder zu ihrer Tante zurückzukehren. Schließlich sah sie sich zu Erklärungen genötigt und beschränkte sich darauf, das Ereignis zu erzählen, welches ihr der Bösartigkeit eines jungen Mannes zufolge, der sie wider ihren Willen heiraten wollte, in selbiger Nacht zugestoßen war; sie bat den Kardinal, ihr behilflich zu sein, eine Zufluchtsstätte in einem Kloster zu finden.

Der Kirchenfürst merkte mühelos, dass sie ihm die Wahrheit teilweise verschweige, doch ihre Sittsamkeit und ihre adlige Art und Weise sprachen so sehr zu ihren Gunsten, dass er ihr seinen Schutz von Neuem zusicherte. Sein guter Wille aber ging so weit, dass er, da er sie zu dieser Stunde in kein Kloster bringen konnte und es ihm die Furcht vor Ärgernis auch nicht erlaubte, sie den Rest der Nacht in seinem römischen Palaste verweilen zu lassen, die Güte hatte, mit ihr nach seinem sehr weit entfernt liegenden Landhause zurückzukehren. Sie ward dort mit aller Sorgfalt und Ehrerbietung bedient. Da der Kardinal verpflichtet war, anderen Morgens in Rom zu sein, ließ er sie allein, nachdem er sie gebeten, dort ruhig bis zu seiner Rückkunft zu verharren, und ihr versprochen hatte, ihr ihrem Wunsche entsprechend eine Zufluchtsstätte in einem Nonnenkloster zu erwirken.

Unmöglich war es, dass die Leute des Kardinals keine Neugier verspürten, zu erfahren, wem ihr Herr solchen Dienst geleistet hatte. Sein Haushofmeister, ein reicher und wollüstiger Mann, der sich das Erlebnis auf der Landstraße hatte erzählen lassen, war weniger leichtgläubig als sein Herr. Er konnte sich nicht vorstellen, dass eine kluge und wohlgeborene Dame inmitten der Nacht wider ihren Willen im weiten Felde angetroffen würde, und aus solchem Grunde seine Einbildungskraft spielen lassend, hegte er den grausamsten Verdacht auf ihre Ehre und

Tugend. Des weiteren war er von ihrem Reiz so entzückt, dass, als der Kirchenfürst kaum den Weg nach Rom wieder eingeschlagen hatte, er sich beeilte sie in ihrem Zimmer aufzusuchen, da er sich versprach, leicht einen Vorteil aus ihrer Lage ziehen zu können. Sie empfing ihn in der liebenswürdigsten Art, aus der man schon ihren Charakter lesen konnte. Eine so günstige Aufnahme vermehrte die Hoffnungen und Wünsche des Haushofmeisters noch. Nach einigen Erklärungen über ihr Missgeschick, bei denen sie sich wohl in acht nahm, nicht mehr verlauten zu lassen, als sie schon dem Kardinal gesagt hatte, bot er ihr einen angenehmeren Zufluchtsort als ein Kloster an, nach dem sie zu verlangen schien, und gab ihr sehr deutlich zu verstehen, dass es von ihr abhinge reich und glücklich zu werden, indem sie seine Anerbieten annehme. Ohne schon seinen Absichten zu misstrauen, dankte ihm Donna Maria höflich mit jener edlen Einfachheit, welche ja die wahre Ehre begleitet. Wenn er nach dieser Weigerung auch eine bessere Ansicht von ihren Sitten bekam, so versicherte er sich doch durch seine Unterhaltung, dass sie nicht erfahren genug sei, um sich nicht täuschen zu lassen; und fasste alsbald einen anderen Plan, mit dem er mehr Erfolg hatte. Er ließ sie allein, um seine Vorbereitungen zu treffen. Gegen Abend kam er zu ihr zurück, und vorgebend, durch einen Boten Nachrichten vom Kardinal erhalten zu haben, ließ er sie einen gefälschten Brief sehen, in welchem ihm der Kirchenfürst befahl, sie nach Rom in ein Kloster zu bringen, dessen Namen er ihm zugleich mit allen näheren Umständen bezeichnete, die seinen Ränken vollkommene Wahrscheinlichkeit verschafften. Seine Absicht ging dahin, sie einen ganz entgegengesetzten Weg zu bringen. Er besaß in einiger Entfernung ein hübsches Haus, dessen er sich seit Langem für seine Liebesvergnügungen bediente. Und schmeichelte sich, Donna Maria zu besiegen, wenn sie in seiner Macht sei; da er die Leichtgläubigkeit seines Herrn kannte, zählte er darauf ihm leicht einzureden, sie sei von selber davongelaufen aus Furcht, als Abenteuerin entlarvt zu werden.

Tatsächlich ließ sie sich von diesem Verbrecher betrügen. Die Ehrerbietung, mit der er sie zu behandeln sich bestrebte, vermochte ihrem Misstrauen zuvorzukommen und das Unglück des schönen Kindes hätte vielleicht nicht auf sich warten lassen. Sie bestieg mit ihm einen bereitstehenden Wagen; doch schlugen sie den Weg nach Rom nur so lange ein, wie es notwendig war, um sie über ihre Fahrt zu täuschen.

Wenn auch der neue Entführer Gewalt genug über sich hatte, um seine Wünsche bis zu seinem Hause im Zaume zu halten, so wechselte er seine Sprache doch beim Ankommen, und Donna Maria erkannte zu spät, dass sie sich zu ungelegener Zeit außer Gefahr geglaubt habe. Schmerz und Furcht ließen sie wieder in Tränen ausbrechen. Schwache Hilfe wider einen verstockten Verbrecher, der nur seine eigene rohe Lust an ihr zu stillen sucht, ohne sich darüber aufzuregen, ob sie sein Vergnügen dabei teile! Bitten, Kniefälle, all die kleinen Kunstmittel, welche sie mit so viel Glück in der vorhergehenden Nacht angewendet hatte, reizten diesen Brutalen nur zum Hohngelächter. Sie sollte nun die Schande erleiden, die ihr in der Nacht vorher schrecklicher als der Tod zu sein dünkte; doch hatte der junge Mann wenigstens nichts wie die Rechte eines Gatten erbeten, oder sie angefleht, ihn als solchen anzunehmen.

Der Himmel ließ ein zweites Wunder zu Donna Marias Gunsten geschehen. Im Augenblicke, wo der alte Satyr am lästigsten und dringlichsten wurde, erschien der Prinz Justiniani in der Zimmertüre, erblickte seine Geliebte und schloss aus ihren Tränen und der demütigenden Stellung, in der er sie vorfand, auf das, was sie zu erleiden und zu befürchten gehabt hatte. Wut übermannte ihn. Er durchbohrte den Haushofmeister mit einem Degenstich, der diesen zu Boden warf. »Ach, teure Maria, sind Sie es wirklich? Sind Sie es«, rief er aus, sie mit Leidenschaft in seine Arme ziehend, »durch welch eine grausame Himmelsfügung sind Sie in die Hände eines niederträchtigen Feiglings gefallen?« Wütend, wie er war, verdoppelte er seine Stöße nach dem Intendanten und raubte ihm durch zahllose Verwundungen das Leben.

Als Donna Maria sich also glücklich befreit sah, beschloss sie mit ihrem Prinzen nach Rom zu reisen. Er erzählte ihr, welcher Mittel sich der Himmel bedient hätte, um ihn ihre Spuren entdecken zu lassen, und welchen Eifer er angewendet, um sie in einem Augenblicke wieder zu finden, wo sie seiner Hilfe so bedurfte. Er war am Vortage in das Haus ihrer Tante gekommen und hatte dort erfahren, dass sie mit Donna Maria in Rom weile, daß sie aber selbigen Tages zurückkommen müssten. Er hatte sich ein Vergnügen daraus gemacht, ihre Rückkunft zu erwarten, als er ihre Tante allein und mit vorgeblichen Zeichen von Schauder und Schmerz zurückkehren sah. Sie hatte es nicht unterlassen, ihm einen Bericht über ihr und ihrer Nichte angebliches Unglück abzulegen. Alsobald war er in allem Ungestüm der Liebe, gefolgt von mehreren seiner Leute, zu Pferd gestiegen und war nach dem Orte gejagt, wo der falsche Raub vor sich gegangen. Man hatte ihn hinsichtlich der Stelle nicht getäuscht, doch die Entfernung hatte die Tante voraussehen lassen, dass seine Hilfe viel zu spät kommen würde. Tatsächlich wusste er sich auf der Straße keinen Rat, was er tun sollte, als er die Räuber verfehlt hatte, und war während des Restes der Nacht mit weniger Vernunft als Wut und Verzweiflung in den benachbarten Ländereien umhergestreift. Schließlich hatte er den jungen Mann gefunden, der bei Ankunft der Kutsche die Flucht ergriffen, und den wie ihn selber die Liebe verpflichtet hatte, Donna Maria zu suchen. Von ihm erfuhr er einen Teil der Einzelheiten, die man erzählt hat; und sich sorgfältig über die geringsten Umstände, welche den Wagen, die Livreen und den Weg des Kardinals angingen, unterrichtend, war es ihm gelungen, zu erfahren, wer der Kirchenfürst sei. Alles Übrige war sehr leicht gewesen, wiewohl er nur mit Mühe dem Wege des Haushofmeisters auf die Spur gekommen war.

Drei oder vier Pferde hatte er auf all diesen Wegen zuschanden geritten; und trotz seiner äußersten Besorgnis, dass seine Geliebte seiner Hilfe bedürfte, sah man, dass er wie durch eine außergewöhnliche Gunst des Himmels geleitet worden war. Zwei Umstände, die gleichermaßen wichtig waren, hatte das Liebespaar nun zu beachten. Welches Einflusses sich auch der Prinz um seiner selber und seiner Familie willen zu schmeicheln vermochte, er musste das Gericht von des Intendanten Tode benachrichtigen. Die Wahl einer Zufluchtsstätte für Donna Maria war eine nicht minder dringliche Angelegenheit und die Liebe ließ ihn seine erste Sorgfalt darauf verwenden. Der Prinz hatte stets Zuneigung und Vertrauen zu der Frau eines reichen Kaufmanns gehegt, die seiner Mutter vor ihrer Verheiratung als Zofe gedient. Es war aber diese eine Bürgerin von einigem Ansehen, da sie bei viel Geist und Vorzügen auch noch eine gewisse Lebensart besaß, die sie sich während ihrer Jugend in einer der angesehensten Familien Roms angeeignet hatte. Des ferneren wohnte sie so angenehm, um Donna Maria mühelos ein eigenes und behagliches Gemach einräumen zu können. Auf sie und ihr Haus lenkte der Prinz seinen Blick. Selber führte er seine Geliebte dorthin, und der Zufall wollte es, dass der Kaufmann nicht zugegen war. Man kam um der Sicherheit der Liebesintrige willen überein, ihm das Geheimnis solange wie möglich zu verbergen. Seine Gattin war entzückt, dem Prinzen, in dem sie noch immer ihren Herrn sah, unentbehrlich zu werden, und versprach ihm alles mit einem Wohlwollen, welches das Liebespaar ihrer Dienste versicherte.

Es handelte sich nun noch darum, das Gericht hinsichtlich des Todes des Haushofmeisters zu beruhigen, und darauf zu sehen, welch ein neues Wunder die Liebe zu Donna Marias Gunsten bewirkte, um sie mit ihrem Geliebten durch eine glückliche Heirat zu vereinigen. Der Prinz konnte nicht Abstand davon nehmen, seinen Vater die heftige Handlung, die er begangen hatte, wissen zu lassen, zumal er dessen Einflusses in dieser Sache zu seiner Unterstützung bedurfte. Er teilte ihm nicht mehr mit, als zum Nutzen seiner Liebe dienlich war, denn Donna Maria, die sich des Widerstandes, den sie von einem so erlauchten Hause erwarten musste, gewärtig war, hatte ihn beschworen, diese Vorsicht nicht außer Acht zu lassen. Doch mit welcher Leichtigkeit auch die Gerichtsverfolgung unterbunden ward, es geschah, wie ihm Donna Maria vorausgesagt hatte, dass mehrere neugierige Leute sich über den Grund des Abenteuers aufklärten und die Einzelheiten des Geschehnisses sich bald in der Stadt verbreiteten. Sie drangen bis zu dem Vater des Prinzen, welchen das Gerücht von einer so heftigen Leidenschaft seines Sohnes und der Gefahr, die dieser zu allen Augenblicken lief, sein Glück durch eine unebenbürtige Heirat zu vernichten, erbeben ließ. Er zauderte nicht, ihm seine Furcht und seine Absichten kundzutun. Mit einiger Verstellung und einigem Gehorsam hätte er wenigstens die Unruhe seines Vaters zu vermindern und ihn in seinen Hoffnungen zu erhalten vermocht. Doch ein verliebtes, treues und edelmütiges Herz ist der Heuchelei nicht fähig. Seine Neigung zugestehend, bestrebte er sich einzig sie mit dem außergewöhnlichen Verdienste seiner Geliebten zu rechtfertigen, und solcher Umstand diente nur dazu, den herrischen Sinn seines Vaters mehr denn je aufzuregen. Sein Zorn führte ihn soweit, den Papst zu bitten, bei der Strafe des Kirchenbanns an die Pfarrer und Priester des römischen Staates ein Verbot ergehen zu lassen, ohne ausdrücklichen Befehl von seiner oder des Papstes Seite der Ehe seines Sohnes den Segen zu erteilen. Gleichzeitig hieß er mehrere Leute seiner Gefolgschaft die Zufluchtsstätte dieser Geliebten ausfindig machen, wahrscheinlich unter dem Vorhaben, beide völlig der Freude sich zu sehen zu berauben. Der junge Prinz merkte, dass er bewacht wurde. Dieser Umstand zwang ihn, Donna Maria weniger oft zu sehen und gab seinen Augen, wenn er sie sah, einen solch erschreckten und unsteten Ausdruck, dass er das zarte

Mädchen beunruhigen musste. Sie kannte ihr gemeinsames Unglück noch nicht, doch ihren inständigen Bitten zufolge gelang es ihr bald, darin klar zu sehen.

Sie hörte, was sie hundertmal vorhergefühlt und ihr eine allzu leichtgläubige Zärtlichkeit nicht zu vermeiden erlaubt hatte; so befand sie sich denn in dem schrecklichsten Zustande, der ein Mädchen ihres Alters und ihrer Herkunft überkommen kann, dass sie Zeit ihres Lebens verurteilt war, um einer tugendhaften Liebe und einer unantastbaren Aufführung willen Scham und Qual ertragen zu sollen.

Nach dem Auftritt, den der alte Fürst in Szene gesetzt hatte, musste sie durch ein und denselben Schlag ihr Glück und ihre Ehre als vernichtet ansehen, und selbst die Zärtlichkeit und Standhaftigkeit ihres Geliebten konnten sie in nichts trösten, obwohl sie sich keiner wirklich tadelnswerten Handlung schuldig fühlte. Sie hörte, wie gesagt, einen Teil der Wahrheit und argwöhnte das Übrige. Dem widerstand sie nicht. Dazu bedurfte es mehr Fertigkeit, als man in einem so gefühlvollen Herzen wie dem ihrigen voraussetzen konnte, und auch mehr Kraft, als sie von einer ungewöhnlich zarten Leibesbeschaffenheit zu erwarten hatte. Donna Maria überkam eine heftige Krankheit. Man fürchtete einige Zeit für ihr Leben. Der Prinz war tödlich betrübt über die Gefahr, in welcher er sie schweben sah, und sagte ihr alles, was seines Ermessens Eindruck auf sie machen und ihr wenigstens durch Hoffnung helfen konnte, doch brachte er nichts Wahrscheinliches vor, worauf man hätte Vertrauen können.

Schließlich fasste er in dem Augenblicke, wo ihr Tod ohne dieses Hilfsmittel als sicher erschien, den Entschluss, Italien mit ihr zu verlassen, und schmeichelte sich, ihr durch solch ein Versprechen das Leben wiederzugeben. Tatsächlich war dies das einzige Mittel, um sie aus äußerster Gefahr zu retten. Ihre Seele, schon bereit, ihren Leib zu verlassen, ließ sich leicht durch einen Vorschlag zurückhalten, der ihr all ihre Hoffnungen wiedergab, besonders als der Prinz versicherte, dass er festen Entschlusses sei, sie nach England zu führen und sie dort bei der Ankunft zu heiraten. Sie zweifelte keinen Augenblick, dass er es ehrlich meine; kannte sie doch sein Herz, wie sie das Ihrige kannte. Zwei zärtliche und edelmütige Herzen kennen sich ja so gut!

Ihre Gesundheit zauderte nicht sich wiederherzustellen, und als dies völlig geschehen war, beschäftigte man sich nur mit den Vorbereitungen zur Abreise. Doch die Kaufmannsfrau, die in ihre Pläne eingeweiht war, kühlte ihren Eifer durch eine Erwägung ab, die ihnen Unruhe verursachte. Sie ließ sie daran denken, dass es für den Prinzen, beobachtet, wie er es dank der Befehle seines Vaters war, schwierig sein würde, heimlich genug zu verschwinden, um seine Wächter zu täuschen, und dass es, wenn er das Unglück hätte, mit seiner Geliebten aufgehalten zu werden, vielleicht ganz um sie geschehen wäre. Sie riet ihnen daher, einer nach dem anderen den Kirchenstaat zu verlassen, um sich wenigstens nicht der Gefahr auszusetzen, in demselben Netze gefangen zu werden. Und fügte hinzu, dass es sich dann nur noch darum handle, Hüter für Donna Maria zu finden; sie selber bot ihnen ihren Vater und ihre Mutter an, die besonnen genug waren, um das Zutrauen des Prinzen zu verdienen, und so eifrig wären, ihm zu dienen, dass sie alles unternehmen würden, was ihm lieb sein möchte. Die Mutter sollte als ihre Amme durchgehn. Dieser neue Plan schien der sicherste für das Liebespaar. Mühelos entschlossen sie sich zu einer kurzen Trennung, die zur vollkommenen Wiederherstellung ihres Glückes dienen sollte. Donna Maria verließ Rom, um den Weg nach Civitavecchia einzuschlagen, wo sie bald anlangte. An Bord eines englischen Schiffes fuhr sie von dort nach London und erreichte ohne einen anderen Zwischenfall wie den Tod des guten Alten, der sie geleitete, die Themse.

Als sie im Hafen anlangte, blieb ihr nur die Gesellschaft der alten Frau, die man als ihre Amme ausgab. Der Kapitän, der sie auf der Reise sehr liebenswürdig behandelt hatte, bot ihnen fortgesetzt seine Dienste an. Man wies sie dankend zurück; und wiewohl sie kein einziges Wort Englisch konnten, beeilten sie sich, die Stadt zu gewinnen. Vergebens rief ihnen der Kapitän nach: »Wohin gehen Sie? Kein Mensch wird Sie verstehen; gestatten Sie, dass ich Ihnen als Führer diene!« Sie zeigten dabei nur noch mehr Eifer, sich zu entfernen, als ob sie etwas von einer Person gemerkt hätten, die darum wüsste, von wo sie gekommen wären, und die sie früher oder später erkennen könnte. Der Zufall fügte es, dass der Kammerdiener eines englischen Edelherrn, der eine Reise nach Italien gemacht hatte, sich am Hafen befand, während der Kapitän mit lauter Stimme zu ihnen sprach. Er nahm an, es sei kein gewöhnliches Abenteuer, zumal er schon von der Schönheit der jungen Dame betroffen geworden war, und beschloss, ihnen unauffällig zu folgen. Als er ohne Zögern sie bei Towerhill eingeholt hatte, erkannte er leicht an ihrer Ratlosigkeit über die Wahl der Straße, welche sie einschlagen sollten, dass ihr ein wenig Hilfe nicht unangenehm sein würde. Scheinbar nach ihrem Aussehen urteilend, dass sie Italienerin sei, sprach er sie in ihrer Landessprache an und war so höflich, dass er angehört wurde. Sie nahm sein Anerbieten, sie führen zu wollen, an. Nicht zu Verwandten oder Freunden, denn sie hatte keinerlei Bekannte in London, sondern sie suchte eine Wohnung, und es machte ihrem Führer keine Mühe, eine für sie zu finden. Er führte sie zu einem seiner Vettern, einem Gastwirt in der Stadt.

Er nahm sich ihrer mit einem Eifer an, den hauptsächlich Liebe verursachte; aß des Abends mit ihr und nachdem er sie seinem Verwandten anvertraut hatte, zog er sich äußerst zufrieden mit seinem guten Glück zurück.

Seine Freude darüber konnte er seinem Herrn nicht verhehlen. Er erzählte ihm sein Abenteuer, als er ihn entkleidete, und verfehlte nicht, ihm ein liebenswürdiges Bild von der jungen Italienerin zu entwerfen. Alsbald ward dem redseligen Kammerdiener hitzig die Erklärung abverlangt, wo er seine Fremde gelassen habe, und als er sich hartnäckig weigerte, dies anzugeben, wurde er aufs Übelste behandelt. Da er einiges Vermögen in seinem Berufe angesammelt hatte, beschloss er ihn auf der Stelle aufzugeben. Doch der dadurch noch mehr gereizte Lord ließ ihn folgenden Tages mit so dringlichem Befehl suchen, dass man seinen Zufluchtsort entdeckte. Es war das gleiche Gasthaus. Man hörte, er sei in dem Gemache der Italienerin; der Lord betrat es ungestüm und die erste Höflichkeit, die er der jungen Dame erwies, war der Vorwurf ihrer Vertraulichkeit mit einem Lakaien. Da sie auf nichts vorbereitet war, erschreckte sie dieser Vorgang so sehr, dass sie keinen Zweifel hegte, erkannt zu sein. Sie warf sich dem Lord zu Füßen und bat ihn, Mitleid mit ihr zu haben. Trotz seiner Überraschung, sie also vor sich zu sehen, besaß er doch genügsam Geistesgegenwart, um die Wahrheit teilweise zu erraten, und nutzte ihren Irrtum so geschickt aus, dass er sie verband, in seinen Wagen zu steigen und sich seiner Führung zu überlassen. Mylord hatte keinen anderen Gedanken wie sie zu sich zu führen, in der Hoffnung wahrscheinlich, ihr seine Absichten in seinem Zimmer kundtun zu können. Im Augenblick, wo er vor seinem Palaste anlangte, fuhr dort auch Myladys …, seiner Mutter, Wagen vor. Die Dame erblickte ein Mädchen bei ihrem Sohne. Sie wollte unterrichtet sein, wer sie sei. Des Herrn und des Lakaien Verwirrung ergötzte sie. Als sie schließlich dringender ward, erfuhr sie die Einzelheiten des Abenteuers.

Glücklicherweise verstand auch sie die italienische Sprache. Sie hatte Lust, mit der jungen Fremden zu reden, welche sie nichtsdestoweniger für ein ehrloses Mädchen hielt. Nach einigen Augenblicken der Unterhaltung aber fand sie sie so geistreich, wohlerzogen und reizend, so unschuldig und bescheiden, dass sie eine ganz entgegengesetzte Meinung von ihr bekam. Alle ihre Bemühungen, dieser das Geheimnis ihrer Geburt und ihres Unglücks abzulocken, waren fruchtlos; doch ließ sie sich nicht dadurch hindern, auf der Stelle Verfügungen zu treffen, um ihr einen anständigen Zufluchtsort anzuweisen, bis ihre Angelegenheiten klargestellt worden waren. Dort ward sie tatsächlich mit ihrer treuen Begleiterin untergebracht.

Der Verlust ihres Führers machte ihr bei ihrer Ankunft in London einen ärgerlichen Strich durch die Rechnung. Der Greis hatte dem Prinzen versprochen, ihm beim Verlassen des Schiffes Nachricht von ihrer Ankunft zu geben, und ihm den Stadtteil zu bezeichnen, wo man eine Wohnung gewählt. Auf dieses Zeichen hin hatte der junge Mann Italien verlassen wollen; man kann sich daher lebhaft denken, dass er es mit einiger Ungeduld erwarten musste. Doch die Verwirrung, welcher die beiden furchtsamen Frauen dieser Tod ausgeliefert hatte, erlaubte es ihnen nicht, so bald nach Rom zu schreiben, wie man dort ihren Brief erwartete. Der Prinz wusste bereits durch Erkundigungen, die er in Civitavecchia eingeholt, dass das Schiff glücklich in England angelangt war, und dass dies der Kapitän selber in seinen Nachrichten mitgeteilt hatte. Er wusste sich keinen wahrscheinlichen Grund für die Verzögerung des Briefes seiner Geliebten. Seine Unruhe war bald ebenso maßlos wie seine Liebe und natürliche Lebhaftigkeit.

Die Wahrheit zwingt mich, hier einige Charakterzüge anzuzeigen, die man an dem jungen Edelmanne bereits kennengelernt hat. Da er unter der Obhut einer Großmutter erzogen worden war, die nichts Teureres als ihn besaß, merkte man ihm dank der übermäßigen Duldsamkeit einer blinden und übelangebrachten Zärtlichkeit seine schlechte Erziehung an. Nicht sobald hatte er sich, mit sehr heftigen Leidenschaften begabt, alt und unabhängig genug gesehen, um sie befriedigen zu können, als er ihnen die Zügel schießen ließ. Man hatte ihm seine Übeltaten nicht vorgeworfen, aber all die Liederlichkeiten, die mit guten Gaben unvereinbar sind, hatten ihn seit mehreren Jahren in Rom berüchtigt gemacht und seine Gewohnheit, in solcher Ausgelassenheit zu leben, hatte jedermann der Hoffnung überhoben, ihn sein

Benehmen ändern zu sehen. Seine Leidenschaft für Donna Maria aber hatte als eine wahrhafte Wirkung der Liebe diesen fortwährenden Ausschweifungen ein Ende bereitet. Die Unschuld und Züchtigkeit dieses jungen Mädchens machten ebenso viel Eindruck wie ihre Schönheit auf sein Herz; und wenn man solcherart lobenswerten Eigenschaften gegenüber nicht unempfindlich bleibt, muss ein solch edles Gefühl ganz gewiss früher oder später Ehrsamkeit und ordentliche Sitten zur Folge haben. So war er sich auf einmal ganz unähnlich geworden. Doch hatte sich das Gerücht von seiner Bekehrung noch nicht in dem Maße wie das seiner Ausschweifungen verbreitet; und da es sich überdies nicht um eine Frömmlerbekehrung handelte, so konnte man diesen Wechsel auch nicht auf den ersten Augenblick bemerken.

In seinem Kummer, keinerlei Nachrichten von seiner Geliebten zu empfangen, verbrachte er den besten Teil seiner Zeit bei der Kaufmannsfrau, die er zu seiner Vertrauten gemacht, um mit ihr von seinen Sorgen zu sprechen und ihren Rat über die Maßnahmen, die er zu treffen hatte, zu hören. Oft reichte der Tag für so wichtige Beratungen nicht aus. Man brachte also auch noch einen Teil der Nacht damit zu; und die Liebe, die – um ein Wort des Grafen von Bussy anzuführen – sich stets in Wiederholungen gefällt, ließ ihn Tag und Nacht noch zu kurz dafür finden. Solch zahlreiche Besuche und lange Zwiegespräche samt den alten Gründen, weswegen alle Ehemänner Roms etwas von ihm zu befürchten hatten, ließen tausend ärgerliche Gedanken in dem Kaufmanne wach werden. Der gute Mann war nicht eifersüchtiger als es die Italiener gewöhnlich sind, doch war er es genug, um sich über den Anschein zu beunruhigen. Er wachte aufmerksamer als je über die Handlungen seiner Frau, und alles, was ruhigeren Gemütern zweideutig erschienen wäre, verwandelte sich in seinem Sinn in ebenso viele seiner Ehre schädliche Wahrheiten.

Nichtsdestoweniger versicherte man, er sei ein zu furchtsamer Charakter, als dass er sich leicht zu Gewaltmaßregeln entschließe. Einige Zeit über nährte er im tiefsten Herzen die Wut, die sich in ihm gegen den Prinzen aufgespeichert hatte, ohne dass er es wagte, seiner Frau auch nur das geringste Zeichen davon kundzutun. Seine Achtung vor ihr grenzte fast an Schwäche. Er hatte sich sehr geehrt gefühlt, als ihn ein Mädchen heiratete, das um des Gewinnes willen, den sie daraus gezogen, einem der vornehmsten Geschlechter Roms solange zu dienen, und weil sie eine beträchtliche Mitgift von ihm erhalten hatte, diesem in gewisser Weise angehörte. Er fürchtete sie. Doch als er unglücklicherweise mit seiner Freunde einem zusammengekommen war, der berechtigtere Ursache hatte, sich über den Prinzen zu beklagen, und schon seit Langem nach einer Rachegelegenheit suchte, veranlasste sie unvermerkt ihr gleicher Hass, sich einer dem anderen anzuvertrauen. Sie hatten den gleichen Willen und in der Hitze des Weins schwuren sie, ihre Klagen und ihre Rache vereinigen zu wollen. Vielleicht würden sie es an Mut, sie auszuüben, haben fehlen lassen, wenn sie sich nicht, um sich in ihrem Entschlüsse zu stärken, vorgenommen hätten, mit den beiden Brüdern des Haushofmeisters, der von des Prinzen Hand getötet worden war, heimlich Bekanntschaft zu schließen. Ihnen teilten sie ihren Plan, diesen umzubringen, mit, sich damit ihrer Mittäterschaft versichernd. Tag, Stunde, Ort und Todesart, alles wurde vorher durch Maßnahmen, die ihrem gemeinsamen Hasse entsprachen, geregelt.

So viele Vorsichtsmaßregeln aber waren überflüssig, denn nichts war leichter für sie, als ihr Unternehmen erfolgreich auszuführen. Der Prinz war nicht misstrauisch, denn er hatte sich nichts vorzuwerfen. Er begab sich regelmäßig zu der Kaufmannsfrau, ließ sich nur von einem einzigen Diener begleiten und zog sich mit ihr in das Gemach zurück, welches Donna Maria bewohnt hatte. Die Länge seiner Besuche hing von seiner Gemütsverfassung und der Gewandtheit, mit der seine Vertraute seine Besorgnisse beruhigte, ab. Er sprach öfters davon, Rom zu verlassen, ohne noch längere Zeit zu warten, sie aber bekämpfte diesen Entschluss; doch da er seine Stimme lauter erhob als sie, konnte der Eifersüchtige, der sein Ohr an die Tür gelegt hatte, das Gehörte in üblem Sinne auslegen. Er glaubte bestimmt, dass von einer Entführung seiner Frau die Rede sei, und dieser Gedanke trieb seine Wut auf den Höhepunkt. Er ließ ihn sogar die Ausführung des heimlichen Anschlags schneller ins Werk setzen, so dass er dadurch um einige Tage vorgerückt wurde.

Es ist überflüssig, sich über die Umstände dieser Szene zu verbreiten. Der junge Prinz fiel unter den Streichen von vier Ruchlosen, die ihm den Tod gaben, nachdem sie ihn all seine Schrecken hatten fühlen lassen. Seine Vertraute erlitt dasselbe Schicksal. Vergebens baten sie den Himmel, er möge ihre Unschuld bezeugen. Indessen weiß man durch des Ehemannes Aussagen, dass er, nachdem sie sie mit grimmer Wut gequält hatten, halb durch die Beschwörungen seiner Frau und besonders durch den Beweis besiegt, den er zu seinen Gunsten aus der zärtlichen Weise zog, mit welcher der Prinz zu allen Augenblicken den

Namen Donna Maria rief, nicht allein daran gedacht, ihnen das Leben zu schenken, sondern seinen Mitschuldigen diesen Vorschlag auch wirklich gemacht hatte. Doch konnte er bei diesen Schurken nichts erreichen. Die Ursache ihres Hasses war ja in jeder Beziehung verschieden. Sie beeilten sich im Gegenteil, ihr Unternehmen aus Furcht, ihr Opfer entfliehen zu sehen, zu beschleunigen; und um die Gewissensbisse des Kaufmanns zu zerstreuen, setzten sie ihm mit vielem Ungestüm auseinander, dass sie, da es nun einmal so weit wäre, ihr Verbrechen nicht unvollendet lassen könnten, ohne sich nicht unfehlbarem Verderben auszusetzen.

Während dies grausame Geschehnis in Rom vor sich ging, lebte Donna Maria ziemlich ruhig in der Zufluchtsstätte, die ihr Mylady … angewiesen hatte. Sie lebte dort ungebunden mit ihrer Begleiterin. Der junge Lord fuhr fort sie zu besuchen. Welches auch seine Absichten auf sie gewesen sein mögen, als er sie in seine Wohnung führen wollte, er hatte ihr kein Wort gesagt, das sie hätte verletzen können. Und arglos wie sie in all ihren Gefühlen war, hatte sie seine Höflichkeiten und Anerbietungen als die Regung eines schönen Edelmutes einer Freundin gegenüber angesehen. Sie hatte in der Folgezeit keine Ursache, ihre Meinung zu ändern; doch da sich das Gerücht ihres Abenteuers schnell verbreitete, sah sie sich gezwungen, die Dienste des jungen Edelmanns in einer Angelegenheit, welche eine viel gefahrvollere Versuchung für ihn bildete, von Neuem anzunehmen. Die zahllose Menge müßiger junger Leute, von welchen London voll ist, hatten durch öffentliche Blätter nicht sobald die Nachricht von der Ankunft einer schönen Italienerin und ihren ersten Abenteuern gehört, als man allgemein eine große Lust, sie zu sehen, verspürte. Man sprach von ihren Reizen nur mit Bewunderung und ihre Schönheit verdiente sie wahrlich. Sie wurde so gefeiert, dass Hof wie Stadt voll von ihr waren. Da Keckheit in Liebesdingen unter den Hofleuten gang und gäbe war, so waren es denn auch diese, welche sie den ersten Beleidigungen aussetzten. Ich muss zwanzig Geschichten auslassen, welche die Erzählung allzu sehr in die Länge ziehen würden, es genüge diese eine: Einer der ersten Offiziere des Gardeducorps sah sie. Er liebte sie. Er war ein junger Mann voll des Feuers, liebte sie leidenschaftlich. Nichtsdestoweniger war es nicht leicht für jemanden, zu ihr zu gelangen. Sie lebte in einer so undurchdringlichen Zurückgezogenheit, dass eine Unzahl junger Leute, die wenigstens ihren Augen genugtun wollten, sich entschloss, ihre Zuflucht zu der gewöhnlichen List der Verkleidung zu nehmen und sich unter tausenderlei Arten bei ihr einzuführen. Schuster, Schneider, alle die Handwerker, die sie benötigen konnte, wurden unter Versprechungen oder Drohungen verpflichtet, ihren Namen herzuleihen. Sogar die Kleider des anderen Geschlechts legten die jungen Leute an und erzielten auf solchem Wege manchmal gute Erfolge. Der Offizier, von dem ich spreche, war anfangs einer der glücklichsten. Er hatte sich der Kleider einer Weißnähterin bedient. Seine angenehmen Gesichtszüge begünstigten sein Unternehmen. Er gefiel Donna Maria so gut, dass sie ihn, nachdem sie ihn zuerst durch den Kauf einiger Hauben befriedigt hatte, die sie, wie man sich denken kann, sehr vorteilhaft erhandelte, bat, ihr alle neuen englischen Modesachen herzubringen. Einige Besuche, zu denen es ihm nicht an Vorwänden ermangelte, machten ihn so leidenschaftlich verliebt, dass er – Herr seiner selbst und übermäßig reich – beschloss, das Glück dieser Fremden wie auch sein eigenes zu machen, indem er ihr offen Herz und Hand anbot. Seinen Freunden machte er durchaus kein Geheimnis daraus. Die, welche seinen Plan bekämpften, sahen ihn gegen all ihre Einwände sich zur Wehr setzen. Er führte ein Buch an, das in London ebenso günstig wie in Paris aufgenommen worden war; es waren die Erinnerungen eines Mannes von Stand. »Wäre sie die erste Frau«, sagte er, »deren Glück ein Liebhaber macht? Ist es nicht etwas, das man alle Tage sich ereignen sieht? Besteht übrigens zwischen diesem schönen Mädchen und mir ein so großer Unterschied? Sie ist unbegütert, doch weist alles darauf hin, dass sie adlig ist; soll man denn die Reize der Jugend und Schönheit für nichts achten? Sie würde mir allzu sehr überlegen sein, wenn sie bei so vielen Vorzügen auch noch so reich wie ich wäre. Muss ich das Glück, von ihr geliebt zu sein, nicht teuer bezahlen? Glaubt mir«, fügte er in dem Ton, der Donna Elisa hinzu, »ein reicher Liebhaber soll sehr zufrieden mit seinen Reichtümern sein, wenn sie dazu dienen, ihm den Besitz einer liebenswerten Frau zu sichern, und muss fühlen, dass das, was er gibt, was er empfängt, nicht aufwiegt!«

Niemand hatte irgendwelchen Nutzen davon, ihm sein Gefühl auszureden und gegen ihn zu sprechen. Er zauderte nicht, Donna Maria um die Erlaubnis, sie sehen zu dürfen, bitten zu lassen, und da er fürchtete, auf einige Schwierigkeit zu stoßen, sie zu erhalten, erwählte er für solchen Auftrag einen ernsten Prediger, den er in seine Absichten einweihte. Die Ehrfurcht erlaubte es nicht, seinem Boten die Türe zu verschließen; doch weigerte man sich höflich, ihn selber zu empfangen. Sein Heiratsvorschlag wurde für einen Spaß seitens eines Mannes gehalten, den man nimmer gesehen zu haben glaubte. Vergebens nötigte er den Prediger, seine Schritte zurückzulenken und sein Anerbieten zu erneuern. Man fuhr fort, ihm im gleichen Tone zu antworten, und diese scherzhafte Art bereitete ihm mehr Missvergnügen und Ungeduld als eine minder schonende Weigerung; denn da er alle Donna Marias Gleichgültigkeit verursachenden Gründe nicht kannte, glaubte er nur, dass sie an seiner Ehrlichkeit zweifle.

Diese Szene bereitete denen, welchen er sich anvertraut hatte, viel Vergnügen. Man fragte ihn, worüber er sich beklagen zu müssen glaube, da seine Geliebte keine Ahnung von seinen Verdiensten habe und ihre Grausamkeit folglich nur dem von ihm ausgesandten Prediger zur Last fallen könne. Tatsächlich redete er sich ein, die ernste Miene dieser Persönlichkeit hätte ihm in seinen Angelegenheiten zu schaden vermocht, und ohne sich länger zu beraten, beschloss er, sich von Neuem bei ihr als Weißnätherin einzuführen, ihr seine Gefühle selber auseinanderzusetzen und durch seine Gegenwart das Unrecht wieder wettzumachen, das er durch die eines anderen erlitten hatte. Wie die ersten Male kostete es ihn keine Mühe, bei ihr Einlass zu finden. Unglücklicherweise aber war, was er nicht vorhergesehen hatte, zu der Zeit, wo er Erlaubnis erhielt, mit ihr zu reden, Mylord R... bei ihr. Der junge Edelmann verdiente als erste Bekanntschaft, die Donna Maria in London gemacht hatte, und seiner Dienste wegen, die er ihr erwiesen, mit einiger Auszeichnung behandelt zu werden. Im Übrigen schuldete sie seiner Mutter großen Dank. Sie unterhielten sich gerade vertraulich miteinander, als die angebliche Weißnätherin eingelassen wurde. Donna Maria, die nichts weniger als einen Gardeoffizier unter Mädchenkleidern zu finden erwartete, liebkoste ihn sehr reichlich, da sie ihn für ein liebenswertes Geschöpf hielt. Mit verwirrter Miene ließ er das geschehen. Mylord R... erkannte unschwer ein Gesicht wieder, das er alle Tage sah, und konnte in der Überraschung nicht umhin, seinen Freund beim Namen zu nennen und ihn auch seinerseits zu verwirren, indem er über seine Verkleidungsszene spottete.

Der Offizier war waffenlos. Scham und Eifersucht würde ihn auf der Stelle zu irgendeiner blutigen Gewalttat veranlasst haben, wenn er seinen ersten Aufwallungen hätte Folge leisten können. Da er nur einen Fächer in der Hand hielt, begnügte er sich damit, ihn seinem Nebenbuhler ins Gesicht zu schlagen und diesem Schimpf einige beleidigende Worte hinzuzufügen, aus denen der junge Lord entnehmen konnte, aus welcher Quelle sein Zorn floss. Nichts bewies dem jungen Edelmann Donna Marias Unschuld besser als das Benehmen, welches sie bei dieser Gelegenheit kund tat. Welche Scherze lassen sich nicht in gutem Sinne auslegen und durch den Beifall aller verständigen Leute rechtfertigen? Der Lord lachte über die Aufwallung seines Freundes, nur behandelte er ihn wie eine Miss und bedauerte die Kälte, mit welcher ein so schönes Wesen seine Zärtlichkeiten hinnähme.

Diese Szene hatte weiter keine anderen Folgen. Ganz verstört entfernte sich der Offizier, ohne seiner Geliebten seine Gefühle eingestanden zu haben. Der Ärger aber, der sich mit seiner Liebe verband, gab ihm in folgender Nacht einen Plan ein, der sein Verderben nach sich gezogen hätte, wenn sein Rang und Einfluss nicht die übrigen gerichtlichen Folgen unterdrückt haben würden. Das Donna Maria als Zufluchtsort dienende Haus stieß mit der Rückseite an den Saint-James Park. Von dort aus überstieg er mit Hilfe einiger seiner Bedienten die Mauer, und bis zu Donna Marias Gemach dringend, passte er den Augenblick ab, wo er das mit Gewalt erlangen konnte, was er nicht mehr mit List durchzusetzen hoffte. Sein Plan ging dahin, seine Geliebte zu rauben und sie, falls er sie nicht anders dazu zu bringen vermöchte, wider ihren Willen zu heiraten. Der Himmel aber wachte über die Unschuld. Der Herr des Hauses wurde durch irgendein Geräusch aufgeweckt und rief in seinem Mißtrauen um Hilfe. Die Schildwachen, die den Park besetzt hatten, benachrichtigten die Polizeidiener. Bei der guten Ordnung, die nahe dem Königspalaste herrscht, ward der Offizier in einem Augenblick umzingelt und sein bekannter Name und sein Beruf schützten ihn nicht vor einem sehr engen Gefängnisse. Er verließ es erst lange Zeit hernach und die Frische dieses Ortes kühlte allmählich seine Liebe ab.

Erschreckt, wie es Donna Maria angesichts eines Lärms sein musste, der sich so nahe bei ihr abspielte, bat sie ihren Wirt, sie auf der Stelle zu Mylady R... bringen zu lassen. Sie betrachtete die Dame als ihre Mutter und ihr Haus als Zufluchtsstätte. Indessen war die Gefahr, von der sie nun bedroht ward, größer als die, welcher sie eben entgangen war. Mylady weilte seit zwei Tagen auf dem Lande. Ihr Sohn benutzte ihre Abwesenheit, um sich mit Freunden seines Alters zu vergnügen. Sie saßen beim Nachtisch, das heißt im höchsten Genuss der Freuden, und einige lärmten in der Hitze des Weines, als man sie benachrichtigte, dass Donna Maria vor der Türe angelangt sei. Ihre Unterhaltung hatte sich nur um sie gedreht. Kaum vermochten sie diese Nachricht zu glauben, ließen sie sich wiederholen und verharrten unbeweglich vor Überraschung und Freude. Jeder versprach sich einen Nutzen aus solch schönem Abenteuer zu ziehen, und sie beeilten sich, zu ihr hinauszugehen, um sie hinein zu geleiten. Sie war ihrerseits überrascht, Mylady nicht anzutreffen und sich inmitten einer überlustigen Gesellschaft zu finden. Es war ihr nicht möglich, die zu verlassen. Wohin sollte sie ihre Schritte ohne Führer und in der Dunkelheit der Nacht wenden? Sie war dieser fröhlichen Gesellschaft preisgegeben. Ihre Verwirrung vermehrte ihre Schönheit. Man berichtet dies nur, um die Macht der Unschuld und Tugend zu beweisen, welche stärker als die der Schönheit ist, da sie den heftigsten Wünschen, welche die Schönheit erzeugt, Einhalt gebietet. Trotz aller Absichten der zehn oder zwölf jungen, durch Wein und Liebe erhitzten Männer ward Donna Maria wie eine Göttin verehrt. Sie verbrachte einen Teil der Nacht bei ihnen, ohne dass sie ihr durch Handlungen oder durch Worte ein Leid zufügten, und verließen sie mit nicht weniger Liebe im Herzen. Dies berühmte Abendessen hat noch andere Folgen gehabt, die zu erzählen zu langwierig werden würde. Was Mylord R... anlangt, der immer ganz Eifer und Ehrfurcht vor der schönen Maria war, so bot er ihr die unumschränkte Gewalt über sein Haus an und war nur beflissen, ihr zu dienen. Indessen verpflichtete ihn die Wohlanständigkeit, anderen Tags eine neue Zufluchtsstätte für sie ausfindig zu machen. Der Tatsache zufolge, dass er ihr die edelmütigsten Dienste leistete, bestärkte sich die Öffentlichkeit und selbst seine Mutter immer mehr in der Meinung, dass er für sie entflammt sei. Tatsächlich glichen seine Bemühungen um sie denen der Liebe sehr, und Donna Marias Dankbarkeit konnte von allen Leuten, die nur dem Scheine nach urteilten, ebenso ausgelegt werden. Aber ganz andere Bande knüpften einen an den anderen. Eine zärtliche Freundschaft, das einzige Gefühl, dessen sie bei der beiderseitigen Lage ihres Herzens fähig waren, hatte es über sie vermocht, sich einander ihre teuersten Angelegenheiten anzuvertrauen. Mylord hatte sich in Italien verliebt. Er tröstete sich über die Nöte des Fernseins durch die Unterhaltung mit einem liebenswerten Mädchen, dessen Anblick ihn an die Reize seiner Geliebten erinnerte. Donna Maria war nur mit ihrem Prinzen beschäftigt, doch war ihr die Gesellschaft eines zartfühlenden und verschwiegenen jungen Mannes, welchen sie all ihr Unglück hatte wissen lassen, ein Trost, dem sie sich gern überließ. So wenigstens kann man das Vergnügen, das sie daran fanden, sich zu sehen, mit größerer Wahrscheinlichkeit, mit all der Gewissheit, die man später über ihre wahren Gefühle erhielt, in Einklang bringen.

Sobald sie Gelegenheit dazu gefunden, hatte Donna Maria nach Rom geschrieben. Obwohl sie dem jungen Lord den Namen ihres Geliebten verschwieg, verbarg sie ihm ihre Hoffnung, ihn in London zu sehen, nicht. Liebevoll nahm er an ihrer Ungeduld teil, und er verfehlte nicht, ihr alle Neuigkeiten aus Italien, die ihm zu Ohren kamen, mitzuteilen. Es ist in England üblich, die Begebenheiten fremder Länder bis auf die genauesten Umstände in den Zeitungen zu veröffentlichen. Ohne genau zu wissen, was ihr gefallen mochte, hoffte der Lord, er würde ihr mit dem Vorlesen einiger Aufsätze, die ihre Anteilnahme erweckten, etwas Freude machen. So gab er der unglücklichen Liebenden mit diesem Beweis seines Eifers und seiner Freundschaft die Aufklärungen, die sie nur aus Feindesmunde erhalten durfte.

Nachdem er, wie die ganze Stadt, die Nachricht von dem furchtbaren Tode des Prinzen Justiniani gelesen hatte, beeilte er sich, ihr diese schreckliche Tatsache mitzuteilen. Allein die Verwirrung, die ihr die Erwähnung des Prinzen verursachte, hätte ihn von dem Kummer unterrichten müssen, den er ihr bereiten wollte. Doch man vergisst die Vorsicht, wenn man arglos ist. So wenig konnte er sich vorstellen, dass zwischen Donna Maria und dem Prinzen Justiniani ein Zusammenhang bestehen mochte, dass er, als er ihr durch eine grässliche Schilderung den Todesstoß versetzt hatte, nicht begriff, weshalb sie besinnungs- und gefühllos zu seinen Füßen niedergesunken sei.

Tatsächlich konnte die unglückliche Maria diesen grausamen Bericht nicht ohne eine tödliche Gemütsbewegung vernehmen, welche sie bis zu dem Maße erschütterte, dass sie ihren Schmerz nicht einmal durch Schreie auszudrücken imstande war. Sie verharrte lange Zeit über in Ohnmacht, so dass man das Schlimmste für ihr Leben befürchtete. Als Mylord sich durch ihre Amme hatte aufklären lassen, war er so verzweifelt über seine Unvorsichtigkeit, dass er sich auf der Stelle mit eigenen Händen zu strafen gedachte. Da er seine traurige Freundin aber seiner bedürfen sah, beschloss er, ihr sein Leben zu widmen, falls es nötig sei, ihr in England oder Italien zu helfen. Ihr einziger Wunsch war, als sie wieder zu sich kam, sofort nach Rom zurückzukehren. Sie schmeichelte sich noch mit einiger Hoffnung: Eine englische Zeitung verkündet nicht immer die Wahrheit. Welche Wahrscheinlichkeit hat es, wenn Zeitungen melden, dass ein Prinz so grausam getötet worden ist? Wenn es Wahrheit war, dass sie ihn verloren hatte, wollte sie nicht mehr leben; doch war sie entschlossen, ihn zu suchen und dann auf seinem Grabe zu sterben.

In seiner eigenen Erregung konnte Mylord nicht umhin, die ersten Verzweiflungsausbrüche einer Liebenden zu unterstützen; er erbot sich, ihr bis nach Rom als Führer zu dienen und ihr seinen Arm gegen alle Arten von Feinden zu leihen. Kaum ließen sie sich Zeit, an die zur Reise notwendigen Dinge zu denken. Von einem einzigen Diener und der Amme gefolgt reisten sie ab. In Rom hatte man alles von einem Unternehmen jugendlichen Feuers zu befürchten. Als sich aber das Gerücht von ihrer Abreise verbreitete, setzte man ihnen mit solchem Eifer nach, dass sie im Hafen von Rye angehalten und wider ihren Willen nach London zurückgebracht wurden.

Die Folgen dieser Flucht waren weniger furchtbar, als man sie bei der Verzweiflung der Liebhaberin erwartete. Mylady R... schien keineswegs entrüstet zu sein über das Entweichen ihres Sohnes, das sie hatte verhindern lassen, und lobte seinen Edelmut, als sie seine Gründe hörte. Da sie aber die Reise nach Italien weder für Donna Maria noch für ihn für notwendig hielt, war sie bestrebt, sie durch Liebenswürdigkeiten, und indem sie beide verpflichtete, ihr stets vor Augen zu sein, von diesem Plan abzubringen. Alle Mittel, die den Schmerz der traurigen Donna Maria heilen konnten, wurden für sie aufgewendet; sie waren einige Wochen über fruchtlos; doch die Zeit verschaffte ihnen wenigstens äußerlichen Erfolg. Donna Maria blieb unter dem gleichen Schutze in London; und obwohl man an der Mattigkeit ihrer Augen merkte, dass sie lange Zeit über im Herzen viel Liebe und Traurigkeit tragen würde, zweifelte man, als man die Leidenschaft des Gardeoffiziers mit ihrer ersten Lebhaftigkeit wieder aufflammen sah, dass sie ein Glück ausschlagen würde, welches alle Wunden ihres Herzens vollends zu schließen vermochte.

Geschichte der Molly Siblis,

einer berühmten Schönheit Englands

Molly Siblis, eine der schönsten Frauen, die man sich vorstellen kann, ward einiger Diebstähle wegen, die sie begangen und eingestanden hatte, zum Tode verurteilt. Sehr unverständigerweise hatte sie dieses Geständnis mit einiger Verachtung für die Richter abgelegt, wie wenn ihre Schönheit sie vor aller Furcht sichern und von der Strafe erretten könnte. Mehrere Leute von Rang, die ihr wohlwollten, wendeten tatsächlich all ihren Einfluss auf, um ihre Begnadigung durchzusetzen. Aber ein so offenes Geständnis, das noch Beweise von größter Augenscheinlichkeit bekräftigten, erlaubten es der königlichen Milde nicht eben, sich zu ihren Gunsten zu üben. Das Todesurteil wurde vom Hofe gutgeheißen und alle Welt erwartete seine Vollstreckung als ein außergewöhnliches Schauspiel.

Bei so geringer Hoffnung blieb Molly Siblis doch noch genug Seelenruhe übrig, um der Verzweiflung zu widerstehen. Doch gingen ihr die Augen über ihre Unklugheit auf, und ohne furchtsamer zu erscheinen, ließ sie den Oberrichter um einige Augenblicke zu einer geheimen Unterredung bitten. Weit entfernt, ihr Geständnis zurückzunehmen, wiederholte sie es mit neuen Einzelheiten. Nachdem sie bekannt hatte, dass sie den Tod verdiene, fügte sie hinzu, der Diebstahl, für den man sie zum Tode verurteilt habe, sei das Geringste ihrer Verbrechen, seit zehn Jahren habe sie sich den Ausschweifungen ergeben, habe tausend Verwirrungen gestiftet, die zu erfahren für die Öffentlichkeit wichtig genug seien, und von denen sie ihr Gewissen vor dem Tode entlasten wolle. Das Vaterland und sogar des Königs Person gingen die an, kurz, da sie nicht mehr daran denke, um Gnade zu bitten, und sie ihrer Todesstrafe gewiss zu sein glaube, sei sie überzeugt, dass man ihr den für ihr Vorhaben nötigen Aufschub nicht verweigern werde.

Anfangs hielten viele Leute diese scheinbare Aufrichtigkeit für einen Kunstgriff. Indessen befahl der Hof, welcher sofort von ihrem Anerbieten in Kenntnis gesetzt ward, dass die Vollstreckung des Todesurteils verschoben werden solle. Man ernannte besondere Kommissare, um sie anzuhören. Sie drückte sich mit einer bewundernswürdigen Klarheit und Geistesgegenwart aus. Die Verhandlungen währten acht Tage. Sie erzählte ihre Lebensgeschichte, deren wichtigste Umstände hier in der Weise, wie sie sie schilderte, mitgeteilt werden sollen. Sie selber legte dieses Gewebe von Gräuel dar.

»Ich bin von sehr achtbaren Eltern geboren worden, aber die Liebe und die Fülle des Vergnügens ließen mich meine Geburt verachten, weil meine Eltern nicht reich genug waren, um diese beiden Neigungen zufriedenstellen zu können. Ich beklage nicht, dass die Männer meine Unschuld verführt haben. Mein Entschluss stand fest, ehe ich den geringsten Handel mit ihnen hatte. War entschlossen, mich dem auszuliefern, der mir als erster versprach, mich nach London zu führen, vorausgesetzt, dass er sich als reich erweise und mir erlaube, frei über seine Börse zu verfügen. Ich war schön und wusste das sehr wohl. So brachte ich fünf oder sechs Monate hin, um die ersehnte Gelegenheit zu suchen. Keinen Wagen, keine Kutsche sah ich anlangen, ohne nicht ein Mittel zu finden, mich den Blicken ihrer Herren auszusetzen, und war aufs Tödlichste betrübt, wenn sie mich nur mit Höflichkeiten abspeisten. Endlich führte mir das Glück jemanden zu, der mir seine Börse und sein Herz anbot. Ich nahm ihn beim Wort. Wir reisten in der folgenden Nacht nach London und ich lebte dort einige Monate über sehr zufrieden mit ihm. Ich bestimmte seinen Rang nach seinem Aufwande und hielt ihn für einen Mann von gewisser Stellung; aber er ließ mich am Ende der drei Monate ganz selbstverständlich wissen, er sei nur der Kammerdiener eines der ersten Edelleute vom Hofe und sein Plan gehe dahin, mich mit seinem Herrn in Verbindung zu bringen. Er verbarg mir sogar nicht, dass er mir in solcher Absicht vorgeschlagen habe, nach London zu kommen, wiewohl ihn die Leidenschaft, die ihn für mich ergriffen, sein Vorhaben hätte aufgeben lassen. Er sei von seinem Herrn beauftragt worden, in der Ferne ein Wesen für ihn zu suchen, das ihm zu seinen Vergnügungen diene, er hoffe, eine große Summe für ein Mädchen wie mich von ihm zu ziehen, und wenn ich mein Glück mit ein wenig Verstand auszunutzen wisse, würde ich eines der glücklichsten Geschöpfe Londons werden. Ich nahm diese Eröffnung mit äußerster Befriedigung hin. Ihr Ergebnis entsprach meinen Hoffnungen und ich lebte ein Jahr lang im Überflusse aller Vergnügungen. Der Edelmann starb. Er vergaß mich in seiner letzten Stunde. Von so vielen Gütern, deren ich mich, ohne an die Zukunft zu denken, erfreut hatte, blieb mir nur Stolz und Hoffart. Ich wollte den Kammerdiener nicht mehr dulden, der seinen Herrn zu ersetzen sich mir erbot. Er wurde so aufgebracht darüber, dass er mir einen grausamen Schimpf antat, aber ich schwur, mich dafür an ihm zu rächen.

Ein neuer Liebhaber, den ich nicht lange zu suchen hatte, ging auf mein Rachebestreben ein. Wir erwarteten meinen Feind abends an einem entlegenen Orte: Ich wollte ihn von meiner Hand sterben wissen. Nichtsdestoweniger ward der erste Stoß von meinem Beistand getan; doch sah ich ihn nicht so bald am Boden liegen, wohin er verwundet gefallen war, als ich, einen Dolch, den ich mit mir führte, zückend, ihm durch tausend langsame und schmerzhafte Verwundungen das Leben nahm. Ich muss gestehen, dass dies eines meiner größten Verbrechen ist, weil es eines von denen ist, an denen ich das größte Vergnügen, es zu begehen, gefunden habe. Andererseits erschloss es mir die Türe zu allen anderen.

Mein neuer Liebhaber war ein Spieler, dessen Reichtümer mich verblendet hatten. Wir lebten einige Zeit über in sehr vielem Glanze, da er aber keine andere Hilfsquelle wie das Spiel hatte, brachte uns ein plötzlicher Glücksumschlag in Not. Man musste leben. Ich ließ als erste den Gedanken in ihm wach werden, einen seiner Freunde auszurauben, der ebenfalls von den Vorteilen des Spiels lebte und glücklicherweise seinen Gewinn behutsam angewendet hatte. Als er eines Abends die Akademie verließ, nachdem er beträchtliche Summen gewonnen hatte, drängte ihn mein Liebhaber, zu uns zum Abendessen zu kommen. Unsere Absicht war, ihn trunken zu machen; doch, sei es Misstrauen oder konnte er viel vertragen, er bewahrte genugsam Geistesgegenwart, um alle unsere Maßnahmen zunichte zu machen. Ich gestehe, dass ich mich in dem Ärger, uns diese Beute entgehen zu sehen, vom Tisch erhob, mich ihm unauffällig näherte und so schnell meinen Gürtel um seinen Hals schlang, dass ich, den gleichzeitig mit all meiner Kraft zuziehend, ihn alsbald des Atems und des Bewusstseins beraubte. Mit seinem Mundtuch erstickten wir ihn vollends. Bemächtigten uns all seines Geldes, waren jedoch so vorsichtig, ihm einige Guineen und seine Uhr in der Tasche zu lassen. Alles vollzog sich so schnell und glatt, dass unsere auf der Stelle herbeigerufenen Dienstboten nicht den geringsten Argwohn von unserem Verbrechen schöpften. Sein Tod ging für eine Folge des Schlagflusses durch.

Ich weiß nicht, dank welch grässlicher Verblendung ich ohne Entsetzen Blutvergießen und Mordtaten begehen konnte. Indessen hatte ich kein hartes Herz, oder der Himmel fügte es damals wenigstens, dass es nur allzu gefühlvoll war, um vielleicht einen Anfang mit meiner Bestrafung zu machen, die seine Gerechtigkeit zu vollenden im Begriff steht. Der Sohn des Unglücklichen, welcher so grausam durch unsere Hände umgekommen war, sah weiterhin die besten Freunde seines Vaters in uns, und machte uns zahlreiche Besuche, um sich seines Verlustes bei uns zu trösten. Ich hatte den jungen Mann hundertmal gesehen, ohne darauf acht zu geben, ob er mir Zärtlichkeit einflößen könnte; die Art, wie ich seinen Vater behandelt hatte, versprach mir nichts allzu Günstiges von demselben Blute, Indessen lies ich mich von seiner Gestalt, die tatsächlich sehr liebenswert war, einnehmen. Bei meinen bisherigen Verbindungen hatte niemals Leidenschaft mitgesprochen. Ich überließ mich völlig der Süße dieses neuen Gefühls.

Aber die Liebe sollte mich auch ebenso verbrecherisch und unglücklicher als der Hass machen. Ich fand bei dem Gegenstand meiner Zärtlichkeit nicht die Erwiderung, welche mich meine Eitelkeit erhoffen ließ. Was hat mich das nicht für Tränen gekostet! Auf alle Behutsamkeit verzichtend, beschloss ich schließlich meinem Undankbaren ohne Umschweife die Gefühle, die ich für ihn hegte, mitzuteilen; und da ich argwöhnte, dass er den Zeichen meiner Leidenschaft gegenüber nur aus Verehrung vor meinem Liebhaber so taub wäre, begann ich ihm in vertraulicher Weise einzugestehen, dass ich niemals eine wahrhafte Liebe zu diesem gefühlt habe und nur einen günstigen Umstand suche, um ihn plötzlich zu verlassen. Weiter erklärte ich, ihm mit freimütiger Miene mein Herz eröffnend, dass jeder andere besser erhört werden würde; und um nicht nochmals darauf zurückkommen zu müssen, gestand ich ihm, ich sei leidenschaftlich in ihn verliebt. Diese Erklärung setzte ihn in Verwirrung. Er gab mir eine höfliche Antwort, berief sich auf seine geringen Verdienste und das Übermaß seiner Dankbarkeit; aber ich merkte so viel Kälte an ihm, dass ich auf das Lebhafteste darüber gereizt wurde. Am Abend dieses unglücklichen Tages fühlte ich einen außergewohnlichen Umschwung in Laune und Verhalten meines Liebhabers. Ich vermutete bald die Wahrheit und bebte vor den Folgen. Der Undankbare, den ich liebte, hatte sich ein Verdienst daraus gemacht, ihm meine Untreue anzuzeigen. Meine Wut erreichte auf einmal ihren Höhepunkt. Ich beschloss, den einen wie den anderen zu verderben, gar auf die Gefahr hin, bei dem Unternehmen selber umzukommen. Folgenden Morgens suchte ich den Friedensrichter auf und erbot mich, ihm ein furchtbares Verbrechen, woran ich mitschuldig gewesen sei, aufzudecken, falls ich meine Begnadigung im Voraus vom Hofe erhalte. Er versicherte mir zwei Tage danach, dass sie mir mit der üblichen Ausnahme zugestanden sei. Ich forderte keine andere Sicherheit wie nur sein Wort und gestand ihm nicht allein alle Einzelheiten der Beraubung und des Mordes ein, sondern bezichtigte auch den jungen Mann, da ich ihn in das gleiche Verderben hineinziehen wollte, den Tod seines Vaters mit bewirkt zu haben. Als Beweis führte ich den vertraulichen Umgang an, den er stets mit dessen Mördern gehabt habe. Augenblicks wurden alle beide festgenommen. Sie wurden einige Zeit im Gefängnis bewahrt; doch all meiner Wut zum Trotze verließ mich die Kühnheit, als ich den Verhandlungen beiwohnen und ihre Gegenüberstellung über mich ergehen lassen musste. Außerdem sagten unsere Dienstboten einstimmig aus, das Unglück sei ihres Ermessens auf ganz natürliche Weise geschehen, auch erwiderten die Angeklagten stets mit einer sicheren Miene auf die Fragen und stellten mich schließlich als eine wütige Geliebte hin, die sie unbilligerweise verderben wollte. Ich befand mich wieder in einem sehr schimpflichen Zustande, als mein Liebhaber die Freiheit erlangte, und sah mich genötigt, ihn zu fliehen, um mich vor seiner Rache zu schützen.

Nachdem ich so viel Erfahrung in den Schwächen der Männer gemacht hatte, war ich fest überzeugt, dass eine schöne Frau ungestraft alles unternehmen könnte. Die schimpfliche Lage, aus der mich herauszuarbeiten ich Mittel und Wege fand, war bald aus meinem Gedächtnisse ausgelöscht. Ich hatte nur noch einige Sorgen meiner Schulden wegen, die mich den Belästigungen zweier Gläubiger aussetzten. Daher entschloss ich mich, einen Soldaten zu heiraten,[1] nachdem ich mir von ihm hatte versprechen lassen, dass er sich niemals vor meinen Augen zeigen wolle. Zwei Guineen, die ich ihm als Geschenk gab, bestimmten ihn, all meine Wünsche zu erfüllen. Kaum kannte er meinen Namen. Ich muss eingestehen, er hat mich nur einmal in seinem Leben, und das in der Kirche, gesehen. Kühner als je geworden durch das erworbene Recht, ungestraft Schulden machen zu können, vermehrte ich

---

1   Das ist ein Brauch, der sich dank der Gesetze in London eingebürgert hat, da nach ihnen keine verheiratete Frau für ihre Schulden aufzukommen hat. Alles fällt den Ehemännern zur Last, wenigstens solange sie nicht in den öffentlichen Blättern erklärt haben, dass die schlechte Aufführung ihrer Frauen sie zwinge, sich von ihnen zu trennen.

meine Ausgaben und richtete ein Haus ein, welches der Treffpunkt aller jungen Lüstlinge wurde, die London aufzuweisen hat. Ich war der Götze dieses ruchlosen Tempels. Die geringsten Zeichen meines Willens waren unumschränkte Gesetze. Meine Gunst ließ ich mir mit Gold aufwiegen. Ich weiß nicht, welche Begriffe sich die von meinem Benehmen machen mochten, denen ich sie verweigerte, doch hatte ich meinen Sklaven ja keine Erklärungen abzugeben. In dieser herrlichen Zeit schloss ich mit dem jungen *** Bekanntschaft. Er gefiel mir. Ich ließ mich von ihm anbeten. Sein Vater ward von unserem Handel benachrichtigt und beschloss ihn zu verheiraten, um ihn mit mir brechen zu lassen. Ich konnte diesen Schlag unmöglich von mir abwenden und sah zu meinem Schmerz, dass er mir gegenüber kühler zu werden begann, als seine Gattin schwanger wurde. Mein Stolz konnte diesen Wechsel nicht ertragen. Ich beschloß mich an der Frucht dieser neuen Liebe durch einen hergestellten Trank zu rächen, den ich der Mutter listig bringen ließ. Er ward ihr ebenso furchtbar wie dem Kinde, das sie in ihrem Schoße trug. Einiges Bedauern verspürte ich, zu weit gegangen zu sein; ich hatte einer Nebenbuhlerin, die ich wenig und nur in der Eigenschaft als Mutter fürchtete, nicht ans Leben wollen. Indessen ward mir dadurch die Rückkehr meines Geliebten umso sicherer. Seine Leidenschaft, die mit neuen Kräften um sich gegriffen hatte, dauerte sehr viel länger als die meinige. Als ich ihn zu lieben aufgehört, erinnerte ich mich des Schmerzes, den er mir verursacht hatte, und beschloss ihn dafür zu strafen. Er besaß in Londons Nähe ein schönes Landhaus, wohin er mich oftmals geführt; und ich verweilte dort immer viel zu kurz, als dass ich seinen Eifer befriedigt hätte. Ich kannte alle Einrichtungen dort, vor allem das Zimmer, wo sein Geld und zugleich die Kostbarkeiten und Geschmeide lagen, die seiner Gattin gehört hatten. Heimlich war ich während der Nachtzeit aufgestanden, und führte drei Leute in das Haus, die auf meine Befehle harrten und sie mit solcher Geschicklichkeit ausführten, dass nicht allein das Geldzimmer, sondern auch der größte Teil aller übrigen Gemächer dessen, was in ihnen an höchstem Werte war, beraubt wurden. Folgenden Morgens bereitete es mir das lebhafteste Vergnügen, den Kummer eines Mannes zu sehen, den ich zu verachten begann, da mit dem Nachlassen meiner Liebe auf einmal auch meine Augen über seine Fehler aufgingen. Schließlich ließ ich ihn fahren.

Einige Zeit hernach sah mich ein Franzose, der gerade in London eingetroffen war, bei einem Spaziergange im Park und ließ mich durch Blicke und sein beständiges mir Nachgehen merken, dass er sehr leidenschaftliche Gefühle für mich hege. Natürlich gab ich ihm Gelegenheit mich anzureden. Er erfasste sie wie ein Mensch, der in Galanterie beschlagen ist. Sein Benehmen war äußerst liebenswürdig. Obwohl er sich schlecht im Englischen ausdrückte, machte er sich doch verständlich. Ich genoss seine Unterhaltung so sehr, dass ich meinen Plan, ihn zu täuschen, vergaß und ein zärtliches Verhältnis mit ihm anzuknüpfen beschloss. Er bot mir die Hand, um mich nach Hause zu führen. Ich nahm sie an. Da er mich anfangs nur für eine Abenteuerin gehalten hatte, schien er angesichts der Schönheit meines Hauses, der zahlreichen Dienerschaft und des prunkvollen Hausrates überrascht. Seine Bewunderung tat sich jeden Augenblick kund. Ich sah einen Mann, der sich in seiner freudigen Erregung nicht beherrschen konnte; all seine Gedanken beschäftigten sich mit dem Überflusse, welchen er um sich herum schaute. Daraus schloss ich, dass er trotz der stolzen Miene, die er sich zu geben wusste, weder mit den Großen zu verkehren noch aus dem Vollen zu leben gewohnt war. Dieser Gedanke machte mich zurückhaltender. Wiewohl ich meine Neigung für ihn sich nicht vermindern fühlte, glaubte ich ihn auf die Probe stellen und mich seiner Liebe bis auf einen bestimmten Punkt versichern zu müssen; sie war das Einzige, was ich von ihm zu erlangen beabsichtigte. Den Sieg, welchen ich ihn für denselben Tag hatte erhoffen lassen, verzögerte ich unter irgendeinem Vorwande. Folgenden Morgens kam er wieder, und ich fuhr fort ihn liebenswürdig aufzunehmen, jedoch ohne von meinem festen Vorsatze, ihm nichts zu gewähren, abzukommen. Meine gewöhnlichen Liebhaber unterließen es nicht, eifersüchtig auf ihn zu werden. Ich zwang sie zu schweigen. Allmählich ward diese neue Verbindung ernsthafter für mich und ich wollte um meiner selbst willen, sei es aus Eitelkeit, sei es aus Neigung, von einem Franzosen geliebt sein.

Indessen merkte ich an seinen häufigen Besuchen und selbst den Zeichen der Leidenschaft, mit denen er mich unterhielt, nichts, was mich davon zu überzeugen vermochte, dass sie aufrichtig seien. Die ersten Gedanken, die ich mir über seinen Charakter gemacht hatte, bestätigten sich alle Tage durch neue Beweise. Er war eigennützig, bei den kleinsten Spielpartien gewinngierig, grob, wenn sich das Glück wider ihn wendete und bei solchen Gelegenheiten gegen mich und die

Anwesenden auch wenig zuvorkommend. Trotz solcher schlechten Eigenschaften hörte er nicht auf mir liebenswert zu erscheinen. Einer seiner Nebenbuhler erzählte mir eines Tages, er habe einige Erkundigungen über sein Ansehen bei den in London weilenden Franzosen eingezogen, man habe von ihm wie von einem elenden Kerl ohne Rang und Ehre gesprochen, der keine anderen Mittel zum Leben wie seine Kühnheit und List besitze; er sei nach London gekommen, um einer billigen Bestrafung zu entgehen, die er durch tausend Schurkereien in Frankreich verdient. Ich hielt diese Bezichtigungen für ebenso viele Verleumdungen, die der Hass eines eifersüchtigen Liebhabers erdacht hätte. Im Übrigen fühlte ich selber mich nicht reinen Gewissens genug, um die schlechte Aufführung anderer allzu streng zu verdammen.

Einige Wochen waren verstrichen. Ich konnte meiner Ungeduld nicht länger widerstehen und hatte mich entschlossen, alle Bedenken, die mich so hartnäckig gemacht, beiseite zu lassen, als eine Dienerin meines Hauses mir berichtete, dass ein anderes meiner Kammermädchen heimlich ihre Sachen in ein Bündel geschnürt habe, in das sie auch viele mir gehörige Sachen gesteckt, und dass, nach dem Verhältnis zu schließen, in das sie sich mit dem Franzosen, der immer bei mir weile, eingelassen, sie höchstwahrscheinlich mit ihm auf und davon gehen wolle. Ein Blitzstrahl aus heiterem Himmel würde mich weniger erstaunt haben. Ich rüstete mich, um diese Treulosigkeit in der kommenden Nacht an dem teuren Geliebten zu rächen. Meine Wut entzündete sich über alle Maßen. Das Kammermädchen ließ ich vor mich kommen. Ich teilte ihr mit, dass ich von ihrem Diebstahl und ihren Plänen unterrichtet sei und sie auf der Stelle dem Gerichte überliefern könne; doch wolle ich Gnade vor Recht ergehen lassen. Wenn sie mir ein lauteres Geständnis ihres Vergehens mache, könne sie meiner Verzeihung gewiss sein. In ihrer Furcht bekannte sie, dass sie der Franzose durch tausend Versprechungen verpflichtet habe, England mit ihm zu verlassen; die Zeit ihrer Abreise sei auf den kommenden Morgen festgesetzt, auf seinen Rat habe sie alles, was ihr zu Händen gekommen sei, geraubt. Auch wollten sie nicht allein meine Geschmeide in der folgenden Nacht rauben, sondern mich obendrein umbringen, wenn ich zufällig aufwachen sollte, während sie in mein Zimmer kämen, um meine Schränke und Koffer aufzubrechen. Nach solchem Geständnis warf sie sich mir zu Füßen, indem sie mir beteuerte, sie hätte mich stets geliebt und würde nimmer in diese verdammenswerten Ränke eingewilligt haben, wenn sie nicht verführt worden wäre. Ich verzieh ihr unter der Bedingung, dass sie dem Treulosen meine Kenntnis von seinem Verrate verberge. Ich beauftragte sie sogar, ihm die gleiche Art und Weise und dasselbe Gesicht wie sonst zu zeigen, und schloss mich alleine ein, um über meine Rache nachzudenken. Alle meine Regungen drängten schließlich auf Mord. Ich hatte mehr als einen begangen, der mir nicht so gerecht erschienen war. Meine missachtete Liebe trieb mich noch mehr als mein Interesse dazu. Ich beschloss den Verräter zu töten, und das mit meinen eigenen Händen. Während ich alles in mir wach rief, was ich seinethalben erduldet hatte, fand ich es nicht billig, dass er stürbe, ohne mir die erwünschte Befriedigung verschafft zu haben. Und beschloss, ihn die Nacht bei mir verbringen zu lassen und ihn morgens in meinem Bette zu erdrosseln. Unterstützt von meinem Kammermädchen, die seit Langem meines Vertrauens genoss und mir bei mehreren Abenteuern ähnlicher Wichtigkeit zur Hand gewesen war, kam ich sehr glücklich damit zum Ziele.«

Dieses waren im Auszuge Molly Siblis Aussagen. Der Bericht ward dem Könige überbracht und einige Tage vergingen mit seiner Prüfung. Man war äußerst ungeduldig das Ende dieser Szene zu sehen, als man ohne weitere Erklärung erfuhr, das Urteil sei abgeändert und Molly Siblis würde, statt den Tod durch den Strang zu sterben, in eine amerikanische Kolonie überführt.

Eine so wenig erwartete Urteilsänderung vermehrte die Neugier der Öffentlichkeit. Da man im Übrigen nicht glauben konnte, dass der Bericht eine andere Wirkung erzielt habe, sah man sich zu der Annahme veranlasst, dass die Freunde der Verbrecherin die Zeit benutzt hätten, um ihre Betreibungen bei Hofe zu erneuern. Der Reue zufolge, die sie kund getan, als sie alle ihre Verbrechen eingestand, hatten diese von der Güte des Königs die Milderung des Urteils erlangt. Ein neues Ereignis aber versetzte bald darauf wieder alle Welt in neue Ungewissheit. Es sollte ein Schiff nach Amerika abgehen, das mit Salzburger Auswanderern und einer großen Anzahl Engländer besetzt war, die sich freiwillig in die Kolonien begaben. Molly Siblis ward an Bord geführt, um mit ihnen zu reisen. In der Nacht nach ihrem Ankunftstage begab sich eine bewaffnete und maskierte Männerschar in einer Schaluppe auf das Schiff und entführte sie mit offener Gewalt. Dieser Gewaltakt war nicht ohne Kampf vor sich gegangen, einer der Entführer erhielt eine tiefe Wunde, die ihm nicht erlaubte sich mit den anderen zurückzuziehen, so dass er als Gefangener dort blieb, ohne dass seine Begleiter darum merkten. Um aus seinem Munde Aufklärungen zu vernehmen, unterließ man keine Gewaltmaßregeln. Doch er widerstand allen Drohungen so hartnäckig, dass man ihn, um seine Hartnäckigkeit ebenso wie seine Tat zu bestrafen, an Mollys Stelle nach den Inseln schaffte. Das Gerücht verbreitete sich, er habe das Aussehen eines Mannes von Stand gehabt und die Richter, die ihn verurteilt, hätten seinen Namen sehr genau gewusst, obwohl sie ihn nicht kennen wollten. So versicherte sich die glückliche Molly des Lebens und der Freiheit. Worüber triumphieren Frauen mit geistigen und körperlichen Vorzügen nicht? Molly entzog sich nicht allein der Gerechtigkeit, sondern ihr Missgeschick hatte auch die Öffentlichkeit zu ihren Gunsten eingenommen und alle Welt schien sich über ihre Befreiung zu freuen. Letzterer Umstand war umso merkwürdiger, da jedermann ihre Verbrechen und die Wirrnisse ihres Lebens genau kannte.

Bericht eines sehr außergewöhnlichen Geschehnisses

Wie bei uns, ist es auch in England gebräuchlich, Kinder auf dem Lande durch Frauen nähren zu lassen, die sich zufällig oder aber auf nur sehr oberflächliche Empfehlungen hin dazu anbieten. Man weiß, welchem Nachteil solches Vertrauen oft leichtgläubige Eltern aussetzt. Eine reiche und ziemlich vornehme Dame hatte ihre einzige Tochter, die erste Frucht ihrer Ehe, in der Weise von sich weggegeben; und sich ganz auf die Rechtlichkeit der Amme verlassend, welche ein Kind gleichen Geschlechts hatte, trug sie keine andere Sorge, wie sie regelmäßig zu bezahlen. Einige Monate verstrichen ohne Aufregung; doch als die Frau plötzlich gestorben war, stand der Ehemann, ein sehr einfacher Arbeiter, der die beiden Kinder niemals mit solcher Aufmerksamkeit betrachtet hatte, dass sie sich voneinander unterscheiden könnten, vor der Unmöglichkeit, seines wieder zu erkennen. Gewissenhaftigkeit, welche ihm weniger als Verdienst ermangelte, veranlasste ihn wohl, seine Verwirrung seinem Pfarrer mitzuteilen; als aber der auch kein Licht in die Sache bringen konnte, beschloss er, beide Kinder in die Stadt zu bringen und sie der Dame zu zeigen, die seine Nöte teilen musste. Nachdem er ihr das gemeinsame Missgeschick eingestanden hatte, sagte er mit gleichem Freimute, wenn ihre Augen nicht hellsichtiger wären als seine, sei er einverstanden, dass sie das von beiden nähme, für welches sie die meiste Zuneigung verspüre.

Tatsächlich konnte sie kaum nach anderen Gesichtspunkten wählen. Nachdem sie manche Vergleiche zwischen der Ähnlichkeit einiger Gesichtszüge mit den ihrigen und der mehr oder weniger zarten Hautfarbe und Leibesbeschaffenheit angestellt hatte, schien ihr diese Richtschnur nicht sicher genug und sie musste auf die der Zuneigung zurückgreifen, die, wie man sich leicht denken kann, sie für das hübschere der beiden Mädchen sich entscheiden ließ. Der Bauer ward mit dem verabschiedet, welches man ihm als seinen Teil ließ. Er zog sie in ländlicher Arbeit auf, während die andere mit all der Sorgsamkeit behandelt ward, die dem Stande, in den sie der Zufall geschleudert hatte, angemessen war.

Doch nichts ist so sehr der Veränderung unterworfen wie die ersten kindlichen Gesichtszüge; es geschah, dass die, welcher das Glück den Vorzug gegeben hatte, in ihrem fünfzehnten Lebensjahre so garstig wurde, das man sie in der Nachbarschaft als ein Muster an Hässlichkeit hinstellte. Die Dame, die für ihre Mutter galt, war über dieses Unglück umso betrübter, als ihr der Himmel weiter kein Kind gewährt hatte. In ihrem Kummer darüber erinnerte sie sich öfters des Abenteuers, das ihr die Tochter zugeführt, und konnte der Neugierde nicht widerstehen, die zu sehen, welche sie verschmäht hatte. Ohne etwas von ihrem Vorhaben verlauten zu lassen, ließ sie sich daher eines Tages allein in das Dorf fahren, wo sie diese sicher vorfinden musste. Sie sah sie. Wenn sie sie auch nicht ein Abbild von Schönheit nennen konnte, hielt sie sie mindestens für eines der liebenswürdigsten Wesen. Sie hatte Augen, wie man sie sich in der Stadt wünscht, eine Hautfarbe, der die Sonnenhitze nichts hatte anhaben können und von der man bei einiger Pflege und Ruhe sich noch mehr versprechen durfte, einen Mund und Zähne, die über die schlechten und groben Nahrungsmittel gesiegt hatten, und endlich eine nicht nur gerade gewachsene, sondern auch hinreichend wohl gebildete Gestalt, die selbst in einem erbärmlichen und ungestalten Gewande edel und schlank erschien. Der Eindruck dieses Bildes verband sich mit der Abneigung, welche die Dame vor ihrer Tochter hatte, und ließ ihr nicht den mindesten Zweifel, dass sie sich unglücklicherweise in ihrer Wahl getäuscht habe und dass der süße Name, den sie der anderen gegeben, einzig und allein dieser hier gebühre. Übrigens verfehlte sie nicht, die Verwirrung, welche dieser

Gedanke ihr verursachte, für eine Stimme der Natur zu halten. Und nicht minder leicht überzeugte sie die Eigenliebe, dass ein so hübsches Wesen mehr Ähnlichkeit mit ihr habe.

In der ersten Aufwallung würde sie sie mit Zärtlichkeiten überhäuft haben; da sie aber die Klugheit verpflichtete, sich Zwang aufzuerlegen, begnügte sie sich damit, den Landmann rufen zu lassen. Sie nahm ihn beiseite und erklärte ihm, einem Plane gemäß, den sie sofort gefasst hatte, dass sie durch neue Aufklärungen, die sie der Güte des Himmels verdanke, endlich erkannt, dass sie beide getäuscht worden wären, als sie das Schicksal ihrer Kinder geregelt hatten.

»Ihr habt meine Tochter«, sprach sie zu ihm, »die ich jetzt von Euch zurückerbitte; ich bin bereit, Euch Eure wiederzugeben!« – Ihr Plan war anfangs, die Meinung des guten Mannes zu erforschen. Sie fand sie um vieles günstiger als sie gehofft hatte. Seine Tochter war ihm eine Last; ihm lag wenig daran, dass sie diesen Namen behalte, da sie ihn nur verlieren musste, um glücklicher zu werden; und vielleicht hoffte er, dieses Glück möchte sich auch auf ihn erstrecken. Er stimmte daher völlig dem ersten Teile dieses Vorschlages bei. Mit mehr Urteilskraft jedoch, als man ihm hätte zutrauen mögen, setzte er ihr auseinander, dass es der Vernunft und Billigkeit entbehre, ihm eine andere Tochter aufzubürden, die seines guten Wissens die Erziehung nimmer zu einer arbeitstüchtigen Tochter würde machen können.

Da man an nichts weniger dachte, als ihn dazu zu zwingen und man diesen Punkt nur erwähnt hatte, um seine Gefühle zu ergründen, war man hocherfreut, sich so gut mit ihm über die einzige Sache, die man auf dem Herzen hatte, abzufinden. Das junge Mädchen wurde sofort gerufen. Man gab ihr voller Sorgfalt ein schickliches Aussehen, ehe man sie erscheinen ließ, und der, den sie bislang für ihren Vater gehalten hatte, überließ sie selbst der Dame, die ihre Mutter sein und sie eilends nach London führen wollte. Einige an ihrer Statt zurückgelassene Pistolen, die für ein Zeichen künftigen Glückes gehalten wurden, sorgten dafür, dass ihr Verlust nicht allzu bitter empfunden ward.

Es war für die Londoner Dame nicht schwierig, eine Fremde in ihr Haus zu bringen, und sie, um ihrer Zärtlichkeit genugzutun, mit allen nur erdenklichen Auszeichnungen zu behandeln. Doch wie sie als ihre Tochter anerkannt sehen und auf welche Weise sie in die Rechte der Erbschaft eintreten lassen? Ihr von Anbeginn an in das Geheimnis eingeweihter Gatte ward alsbald zurate gezogen. Sich durch die gleiche

Neigung für eine so liebenswerte Tochter einnehmen lassend, war er der Ansicht, dass er, ohne Gefahr zu laufen, Unfrieden in seinem Hause zu stiften, dem Himmel danken müsse, ihm zwei statt einem Kinde geschenkt zu haben und sie tatsächlich alle beide anzusehen, wie wenn sie seiner Ehe entsprossen wären. Er hatte ja keine anderen Kinder. Sein Reichtum war groß genug, um beide anständig auszustatten. Solch ein Entschluss dünkte ihn sehr viel sicherer, als ein Vorzug, der sich nimmer auf einen vernünftigen Grund stützen konnte und ihm, wenn er sich nicht einer Ungerechtigkeit schuldig machen wollte, stets Ursache zum Zweifeln geben würde.

Niemand bezichtigte ihn, es bei diesem Urteil an Weisheit haben fehlen zu lassen; doch musste er zwei Schwierigkeiten voraussehen, die kaum vermeidbar waren. Eine seitens seiner Frau, die ihre Gefühle nicht genugsam in der Gewalt hatte, um sie gleichmäßig zwischen zwei Töchtern teilen zu können, die andere vonseiten derjenigen, die alle Zeit über im Alleinbesitz dieses Titels gewesen war und sich nicht so leicht dazu herbeilassen würde, ihn zu teilen. Vom ersten Tage an neigte sich die Gunst der Mutter so sichtbarlich der Zuletztgekommenen zu, dass bald Eifersucht und Murren aus der anderen Munde zu vernehmen war. Das Übel steigerte sich in dem Maße, wie die Schwester sich den städtischen Sitten anpasste und die Kunst ihre natürlichen Vorzüge zu heben schien. Diese hieß Anna, die andere Sarah. Anna nutzte ihre Vorteile nicht aus, konnte es aber nicht verhindern, dass sie eine Unzahl junger Männer liebenswert fanden. Diese Beobachtung entging der unglücklichen Sarah nicht und war für sie ein tödlicher Schlag. Da sie ihren Hass nicht mehr zu meistern vermochte, suchte sie ihn bei allen Gelegenheiten zu zeigen, ohne selbst vor Beleidigungen und Schimpfreden zurückzuschrecken.

Auf den Lärm von Sarahs Aufwallung hin kam die Mutter, der sie Anna in gütiger Absicht bislang verheimlicht hatte, zu einer solchen Zankszene hinzu. Der Anblick ihrer geliebten Tochter, welche sie nassen Auges antraf, und die ihr in diesem Augenblicke der Bitterkeit die Ursache nicht verschweigen konnte, ließ sie in ihrem Zorne keine Grenzen mehr kennen. Sie erklärte Sarah, sie würde nur im Hause geduldet dank einer Milde, welcher sie unwürdig sei, und da sie nur eine Bauerstochter sei, befehle sie ihr von nun an die zu achten, die man ihr noch Schwester zu nennen erlaube, tatsächlich aber ihre Herrin sei und ihr allzu viel Güte erweise, wenn sie sich ihr gegenüber eines zärtlicheren und vertraulicheren Namens bediene.

Sarah war nicht ohne Verstand; das Gewicht väterlicher Macht hatte sie bislang von der sorgsamen Prüfung zurückgehalten, mit welchem Rechte man ihr eine Schwester gäbe, die sie nimmer gekannt hatte. Als sie es jedoch bis zum Verlust dieses Titels und der Geburtsrechte kommen sah, beschloss sie, ein so schmerzliches Geheimnis zu ergründen und sich mit offener Gewalt Recht zu verschaffen. Sie entdeckte leicht, aus welchem Dorfe die Schwester gekommen war, und da die Erkundigungen, welche sie einzog, sie versicherten, dass Anna selber nur für die Tochter eines Bauern gehalten wurde, der noch lebte und Zeugenschaft von ihrer Geburt ablegen konnte, redete sie sich mehr und mehr ein, dass Vater und Mutter sie nur durch eine Lüge um ihre Rechte zu bringen vermöchten, welche sie sich leicht wider deren Willen erhalten könnte. An Geld aber für die Kosten des Rechtsstreites gebrach es ihr; doch wurde ihre Kühnheit durch Verdruss und Hass so herausgefordert, dass sie sich entschloss, sich einem Advokaten zu eröffnen, der weniger reich als begierig war, es zu werden, indem sie ihm versprach, sich ihm mit all ihren Hoffnungen zu geben, wenn er ihre Rechte geschickt geltend mache und sie damit räche. Dieser Antrieb hatte den von ihr erwarteten Erfolg. Der Advokat, der nur sein Glück im Auge hatte und sich durch ihre Hässlichkeit nicht zurückhalten ließ, hub heimlich an, Sarahs Geburt zu prüfen. Die Kirchenregister, die ihren Namen und ihr Alter meldeten, die Zeugenschaft der alten Dienstboten des Hauses, denen man das Landabenteuer stets sorgfältig verheimlicht hatte, die Aussagen selbst der Paten und Nachbarn, kurz, alles ließ sich so günstig an, dass er kein Bedenken trug, sich Versprechungen geben zu lassen, deren Gültigkeit in England das Alter nichts anhaben kann; und nachdem er sie sich durch noch viel sicherere Unterpfänder hatte bekräftigen lassen, nahm er sich dieser Angelegenheit mit aller Hitze der Rechtskniffe an, die ja von der Habsucht beseelt wurden. Da die Schwierigkeit in zwei Punkten beruhte, deren einer darin bestand, Sarahs Geburt zu prüfen, die andere, Annas Unterschiebung zu verhindern, hatte er sich vorgenommen, seine Beobachtungen über letztere nach der Aufklärung der ersteren anzustellen, war er anfangs hinreichend befriedigt, sich des Hauptvorteils, der ihn handeln ließ und auf den sich all seine Aussichten stützten, versichert zu wissen.

Da indessen auch der zweite Punkt seine Sorgfalt erforderte, begab er sich, als er Sarahs eben gewiss war, selber in die Landschaft, aus der Anna gekommen war, um sich durch eigene Kenntnisnahme instand zu setzen, diesen Teil seines Unternehmens mit ebensolchem Nachdruck wie den anderen betreiben zu können. Nachdem er aber durch den Bericht mehrerer Dorfbewohner sehr viel für ihn Günstiges darüber erfahren hatte, erfuhr er zu seinem lebhaftesten Erstaunen, als er sich an den Pfarrer und den Bauern, den man für Annas Vater hielt, selber wendete, durch eine sehr schlichte Erzählung alle Umstände des alten Abenteuers. Er besaß zu viel Urteilskraft, um sich nicht zu sagen, dass in einem solch ungewöhnlichen Falle die Laune einer Mutter nicht maßgebend sei, die rechtliche Stellung eines Kindes festzustellen, dass folglich, da die Ungewissheit immer die gleiche bleibe, sich aus der ersten Wahl nicht die Notwendigkeit ergäbe, eine Tochter der anderen vorzuziehen. Er konnte nicht umhin, die Weisheit und Güte eines Vaters zu loben, der sich lieber mit einer doppelten Last beladen hatte, um nicht durch blinden Vorzug ein Kind des Standes zu berauben, der ihm von Natur aus zukam. Er sah auch voraus, dass die Gerichtshöfe an einer so vernünftigen Verfügung nicht rütteln würden. Die Abneigung der Mutter gegen Sarah, und der lebhafte Vorzug, den sie der anderen zuteil werden ließ, bildeten die einzigen Momente, die ihm zur Erwägung geeignet schienen; doch als er sich eingehender mit ihnen beschäftigte, zweifelte er nicht, dass ein nichtiger Hader solch Gefühl verursacht habe, und bestärkte sich darin noch, als er bedachte, dass dadurch kein Wechsel in der gegenwärtigen Lage und den Hoffnungen der beiden Töchter eingetreten sei.

Also kehrte er weniger befriedigt nach London zurück, als er es verlassen hatte, und begann zu fürchten, dass er sich bereits zu sehr verpflichtet habe und nur Beschämung anstatt Vorteil, wie er es erwartet, aus seinem Unternehmen ziehen werde. Er fand dort, einem falschen Vorgehen zufolge, welches Sarahs Ungeduld veranlasst hatte, neue Gründe zur Befürchtung. Diese hatte es nicht über sich bringen können, so lange im väterlichen Hause zu harren, bis der Rechtsstreit eingeleitet war, und hatte sich zu einem ihrer Onkel begeben, ihn keck in ihren Groll eingeweiht und, keine Vorsicht beobachtend, bereits auch ihre Rachepläne wissen lassen. Als der Advokat diese ärgerliche Nachricht bei seiner Rückkunft erhielt, sah er kein anderes Mittel, sich vor der Lächerlichkeit zu schützen, als sich sofort zu ihrem Vater und ihrer

Mutter zu begeben, und gestand ihnen seine Unklugheit, sich so leichtgläubig auf eine wütende Tochter verlassen zu haben. Auch verbarg er ihnen sogar seine Beweggründe nicht, die in dem Wunsche, durch eine Heirat mit ihr reich zu werden, bestanden hätten. Der Vater, der als gutmütiger Mann stets bestrebt war, seine beiden Töchter mit gewisser Gleichmäßigkeit zu behandeln, nahm dies Geständnis so wohl auf, dass er, anstatt Sarah etwas nachzutragen, entzückt war, eine Heiratsgelegenheit für sie zu finden, womit er ihrer Hässlichkeit wegen nie rechnen zu dürfen gefürchtet hatte. »Folgen Sie Ihren anfänglichen Absichten«, sagte er zu dem Advokaten, »ich will ihr ein Vermögen aussetzen, das sie niemals neidisch auf das machen soll, welches ich für ihre Schwester aufbewahre!« Der Vorschlag wurde angenommen, man entschloss sich, Sarah ohne Aufsehen zurückzurufen und die Hochzeit sollte wenige Tage später stattfinden.

Dieser Beschluss setzte Sarahs Einwilligung voraus, die an gar keinen Gehorsam dachte. Sei es Scham, sei es Wut, sie konnte das Vorgegangene nicht anhören, ohne lebhafter denn je die Beschimpfung zu fühlen, die sie erlitten zu haben glaubte. Alle ihr angebotenen Vorteile verhinderten es nicht, dass über ihrer Geburt ein Dunkel schwebte; sie wollte in dieser Sache keinen Vergleich dulden und ihren Advokaten der Treulosigkeit zeihend, verpflichtete sie ihren Onkel, der die Umstände des alten Abenteuers noch nicht kannte, sich offen ihrer Sache anzunehmen. Ohne alle Schonung begann der Prozess, als ein neuer Vorfall die Lage völlig veränderte.

Seit ihrem Verweilen in London hatte Anna einige Freundschaften geschlossen und nach dieser und jener Bekanntschaft sich besonders mit der Tochter des Predigers ihrer Pfarre verbunden. Der aber wurde seit fünfzehn Jahren von einer alten Haushälterin bedient, die nimmer daran gedacht hatte, eine so schöne Stellung aufzugeben. Als diese Frau sich eines Tages in irgendeine Unterhaltung ihrer jungen Herrin mit ihrer Freundin hineingemischt hatte, entschlüpfte ihr der Name ihres Geburtsortes, welcher dasselbe Dorf war, aus dem Anna hergekommen war. Diese machte bei einem Namen, der ihr stets teuer war, die Ohren auf und fragte begierig nach Einzelheiten. Und teilte ihr selber eine solche Menge Dinge über das Dorf mit, dass man überrascht sein musste, ein Londoner Mädchen so gut darüber unterrichtet zu sehen. Die Haushälterin besaß nach ihrem Fortgehen die Neugier, sich zu erkundigen, woher sie das alles wissen könne. Der Pfarrer kannte die

Geschichte der beiden Schwestern sehr genau, zumal seit der Advokat in seinen Kirchenbüchern nachgeforscht hatte, und erzählte kurz, was zu seiner Kenntnis gelangt war. Zu seiner lebhaftesten Überraschung hörte er seine Haushälterin sagen, dass sie imstande sei, einige Aufklärungen über das, was so dunkel erscheine, zu geben; da sie die beste Freundin der Amme gewesen, erinnere sie sich, ihr bei einer Verrichtung geholfen zu haben, deren Spuren noch vorhanden seien und notwendigerweise aller Ungewissheit ein Ende bereiten müssten. Sie versicherte ihrem Herrn, dass die Amme, deren Namen sie angab, als sie aus London ein neugeborenes Kind erhalten, welches zu nähren sie sich verpflichtet und selber eins vom gleichen Geschlechte gehabt hätte, die Verwirrung befürchtend, in die sie früher oder später geraten müsste, sie nicht unterscheiden zu können, den Entschluss gefasst hätte, eines der beiden an einer Körperstelle zu zeichnen, wo dieses Zeichen verborgen und ungefährlich haftete. Sie habe sich ihr eröffnet und sie um Hilfe gebeten, worauf sie zusammen einen Eisenring rotglühend gemacht hätten, den sie der kleinen Fremden unter die Sohle des rechten Fußes gedrückt; und es sei unmöglich, dass ein so gut eingepresstes Zeichen jemals verschwinden könne. »Ich verließ das Dorf einige Wochen darauf«, sagte sie, »und da ich seitdem nichts mehr von dort gehört habe, wusste ich weder um den Tod meiner Nachbarin, noch um das Los der beiden Kinder!«

Ein solch natürlicher Beweis war so klar und einleuchtend, dass die Rechtsverdrehung nichts dawider vorbringen konnte. Der Pfarrer, der nicht glaubte, dass die Liebe zu den himmlischen Gütern, zu der er ja beruflich innig verpflichtet war, ihn hindern könne, ihrer auch ein wenig zu den Gutem dieser gemeinen Welt zu haben, beschloss, diese Kenntnis zur Versorgung eines seiner Brüder, eines mehr mit Verdienst als Glücksgütern versehenen Offiziers, auszunutzen. Er legte seiner Tochter und Haushälterin Schweigen auf, begab sich zu dem, welchen man für den Vater der beiden Damen hielt, und sagte ihm offenherzig, da er von dem Zwiste gehört habe, der in seinem Hause auszubrechen drohe, käme er, um dieses Unheil von ihm abzuwenden. Und ohne Zuflucht zur Arglist zu nehmen, um sich den Preis für den Dienst, den er ihm leisten wollte, zu sichern, erklärte er ihm, wenn er ihn seine Tochter an gewissen Zeichen erkennen ließe, würde er sie als Gattin für seinen Bruder erhalten. Anfangs ward diese Eröffnung nicht mit so viel Freude aufgenommen, wie er gedacht hatte. Die Mutter zitterte

125

vor einer Aufklärung; welcher Art sie auch sei, wenn sie nicht günstig für ihre liebe Anna war, und antwortete kalt, es wäre wohl zu spät, um noch Sicherheiten zu erhoffen, welche sie sich selber in einem Zeitraum von fünfzehn Jahren nicht hätte verschaffen können; sie gäbe sich mit denen zufrieden, die sie aus ihrer Zärtlichkeit zöge, und niemand hätte das Recht, sich zu beklagen, da beide Kinder auf gleichem Fuße erzogen worden wären. Der Gatte, auf welchen die Gewohnheit, Sarah zu sehen, fast ebenso viel Eindruck als seine Neigung zu Anna machte, erschien nicht eifriger und dachte gar nicht daran, sich der einen oder anderen zu entledigen. Er bat den Pfarrer, das Ansehen, welches ihm sein Amt gab, zu benutzen, um Sarahs Unternehmungen niederzuschlagen, da sie sich durch ein nutzloses Aufsehen nur schaden könne. Was die vorgeschlagene Heirat anlangte, zeigte man, vorausgesetzt, dass Anna nichts gegen den ihr angebotenen Ehemann einzuwenden hätte, keine Schwierigkeiten, zumal des Pfarrers Herkunft von einigem Ansehen und seines Bruders Verdienste bekannt waren.

Wenn diese Antwort den Pfarrer auch nicht völlig befriedigte, nahm sie ihm doch nicht die Hoffnung, auf anderem Wege erfolgreich zu sein. Es genügte ja, die Zustimmung von Vater und Mutter zu der von ihm gewünschten Heirat erhalten zu haben, doch da er noch ebenso sehr Annas Geburt klargestellt zu sehen, weil er seinem Bruder eine reiche und wohlgeborene Frau zu bescheren wünschte, beschloss er, sich die Gewissheit zu verschaffen, die zu erfahren man sich weigerte. Anna war oft bei seiner Tochter; er nahm eine dieser Gelegenheiten wahr, um mit ihr über den Zweifel zu reden, in dem sie über ihre Herkunft schwebe; und als er sie sehr freudig erregt über das ihr gemachte Anerbieten, sie darüber aufzuklären, sah, wollte er es nur unter der Bedingung tun, dass sie seinen Bruder heirate. Den hatte sie oft genug gesehen, um ihn liebenswert zu finden. Ohne Zaudern willigte sie ein; darauf bat sie der Pfarrer, ihre Schuhe auszuziehen, und selbst ihren Fuß aufnehmend, suchte er das Zeichen, das alle Geheimnisse aufdecken sollte. Anna ahnte plötzlich, was er suchte, denn sie kannte dieses Zeichen, und da sie nicht wusste, ob es ihr Glück oder Unglück brächte, wurde sie vor Schreck ohnmächtig und kam nur durch die lebhaften Schreie des Pfarrers zu sich, der seine Freude nicht zu meistern wusste, als er seine Hoffnungen glücklich erfüllt sah. Selbigen Augenblick ward die Haushälterin gerufen, sie wiederholte die ihrem

Herrn bereits gegebenen Aufschlüsse und beglaubigte sogar das Zeichen, das sich, genau mit ihrer Aussage übereinstimmend, vorfand.

Die erste Regung würde Anna veranlasst haben, ihrer Mutter dies glückliche Ereignis zu entdecken, wenn der Pfarrer nicht als Zugeständnis ihrer Dankbarkeit verlangt hätte, dass sie ihn eine so angenehme Eröffnung machen ließe. Er besorgte nämlich, die Heiratsaussichten seines Bruders könnten hierdurch verringert werden. Kehrte zu ihrem Vater zurück und beeilte sich, ihm seine Worte mit den früheren Bedingungen zu wiederholen; und da er ihn drängte, die Förmlichkeiten zu erledigen, ließ der sich darauf ein, dass die Hochzeit tatsächlich in wenigen Tagen gefeiert werden solle. Kaum aber hatte man seinem Wunsche nachgegeben, als er ebenso sehr seinem wie seiner neuen Nichte Eifer folgend, ihren Vater und ihre Mutter beiseite nahm, um ihnen eine Entdeckung zu machen, auf die sie sich so wenig gefasst gemacht hatten. Sie waren aufs Lebhafteste darüber entzückt und die Mutter wollte keinen Augenblick verstreichen lassen, um ihre Freude darüber kundzutun. Doch machte ihr Gatte ihr in Güte und Klugheit verständlich, wie groß dadurch auf einmal die Verzweiflung der armen Sarah werden würde. Er konnte ein Zärtlichkeitsgefühl für sie nicht unterdrücken, und da er ihr wenigstens ein ruhiges und ehrenvolles Leben sichern wollte, erbat er sich Zeit, um einen Plan auszuführen, der ihm in den Kopf gekommen war. Der bestand darin, Sarah bei ihrem Onkel aufzusuchen und sie wissen zu lassen, dass sich ihr Schicksal durch unwiderlegbare Beweise entschieden habe. Nichtsdestoweniger versicherte er ihr, es liege ihm fern, sie fallen zu lassen, er sei noch jetzt entschlossen, ihr das ihr zugedachte Heiratsgut zu geben, wenn sie auf die nutzlosen Verfolgungen verzichten und bescheiden in eine Heirat mit dem Advokaten einwilligen wolle. Er verlor kein Wort weiter. Sarah hörte seine Rede unter einem Tränenstrom an, und da sie keinen Hoffnungsschimmer mehr sah, schien sie sich in alles zu schicken, was man ihr vorschlug. Der Advokat hatte seine Gefühle nicht geändert und empfing mit Freuden die Nachricht, die man ihm zukommen ließ: sich in der Kirche einzustellen. Sie wurden verheiratet und der Vater erfüllte gutmütig seine Verpflichtungen.

Der Pfarrer, die Mutter und die beiden Familien, die beide von denselben Gefühlen geleitet wurden, hatten nicht lange gezaudert, das Gerücht von diesem Abenteuer zu verbreiten; jeder Umstand, der Sarah zu Ohren kam, wurde für sie ein tödlicher Schlag. Ihr Gatte selber trug zur Vermehrung ihres Kummers durch Beweise von Abneigung bei, welche vielleicht nur eine Folge ihrer Häuslichkeit waren, von ihr aber als ein verächtlicher Vorwurf ihrer niedrigen Geburt gehalten wurden. So verbrachte sie einige Monate in einer Abspannung hin, die Mitleid einflößen musste. Vergebens bemühten sich Annas Vater und Mutter, die eine gewisse Zuneigung zu ihr, die ihnen ihr Irrtum selber eingeflößt, nicht verloren hatten, sie durch Liebkosungen und Zärtlichkeiten zu trösten. Sie mied ihre Gegenwart. Annas Anblick war ihr eine noch unerträglichere Qual; der Name dieser glücklichen Nebenbuhlerin brachte sie mehrere Male in Aufregungen, von denen man nur schwere Folgen erwarten durfte. Schließlich fand man sie, sechs Monate nach ihrer Verheiratung, in ihrem Zimmer erhängt; mit einem Schreiben neben sich, das sie am gleichen Tage abgefasst zu haben schien; in ihm warf sie dem Schicksal bitter ihr Unglück vor. Da sie ihrem Gatten keine Kinder hinterlassen hatte, sah er sich genötigt, ihre Habe herauszugeben, obwohl er unter dem Vorwande, sie sei nicht dessen Tochter gewesen, den die Öffentlichkeit für ihren Vater halte, alle Mittel der Rechtsverdrehung anwendete, um zu beweisen, dass das, was er unter dem Namen Mitgift erhalten, als ein einfaches Geschenk angesehen werden müsse, welches in seinem Besitze bleiben dürfe. Der Vater, ein reicher und gutmütiger Mann, würde nicht mit Strenge gegen den Advokaten vorgegangen sein, wenn er ihn nicht für die Härte hätte bestrafen wollen, mit der er seine Frau behandelt hatte; in einem Lande, wo die Selbstmorde weniger häufig sind, hätte man ihn vielleicht verdächtigt, ihren Tod mit herbeigeführt zu haben.

Rätselhafter Selbstmord einer Unbekannten

Man sah in Amsterdam eine Dame ankommen und im »Gasthaus zum Schiff« absteigen, deren Erscheinung eine Person von Rang ankündigte. Ihr Aufzug war dementsprechend. Mehrere Diener, die ihr folgten, bemühten sich eifrig um sie. Ein ziemlich gutgekleideter Mann, den man aber seinem Aussehen nach für ihren ersten Diener hielt, reichte ihr die Hand, sorgte für ihr bequemes Unterkommen und bezeigte ihr alle Aufmerksamkeiten, welche sehr viel Ehrfurcht und Zuneigung bewiesen. Das erste Mahl ging mit einer gewissen Prahlerei vor sich. Die Diener bedienten aufmerksam und der, welchen man für den Stallmeister gehalten hatte, ließ sich mit der Dame am Tische nieder. Den Rest des Tages sah man eine gewisse Großartigkeit in Aufwand und Benehmen an ihnen. Indessen wurden anderen Morgens Kutscher und Diener entlassen. Letztere reisten wohlbezahlt ab, und wenn man eine Frage nach dem Namen ihrer Herrin an sie richtete, nach dem Orte, von wo sie gekommen sei, und nach den Gründen ihrer Reise, so antworteten sie, sie wüssten nicht, wem sie Dienste geleistet, man habe sie in Paris für eine Reise nach Holland gemietet; der, den man für ihren Stallmeister halte, habe sich auf der Reise Herr Baron nennen lassen, und welches Verhalten man auch zwischen ihnen vermutete, die Dame habe den Namen Frau Baronin beansprucht.

Es stand also jedermann frei, sie für ein Ehe- oder Liebespaar zu halten. Einer oder der andere dieser Titel kam ihnen zu, da sie die Nacht zusammen verbrachten, und ihre Angelegenheiten, ihr Aufwand und alle ihre anderen Ausgaben stets die gleichen waren. Nachdem sie ihre ganze Gefolgschaft entlassen hatten, nahmen sie sich als einzige Bedienung eine holländische Magd, in deren Mühewaltungen sich die Herrin und ein fünfzehn Monate altes Kind, das sie bei sich hatten, teilten. Sie schränkten ihre Ausgaben ein. Verbrachten ganze Tage in ihrem Gemache, ohne den geringsten Verkehr zu haben; waren außerdem höflich den Leuten des Gasthauses gegenüber, freundlich zu ihrer Dienerin und aufmerksam genug, um ihren Nachbarn keine Belästigungen zu verursachen.

Ich (der Abbé Prevost selbst) war einer von ihnen. Ein dreimonatiger Aufenthalt im gleichen Gasthause hatte mich mit einigen anderen Gästen, die dort wohnten, in freundschaftliche Beziehungen gebracht. Was ich von meinen neuen Nachbarn gehört, und mehr als alles ihr liebenswürdiges Betragen und ihre Höflichkeit, rief einiges Verlangen in mir wach, sie kennenzulernen. Welche Gründe sie auch nach Holland geführt haben mochten, ich konnte mir nicht denken, dass sie, bar aller Freunde und Bekanntschaften, wie in ihrer Einsamkeit begraben hier verweilen wollten. Ich ließ ihnen meine Aufwartung durch unseren gemeinsamen Wirt antragen. Sie erkundigten sich genau nach meinem Charakter und meiner Beschäftigung, und befriedigt oder nicht über die erhaltene Auskunft, nahmen sie nicht nur mein Anerbieten an, sondern der Baron beeilte sich, mir zuvorzukommen und führte mich zu sich, um mich der Dame vorzustellen. Ich sah sie beide zum ersten Mal. Das Bild, welches man mir von dem Baron ausgemalt hatte, schien ziemlich zu stimmen: ein Mann von vierzig Jahren, von hoher und starker Figur, mit gewöhnlichem Gesichtsausdruck, der nichtsdestoweniger eine gewisse Güte aufwies, die einen sofort zu seinen Gunsten einnahm; er redete schlechtes Französisch und war, wie ich gleich an seiner Sprache bemerkte, in irgendeinem Teile Italiens geboren. Sein Benehmen war im Übrigen liebenswürdig und höflich genug, um ihn für einen Mann von einigem Rang zu halten; er hatte eine sehr gute Erziehung genossen. Was die Dame anlangte, schien mir alles, was man mir von ihrer Figur und der edlen Art und Weise, die sich in den kleinsten Zügen ihres Benehmens ausdrückte, gesagt hatte, der Zeugenschaft meiner eigenen Augen nachzustehen. Ich habe selten eine so schöne und wohlgestalte Dame wie sie gesehen. Sie redete unsere Sprache mit keiner größeren Fertigkeit als der Baron, obwohl sie sich beide sehr leicht verständlich machten. Sie erzählten mir, dass sie aus Italien kämen, einige Monate in Paris geweilt und sich einen langen Aufenthalt in Holland vorgenommen hätten. Dies war die einzige Aufklärung, welche man jemals über den Ursprung ihres Abenteuers bekommen hat.

Unsere Bekanntschaft ward plötzlich sehr innig. Ich sah an diesen neuen Freunden eine bewundernswerte Geradheit und Güte des Charakters. Wie ich gedacht hatte, traf es zu, dass sie der Einsamkeit nur pflogen, weil sie ohne Bekanntschaften keine Gelegenheit hatten, sie aufzugeben. Andererseits waren sie sich selber genug, und während mehrerer Monate, die ich sie in einem sehr vertraulichen Verkehre sah, bemerkte ich niemals eine Veränderung ihres Gemütszustandes. Ich vermittelte die Bekanntschaft zwischen ihnen und zwei sehr liebenswürdigen Leuten, welche die Annehmlichkeit unseres Verkehrs vermehrten. Alle Zeit, die ich nicht meinen Beschäftigungen widmete, brachte ich bei ihnen zu. Wiewohl sie in einiger Beschränktheit zu leben schienen, gaben sie uns einige Male ein sehr glänzendes Essen. Wir aber bewirteten sie unsererseits; und obwohl wir ihr Geheimnis nicht zu durchdringen suchten, ließen wir uns keine Gelegenheit entgehen, ihnen unsere Dienste anzubieten, indem wir ihnen zu verstehen gaben, wir würden es an Eifer und Verschwiegenheit nicht fehlen lassen.

Es geschah natürlich, dass wir manchmal unsere Vermutungen über sie aussprachen, da es uns aber an jedem Anhaltspunkte gebrach, uns darauf zu stützen, waren unsere Schlüsse nicht minder ungewiss. Verschiedene Gerüchte, die sich bis zur Börse herumsprachen, dienten nur dazu, uns zu ihrem Widerspruche zu erhitzen. Die einen versicherten, der Baron wäre nur ein italienischer Haushofmeister, der die Tochter eines deutschen Gesandten am römischen Hofe entführt hätte. Wir glaubten das einige Tage lang, bis ein anderes Gerücht ihn für einen Prälaten ausgab, der sich mit seiner Geliebten in das Land der Freiheit geflüchtet habe. Er wusste all das nicht, was man über ihn verbreitete; und wenn ich auch nicht klar genug sah, um alles, was wenig zu seinen Gunsten zu sprechen schien, widerlegen zu können, so bemühte ich mich wenigstens, ihn durch die Zeugenschaft wieder zu Ehren zu bringen, die ich überall von seinen Sitten und seinem Charakter ablegte.

Nach mehreren Monaten eines sehr geruhsamen Lebens entdeckten wir indessen auf dem Gesicht und in der Stimmung des Barons sichtliche Zeichen von Trauer und Unruhe. Er legte sich lange Zeit Zwang an, um sie zu verbergen, gab sich aber selbst in der Fröhlichkeit sehr gezwungen und beurlaubte sich unter verschiedensten Vorwänden oft von den kleinen Gesellschaften, die wir regelmäßig veranstalteten. Die Baronin nahm immer an ihnen teil, und die Entschuldigungen dessen, den man für ihren Gatten hielt, übernehmend, schrieb sie ihm Geschäfte zu, welche ihn notgedrungen in Anspruch nähmen. Er machte verschiedene Reisen, deren längste nicht mehr als vier Tage dauerte. Das Vergnügen, welches er augenscheinlich beim Wiedersehen seiner Frau hatte, gab ihm bei seiner Rückkehr all seine gute Stimmung wieder, doch fiel er am folgenden Morgen in seine frühere Traurigkeit zurück. Die Baronin ergab sich ihr auch, wiewohl sie die ihrige besser zu verbergen verstand. Ich überraschte sie mehr als einmal in so tiefer Nachdenksamkeit, dass sie mich nicht die Tür hatte öffnen hören, und als ich ihr zu ihres Mannes Abwesenheit einige Vorhaltungen machte, sah ich sie zu meinem lebhaftesten Erstaunen sogleich in Tränen ausbrechen. Zartgefühl hinderte mich, sie nach deren Ursache zu fragen, und ich schob sie scheinbar nur dem Entferntsein ihres Gatten zu. In dieser Zwischenzeit sprach ich mit meinen Freunden über die Wahrscheinlichkeit unserer Vermutungen. Wir würden uns gedacht haben, es handelte sich hier um einige Vermögensschwierigkeiten, wenn uns nicht die Menge kostbarer Kleinodien, die wir bei der Baronin gesehen, überzeugt hätte, dass sie nicht im entferntesten der Dürftigkeit ausgesetzt wären.

Der Schätzung nach hatten wir bei ihr und ihrem Gatten goldene Uhren, Tabakdosen, Bestecke im Werte von mehr als zehntausend

Florins gesehen, und bei dem bescheidenen Leben, welches sie führten, konnte diese Summe allein für einen Lebensunterhalt von zwei Jahren hinreichen. Da indessen es zweien Leuten, die vielleicht niemals derartigen Prüfungen gegenübergestanden hatten, an der Kenntnis der Hilfsquellen ermangeln konnte, die sie in ihren Händen hatten, so beschlossen wir, den Baron nach der Seite hin auszuhorchen und selber all das, was die Mäßigkeit unseres Vermögens uns zu entbehren erlaubte, flüssig zu machen, um seines aufzubessern. Doch muss ich gestehen, dass ich, der ich von meinen Freunden mit solchem Auftrage abgeschickt wurde, nicht den Mut besaß, ihm eine Eröffnung zu machen, von der ich nicht wissen konnte, ob sie ihn nicht beleidige. Ich beschränkte mich auf allgemeine Dienstanerbietungen und war nur deutlich in Eifer- und Freundschaftsversicherungen.

Die Folgezeit belehrte mich, dass nicht Vermögensschwierigkeiten des Barons Unruhe verursachten. Es kam in dieser Zeit ein moskowitischer Edelmann nach Amsterdam, der einer rein zufälligen Begegnung zufolge Verkehr mit uns anknüpfte. Er sah die Baronin, verliebte sich in sie und war als beständiger Besuch bei ihr. Wir, meine Freunde und ich, hatten uns in unserem Benehmen sehr in acht genommen, welches wir einer so liebenswerten Frau gegenüber zu zeigen hatten, so dass es uns gar befremdend erschien, dass ein Moskowiter, dessen einzige Empfehlung in vielem Gelde und Unverschämtheit bestand, sich vor unseren Augen an ein Herz heranmachte, um welches wir nicht minder als er uns beworben haben würden, wenn nicht Wohlanständigkeit und Freundschaft unserer Zuneigung Zwang auferlegt hätten. Da es indessen des Barons Sache war, ließen wir dieses Schauspiel widerspruchslos über uns ergehen; im Übrigen hatten wir eine viel zu hohe Meinung von der Treue seiner Frau, oder wenn man will, Geliebten, um sie für fähig zu halten, den Verführungen eines Liebhabers nachzugeben.

So standen die Dinge, als sich der Baron veranlasst sah, Amsterdam einer Reise wegen zu verlassen, die nicht länger als die vorhergehenden währen sollte. Wir waren Zeugen von den Anstrengungen, welche die Baronin machte, um ihn zurückzuhalten; und, ohne das Geheimnis ihrer Angelegenheiten zu durchdringen, meinten wir, einer so inständig erbetenen Gunst stünden sehr wichtige Gründe entgegen. Sie vermochte ihn nicht zur Aufgabe seines Vorhabens zu bringen, er versprach ihr aber, am folgenden Tage zurückzukommen. Ihre Tränen flossen lange

Zeit. Wir zogen uns zurück, nachdem wir alle Sorgfalt aufgewendet hatten, um sie zu trösten. Es war fünf Uhr nachmittags; ich ging nach Hause und kam nur zu spät zu ihr zurück.

Beim Eintreffen hörte ich, die Frau Baronin liege im Todeskampf, und man vermute, dass sie sich vergiftet habe. Gegen acht Uhr hatte sie sich eine Dosis Sublimat kaufen lassen, ohne anzugeben, welchen Gebrauch sie davon machen wollte. Nach dem Abendessen hatte sie sich allein eingeschlossen, und die furchtbaren Schmerzen hatten ihr Schreie abgelockt, welche die Nachbarn herbeigerufen. Ihre Schmerzen ließen nur auf eine Kolik schließen, durch die sie angeblich furchtbar litt. Unter solcher Voraussetzung behandelte man sie. Der Fortschritt des Übels aber war so sichtlich, man sah an verschiedenen Umständen, dass es eine andere Ursache haben musste. Sie starb, ohne etwas davon einzugestehen und die einzige Sorge, die sie im Sterben hatte, war, die, welche ihr ihre Hilfe anboten, zu bitten, es ihrem Manne allmählich beizubringen, und ihr Kind nicht in Not zu lassen. Ein so tragisches Abenteuer bildete die Unterhaltung aller Welt, und jeder suchte es aufzuklären. Die anfangs vorherrschende Meinung war, der Baron habe sie verlassen, und da sie sich ohne Hilfe und Hoffnung in einem fremden Lande geglaubt, habe sie den Tod als den kürzesten Weg erwählt, um sich von ihren Nöten zu befreien. Bis zum Abend des folgenden Tages verharrte man bei dieser Annahme; dann aber machte der Baron durch seine Rückkunft solch einem erbärmlichen Schlusse ein Ende. Einige Leute seiner Bekanntschaft, die vor der Tür des Gasthofes standen, ließen ihn gleich kehrtmachen und führten ihn unter dem Vorwande, sie benötigten seiner Hilfe bei einer wichtigen Angelegenheit, in ein anderes Haus, um ihm seinen Verlust beizubringen. Die Schmerzensausbrüche, denen er sich überließ, zerstörten den Argwohn, den man auf seine Reise gehabt hatte, noch mehr. Er sprach nur von Verzweiflung und Tod. Man bemächtigte sich seines Degens; doch um Gift, einen Dolch und um alles bittend, was seinem Leben sogleich ein Ende machen könnte, ging er so weit, unendliche Anstrengungen zu machen, um sich aus einem Fenster zu stürzen. Als ihm schließlich alle Wege abgeschnitten waren, die er einschlagen wollte, um sich zu töten, täuschte er seine Wächter, und mit gesenktem Kopf sich gegen die Zimmerwand werfend, würde er sich tödlich verletzt haben, wenn nicht der dicke Wandteppich die Kraft des Stoßes vermindert hätte.

Man achtete sorgsam auf die geringsten Worte, die er in seinem Schmerze sprach, um daraus einen Fingerzeig über die Ursache seines Abenteuers zu gewinnen. Aber er verriet sich durch keine Unbedachtsamkeit. In den acht Tagen, die man ihn in dem Hause zu verweilen zwang, wohin er sich hatte führen lassen, trat kein Wechsel in seinen Absichten ein. Er sprach stets von sofortigem Töten, oder Sterben aus Schmerz auf dem Grabe seiner unglücklichen Gefährtin, und seine Tränen rannen in derselben Fülle wie im ersten Augenblick. Die Sorge für seinen Sohn, die man ihm vor Augen stellte, schien endlich einigen Eindruck auf ihn zu machen. Er versprach, auf seine schlimmen Entschlüsse Verzicht zu leisten und keinen üblen Gebrauch von seiner Freiheit zu machen. Nachdem er sie unter solcher Bedingung erlangt, benutzte er die wenigen Tage, die er noch in der Stadt verweilte, um alle seine und der Baronin Kostbarkeiten zu verkaufen, um Geld zu gewinnen, das irgendjemanden verpflichten könnte, die Sorge um das Kind auf sich zu nehmen. Er hatte dabei sogar die Klugheit, den Magistrat dafür zu gewinnen, indem er es unter dessen Schutz stellte; und als er eine so billige Pflicht erfüllt, reiste er ab, ohne sich von irgendwem verabschiedet zu haben.

Die, welche Zeugen seiner Schmerzensausbrüche gewesen und ihn so schwer dazu vermocht hatten, seine Verzweiflung in etwas zu mildern, meinten, er sei fortgegangen, um seinem Leben durch irgendeinen furchtbaren Entschluss ein Ende zu machen. Und wie viele andere Erklärungen gab nicht die Bosheit der öffentlichen Meinung über den Tod der Baronin ab! Was mir davon im Gedächtnis geblieben ist, würde beweisen, welchen Glauben man solch erbärmlichen Erklärungen beimessen darf. Man erzählte, der Moskowiter, der in sie verliebt war, hätte sich, ohne dass sie darum gemerkt, in ihr Zimmer begeben, und nachdem er sie in ihrem Bette überrascht, das tatsächlich in einem dunklen Alkoven stand, sie so gänzlich getäuscht, dass sie sich anfangs in den Armen ihres Gatten geglaubt. Es ist nutzlos, die näheren Umstände eines Geschehnisses anzuführen, welches ich für eine Lüge halte. Indessen glaubte man sich damit ihre flehentliche Bitte, den Baron von der Reise zurückzuhalten, erklären zu können. Die tat sie, sagte man, weil sie vor ihrer eigenen Verzweiflung Angst gehabt hatte, usw. Zum Mindesten aber hat man von dem Moskowiter selber ein so bös erzwungenes Abenteuer erfahren müssen, denn von wem konnte man es sonst wissen? Einzig wahr ist, dass der Edelmann, der fast ebenso verstört wie der Baron über seinen Verlust war, Holland verließ.

Mehrere Jahre ist's her, dass dieses tragische Ereignis vor sich ging. Ich habe inzwischen erfahren, dass der Baron, von dem man in einem so langen Zeitraum nichts vernommen hatte, nach Amsterdam zurückgekehrt und dort in einer sehr kläglichen Lage angelangt ist. Er trug noch denselben Anzug, den er beim Verlassen der Stadt anhatte, aber er war so abgenutzt und schlecht imstande, dass er dem Anscheine nach seit seiner Abreise keinen anderen getragen haben konnte. Er wich mehreren Leuten, die er gekannt hatte, nicht aus, und ohne sich mehr, als er es je getan, über den Ursprung seiner Leiden auszulassen, gestand er, dass er seit seinem Weggange aus Holland in einem westfälischen Kloster gelebt hätte. Sein Sohn, den er noch unter dem Schutze derer antraf, denen er ihn anvertraut, hatte Erinnerungen in ihm wachgerufen, die ihm noch manche Seufzer gekostet. Nachdem er aber scheinbar sehr über die Sorgfalt befriedigt gewesen, die man auf Erziehung des Sohnes verwandte, hatte er sich den Rest der Summe, die er diesen Schützern überliefert, zurückgeben lassen. Sie hatte hingereicht, um dem Sohne ein anständiges Geschenk zu machen, und ihn selber in den Stand zu setzen, augenscheinlich in sein Vaterland zurückzukehren.

Triumph einer Frau

über einen Gegner ihres Geschlechts

Eine zärtliche, aber mit sehr herrischem Gemüt begabte Frau schrieb folgendermaßen an ihren Liebhaber, auf dessen Antlitz sie ein Zeichen von Kummer bemerkt hatte: »Sie sind traurig, und ich weiß nicht weshalb. Etwa weil ich Herrin Ihres Herzens bin? Sagen Sie mir, worum es sich handelt. Ich will sehen, ob ich Ihnen gestatten kann, traurig zu sein; solange ich aber auf Ihre Antwort warte, verbiete ich es Ihnen, zu sein!«

Man fragt sich, soll ein Mann von Ehre und ein vernünftiger Mann, wie groß seine Leidenschaft auch ist, seiner Geliebten solche Herrschaft über sich einräumen und von ihr die Regelung seines Benehmens abhängen lassen? Diese Frage scheint wichtig genug, um sich mit ihr zu beschäftigen, und vor einiger Zeit geschah es, dass die großen Geister Londons, und viele Leute eines Landes, wo die Nachgiebigkeit Frauen gegenüber keine Grenzen kennt, es nicht unterließen, sich gegen sie zu erklären. Ihre hauptsächlichsten Gründe stützten sich auf den Wert des Mannes, der es ihm nicht erlaube, auf die Stellung des Oberen und Herrn, die ihm vom Schöpfer eingeräumt wurde, und auf die unumschränkte Notwendigkeit zu verzichten, welche für die Gesellschaft, will sagen, in gleicher Weise im Interesse der Frauen und Männer besteht, dass dasjenige der beiden Geschlechter, das von der Ordnung der Natur beauftragt ist, über die gemeinsame Sicherheit zu wachen, immer über das andere die unumschränkte Macht bewahrt; die eine so schwierige Sorge verlangt. Die Parteigänger der gegenteiligen Ansicht unterließen es nicht, diese beiden Gründe türkische Schlussfolgerungen zu nennen, die zur Demütigung eines reizenden Geschlechts und zur Vernichtung der süßesten Vergnügungen führten. Die Zeitungen huben an, sich mit Schmähungen und ebenso sehr mit Beweisen und Einwänden zu füllen, als der Zufall ein Abenteuer aufdeckte, das besonders den Hauptgegner der Frauen um sein Ansehen brachte, da es seine Unaufrichtigkeit vermuten ließ.

Mylord L..., der großen Anteil an diesem Streit genommen hatte, war auf dem Landbesitze eines seiner Freunde und sah sich eines Tages, Schlaflosigkeit zufolge, gezwungen, mit der Sonne, das heißt so früh aufzustehen, dass er niemanden fand, der seinen Eifer nachahmen wollte; um sich nicht der Langeweile auszusetzen, entschloss er sich, einen kleinen Spaziergang zu machen. Er kannte die Umgebung nur wenig, doch da er annahm, dass er sich an einem Orte, der nur einige Meilen fern von London liegt, nicht verirren könnte, überließ er sich unvermerkt dem Vergnügen, eines der schönsten Gebiete von Middlesex zu durchstreifen. Bekanntlich ist es eine der Eigentümlichkeiten Englands, zu allen Zeiten mit Grün bedeckt zu sein. Die Erde und Sträucher stritten sich um den Glanz dieser Farbe; und da alle Felder dort mit Hecken eingefriedigt sind, die nimmer des Blätterschmucks entbehren, hält man sie für ebenso viele Gärten, welche zu allen Jahreszeiten gleiche Lieblichkeit bewahren. Da es Mylord L... nicht unterließ, alle Richtungen einzuschlagen, wo er Öffnungen sah, so entfernte er sich im Laufe einer Stunde sehr und merkte schließlich, dass er denselben Weg nicht so leicht zurückfinden würde. Er lachte über seine Unklugheit. Als er indessen nach allen Seiten ausgeschaut hatte, bemerkte er in einiger Entfernung den Giebel eines Hauses. Er ging darauf zu, um seine Verwirrung sogleich zu beenden. Er hielt es für eine Meierei und wollte sich dort einen Führer ausbitten. Doch bald unterschied er, dass es trotz der Einfachheit des Bauwerks irgendein Lusthaus sein müsse, und dass die einsame Lage seine Bewohner nicht gehindert habe, es mit aller Sorgfalt zu verschönern. Indessen sprach Sauberkeit und guter Geschmack dort mehr dafür als prunkvolle Ausstattung. Die Umgebung bestand nur aus Wiesen, so schön man sie sich nur vorstellen kann und die nur des Schmuckes der Natur bedürfen. Der Vorhof war eins der schönen Bowlinggreens, welche sich in England in aller Vollendung finden, sei es, weil das Gras dort an sich geeignet ist, sie zu bilden, sei es, weil die Engländer, die ihre Erfinder sind und einen anderen Gebrauch wie wir von ihnen machen, sich besser darauf verstehen, ihnen ein ständiges, sauberes Aussehen und die Frische zu geben, welche sie zu köstlichsten Spazierwegen macht. Der Hof war durch eine Mauer von dem Bowlinggreen getrennt und war nicht länger als die Fassade des Gebäudes, dessen ganzer Körper aus einem Pavillon bestand und durch zwei unregelmäßige Kabinette verlängert wurde, die ihn auf jeder Seite abschlossen. An der Hoftür zeigten sich zwei lebende Lauben, deren Blattwerk von Blumen durchzogen wurde, und da sich daneben keine Stallung für Pferde und Wagen zeigte, musste man diesen Teil für die Gartenseite des Hauses halten. Der Lauf der Erzählung wird zeigen, woher man diese Beschreibung nahm. Mylord L... bewunderte einige Zeit über den schönen Ort, war nicht minder überrascht über die Stille, die er dort herrschen sah, und betrat eines der Kabinette am Tore, um sich hier einen Augenblick auszuruhen. Kaum hatte er dort Platz genommen, als er am Rande des Bowlinggreens eine junge Dame erblickte, die allein aus den Wiesen kam und sich dem Hause näherte. Man erwartet vielleicht eine Beschreibung ihrer Schönheit, die dergestalt war, dass man damit nicht so bald zu Ende kommen würde; doch es möge genügen, sie als eine der schönsten Frauen der Welt zu bezeichnen. Sie war mit mehr Nachlässigkeit als Einfachheit angezogen, denn ohne den mindesten Schmuck war ihre Kleidung kostbar und die Unordnung selbst, in der sie sich zeigte, gab ihr ein vornehmes Aussehen durch den geringen Wert, welchen sie auf Schmuck zu legen schien. Ihr Kopf war mit einem runden englischen Hute bedeckt, die, wie man wohl weiß, weder der Schönheit der Hautfarbe, noch den strahlenden Augen Abbruch tun.

Sie trug in einem Korbe verschiedenerlei Blumen, die sie in den benachbarten Feldern gepflückt hatte, und da sie sich von niemanden gesehen glaubte, ging sie langsamen Schrittes, wie in einer tiefen Nachdenksamkeit versunken.

Die Bewunderung des englischen Edelmanns konnte sich nur steigern; er beschloss, sich in dem Kabinett verborgen zu halten, um sich ungezwungener solch eines schönen Bildes zu erfreuen. Sein Plan war, zu warten, bis die Dame eingetreten sei, und jemanden zu suchen, der ihm ihren Namen angeben könne. Die Ermüdung nach einem langen Spaziergange jedoch zwang sie selbst, sich bei der Ankunft an der Tür auszuruhen. Sie setzte sich in das zweite Kabinett, ohne zu bemerken, dass das andere besetzt sei. Nachdem sie sich einige Augenblicke an ihren Blumen erfreut hatte, kramte sie eine Stickerei hervor, die ebenfalls in ihrem Korbe lag, und begann mit ziemlicher Aufmerksamkeit daran zu arbeiten; doch plötzlich, scheinbar ganz von selber von neuen Gedanken erfasst, wurden ihre Hände unbeweglich, ohne ihre Arbeit sinken zu lassen, und sie überließ sich völlig ihrer Geistesabwesenheit. Eine Viertelstunde verstrich, ohne dass sie einen Augenblick von dem Gegenstande ihrer Nachdenksamkeit abließ. Endlich warf sie ihren Stoff in den Korb, spannte die Arme aus, wie man es tut, wenn man vom Schlaf erwacht, und hub mit leidenschaftlichem Tone an, einige Verse einer englischen Tragödie aufzusagen, deren Sinn solcher ist: »Dieser kleine Platz auf Erden hat mehr Reiz für mich, als meines Vaters ungeheure Staaten. Die Grenzen meiner Verlangen sind noch enger als die meiner Blicke. Man suche nicht das Glück draußen wenn man es in sich selber finden kann und in dem, was man ohne Teilung und Unruhen besitzt usw.[1]

Mylord L... war ebenso erstaunt über das Gehörte, wie über alles, was er vernommen hatte, und vergaß, dass ihn die geringste Bewegung verraten musste. Ein Geräusch, das er, ohne daran zu denken, verursachte, benachrichtigte die Dame, dass sie belauscht wurde, und führte sie sofort her, um zu erfahren von wem. Sie erblickte Mylord, der nicht so gestaltet war, um ihr Schrecken einzujagen; und ihn an manchen Zeichen als einen vornehmen Mann erkennend, nahm sie seine Entschuldigungen, sie unterbrochen zu haben, höflich auf. Die Unterhaltung

---

1 Sie stehen in einer Tragödie, die Oroonoko heißt, welche um der Macht ihres Gefühls willen recht geschätzt wurde.

spann sich durch die Schilderung seiner Unruhe fort, in der er sich auf dem Wege befunden habe, und der Verwirrung, in der er noch sei, weil er sich nicht wieder nach seinem Ausgangsorte zurückzufinden wisse. Sie war so höflich, ihm Erfrischungen anzubieten. Sie anzunehmen, ließ er sich nicht drängen. Das Tor tat sich auf und alles, was er beim Eintreten erblickte, versicherte ihn der Ansicht, die er sich über diesen prächtigen Wohnort gebildet hatte. Der Hof war, seiner Abgrenzung und Verschönerung durch Grün zufolge, eine andere Art Garten. Mehrere Statuen vollendeten seine Zierde. Was das Innere des Hauses anlangte, so war nichts schöner angeordnet als die Verteilung der Gemächer und nichts sauberer und geschmackvoller als ihr Hausrat.

Nach einigen still gegebenen Befehlen zauderte man nicht, ihm ein ebenso köstliches Frühstück vorzusetzen, als ob es bereitgestanden hätte, um aufgetragen zu werden. Die sich zeigenden Dienstboten waren in nur kleiner Zahl vorhanden; es waren zwei Frauen und ein kleiner Mohr; doch ließ ihr Aussehen und ihr Anzug nichts zu wünschen übrig. Die Unterhaltung drehte sich anfangs um die Vorzüge solch einer schönen Zurückgezogenheit und um den glücklichen Zufall, der eine so unvorhergesehene Frühstücksgesellschaft herbeigeführt hätte. Mylord L..., ebenso ehrfurchtsvoll wie erstaunt, wagte nicht, sich darüber auszulassen, was seine Bewunderung noch weit mehr reizte. Seine Gefährtin aber, die unschwer merkte, was in seinem Innern vor sich ging, und bereits beschlossen hatte, sich an seiner Überraschung und Neugier zu weiden, fing als erste von sich selber und der Lebensweise, die sie in dieser Zurückgezogenheit führte, zu sprechen an. Sie erklärte ihm, dass sie hier seit drei Jahren allein lebe, und sich ebenso glücklich wie am ersten Tage fühle. Mit Hilfe der Philosophie, welche ihr beständiges Studium bilde, habe sie sich von den Schwächen ihres Geschlechts freimachen und sich ein der Beneidung würdiges Los schaffen können; sie kenne nichts auf der Welt, was ihr die Verwirrungen der Furcht oder die Ungeduld der Wünsche zu bereiten vermöge; Lektüre, Spaziergänge, Malerei und Musik bildeten ihre Hauptbeschäftigungen und ließen ihr keinen freien, leeren Augenblick, der durch andere Vergnügungen ausgefüllt zu werden verlange; wenn er einen Teil des Tages mit ihr zu verbringen wünsche, würde er mit eigenen Augen sehen, wie sie ihre Zeit verbringe und welche Hilfe wider die Langeweile sie unaufhörlich um sich herum finde. Kurz, diese Rede, die all ihre Liebenswürdigkeit zeigte, welche den Hauptreiz ihrer Schönheit bildete, und die freimütige Art und Weise und die Freude, welche ihrem Benehmen die Genugtuung ihres Herzens aufprägte, machten solchen Eindruck auf den englischen Edelmann, dass er nicht im Mindesten daran dachte, ihr Anerbieten, einen Teil des Tages mit ihr zu verbringen, zurückzuweisen, und auf der Stelle das Gelübde, sie nie in seinem Leben zu verlassen, abgelegt haben würde.

Man erhob sich; die Dame, um ihr Morgenkleid abzulegen, der Herr, um sie im Garten zu erwarten, wohin sie selbst ihn zu führen sich der Mühe unterzog. Er schaute, was seine Augen mehr als je befriedigte, die Schönheit der Gartenbeete, die Mannigfalt der Blumen, alle Ausschmückungen, die angewendet waren, um den Garten zu verschönern, die Laubengänge, deren schöne Verhältnisse sich mit der Frische und Sauberkeit um den Vorrang stritten. Indem er sich dort allein erging, dachte er über die ungewöhnliche Begegnung und die Folgen nach, die sie in ihm nach sich ziehen wollte. Sein Herz fühlte bereits, wie schwierig es sei, bei einem so reizenden Wesen ebenso ruhig und frei wie sie zu weilen. Doch war das nichts im Vergleich zu dem, was er empfand, als er sie in dem galantesten Gewande und mit allem geschmückt erscheinen sah, was ihre natürliche Schönheit noch heben konnte; er hielt sie weniger für eine Sterbliche als für die Göttin eines Ortes, den er bereits mit dem Olymp verglichen hatte. Sie bemerkte seine Verwirrung anscheinend nicht, und nachdem sie ihn zur Rückkehr in den Salon eingeladen, führte sie ihn in verschiedene Gemächer, wo sie ihn eine Sammlung der besten Bücher und eine Anzahl guter Gemälde sehen ließ, deren mehrere von ihrer Hand waren. Darauf öffnete sie die Tür zu einem Nebensaal, und bat ihn, dort Platz zu nehmen, während sie zu seinem Vergnügen ein kleines Konzert zu geben begann, das aus einem Klavier, welches sie spielte, aus einer Violine, die ihr Mohr in leidlicher Weise handhabte, und zwei Singstimmen bestand, die ihre beiden Frauen übernahmen. Sie ließ ihn tatsächlich die schönsten neapolitanischen und Mailänder Kompositionen hören. Ihre Frauen sangen mit sehr viel Sauberkeit und Schulung und sie selber sang einige Soli mit allem nur erdenklichen Geschmack und Anmut.

Das Entzücken hatte seinen Höhepunkt noch nicht erreicht. Es setzte sich in gleicher Weise beim Mittagmahle fort, das nicht leckerer sein und mitten in London nicht besser aufgetragen werden konnte; Mylord, der durch Gewöhnung vertrauter geworden war, beschwor seine Gefährtin, ihn über diese Fülle von Wunder aufzuklären, und ihn wenigstens wissen zu lassen, wem er solche Gunstbezeigungen zu danken habe. Einige Male glaubte er, ihr Gesicht schon gesehen zu haben. Als er besonders die Zeit, die sie in der Einsamkeit verbracht, mit der Erinnerung an das Erlebnis der Tochter des M... vor drei Jahren verglich, welche mit dem Haushofmeister ihres Vaters aus London verschwunden war, zweifelte er nicht, dass sie die Dame sei, welche ihrer Ehre und ihrem Glücke die Genugtuung ihres Herzens vorgezogen habe. Doch dachte er auch daran, dass er diese niemals so nahe gesehen hätte, und fürchtete, die, welche ihn mit so viel Güte behandelte, durch eine Mutmaßung zu beleidigen, welche er nicht mit dem Schwung ihres Geistes und ihrer Gefühle in Einklang bringen konnte. Nichtsdestoweniger ließ er einige Andeutungen fallen, deren Sinn sie seines Ermessens verstand. Sie errötete. Er drückte sich verständlicher aus; und als sie ihn von einem Haushofmeister und dessen Glück, der Tochter eines der ersten Edelleute Londons gefallen zu haben, sprechen hörte, erklärte sie das Abenteuer für eine schändliche Erfindung, beklagte sich über die Böswilligkeit der öffentlichen Meinung, die alles mit Hohn oder Verleumdung bewerfe, und brach plötzlich das Gespräch über diesen Gegenstand ab, als sie bemerkte, dass sie sich seinetwegen in einige Hitze geredet habe.

Mylord beeilte sich, ihr seine Entschuldigung zu sagen. Sie nahm sie huldvoll an, indem sie mit List seinen Argwohn zu zerstreuen suchte. Er entgegnete nichts, was darauf schließen lassen konnte, dass er in ihm verharrte; denn in welcher Weise sich auch die Angelegenheit des Haushofmeisters gestaltet haben mochte, er blieb überzeugt, es mit der Heldin dieses Abenteuers zu tun zu haben.

Indessen hatte das Gespräch eine andere Wendung genommen. Da Mylord nichts Besseres zu erzählen wusste, als den Streit, welcher in London über die Herrschaft der Frauen entbrannt war, machte er den Eifer geltend, mit dem er für ihren Vorteil eingetreten und griff die Einwürfe ihres Hauptgegners auf das Schärfste an. Als er ihn in seiner Schilderung namentlich angeführt, bemerkte er, dass dieser Name die Aufmerksamkeit der Dame errege und ihr Überraschung verursache. Sie ward begierig, die geringsten Umstände dieses Geschehnisses zu hören, und ließ ihn alles wiederholen, was der an Angriffen wider ihr Geschlecht in den Schriften, die veröffentlicht worden waren, vorgebracht hatte. Und fragte ihn mehrere Male, ob es gewiss sei, dass sie von der von Mylord genannten Persönlichkeit herrührten. »Wie«, sagte sie mit einem Groll, den sie gar nicht einmal zu verbergen bestrebt war, »er hat behauptet, dass sich ein Mann nur voller Scham dem Willen einer Frau beugen dürfe? Er stellt uns als schwache, unvollkommene, leichtsinnige und launenhafte Geschöpfe hin, er behauptet, dass wir nur in Ketten gut sind zum Vergnügen und zur Freude der Männer, die uns gefangen halten? Er zweifelt, dass wir eine verständige Seele haben; dass, nachdem wir zur Fortpflanzung des Menschengeschlechts gedient, unser Los nur darin besteht, in dem Manneskörper wieder die Form der Rippe einzunehmen, aus der wir erschaffen worden sind? Er schlägt der Regierung vor, uns jede Art Verkehr untereinander zu verbieten, weil unsere Laster ansteckend sind, und wir, uns so gegenseitig verderbend, dessen weniger fähig unter dem Joche sind, unter dem wir geboren? Er ist es, der den lächerlichen Vergleich zwischen uns und den Tieren zog, die in der Gesellschaft von ihresgleichen zahm werden, während wir in unserer launenhafter und unbezähmbarer würden, woraus er schließe, dass man uns so viel wie irgend möglich in der Einsamkeit halten muss, um uns sanfter und liebenswürdiger zu machen? Wie? Er ist es? Mylord C...?« So ließ sie sich tausendmal dasselbe versichern; und als sie nach allen empfangenen Bestätigungen nicht daran zweifeln durfte, entfuhr ihr voll Bitterkeit die Aussage, dass er es bereuen solle.

Mylord L... dachte nicht im entferntesten daran, den Grund einer solchen Heftigkeit zu erraten und hielt ihn für das besondere Interesse, welches eine Frau an der Ehre ihres Geschlechtes nehmen muss. In der Lust ihr zu gefallen, wendete er all seinen Geist auf, um eine so reizende Zwiesamkeit hinzuziehen. Man schien ihm nur mit beständiger Zerstreutheit zuzuhören. Ihr entfuhren sogar einige Male Seufzer, und Mylord glaubte, den schönsten Augen der Welt Tränen entrinnen zu sehen. Diese Unterhaltung währte lange Zeit, wiewohl sie den einen Teil ziemlich ermüdete, während sie auf den anderen sehr belebend wirkte.

Im Augenblick, wo sie sich dessen am wenigsten gewärtig waren, sahen sie in den Hinterhof, dessen Türe auf die Fahrstraße mündete, auf die auch vom Speisesaal aus, in dem sie noch weilten, zwei Fenster gingen, eine Kutsche einfahren, deren Glasfenster klar genug waren, um einen Mann darin erblicken zu können. Mylord erkannte alsbald C..., denselben Frauengegner, in ihm, dessen Einwände er zu zerstören sich bemühte. Die Dame zeigte mehr Genugtuung als Unruhe. »Kennen

Sie ihn?«, fragte sie, indem sie ihn anschaute. »Sicherlich«, antwortete er ihr, »es ist C..., mein Gegner, und der Ihres Geschlechtes!« – »Nun wohl«, fuhr sie, ihn unterbrechend, fort, »ich bin entzückt, dass er eher ankommt, als ich erwartete. Sie sollen eine Szene erleben, die Sie sehr erfreuen wird. Folgen Sie mir schnell nach«, fügte sie hinzu; und indem sie ihn bei der Hand nahm, ließ sie ihn in ein Anrichtezimmer, welches nur durch einen dünnen Verschlag vom Speisesaal getrennt war, eintreten. »Verlassen Sie es nicht eher«, sagte sie, »als bis ich Sie selber dazu auffordere, und verlieren Sie kein Wort von dem, was Sie hören sollen!« Er begann die Wahrheit teilweise zu ahnen und entgegnete boshaft, dass er einem Wesen wie ihr nimmer das Recht der Allgewalt streitig machen würde und ihr unbedingten Gehorsam schwöre.

Mylord C... hatte seine Kutsche verlassen und kam, ohne sich damit aufzuhalten, Erkundigungen bei der Dienerschaft einzuziehen, wie ein Mensch, dem die Hausgelegenheit vertraut ist, geradeswegs in den Saal. Er fand dort nur die Dame vor, welche sich in einem Sessel niedergelassen hatte, den sie nicht verließ, als sie ihn erscheinen sah. Diese Kälte und die Miene, die er an ihr erblickte, verwirrten ihn ein wenig. Da er sie indessen mit mehr Sorgfalt geschmückt sah, als sie es alle Tage war, ergriff er die Gelegenheit, um ihr einige Höflichkeiten über die Erhöhung ihrer Reize zu sagen, die sie ihren natürlichen Vorzügen damit verliehen hatte. »Sie ermüden mich mit einer so faden Verbindlichkeit«, hub sie zu ihm in einem harten Tone an, »ich will Ihnen sagen, was ich denke: Ihre Anwesenheit ist mir lästig. Ohne meinen Befehl dazu empfangen zu haben, verbot ich Ihnen, hierherzukommen. Wenn Ihnen diese Bedingung nicht zusagt, so kommen Sie doch niemals wieder!« Sie erhob sich nach solchen Worten und trat auf ein Fenster zu, indem sie sich bestrebte, ihm den Rücken zuzuwenden.

Es würde zu langwierig sein, diese Szene in all den Farben zu schildern, die sie interessant machen könnten. Doch man malt die Umrisse eines Bildes nur, es zu vollenden überlässt man der Einbildungskraft der Leser. Man stelle sich eine erzürnte Frau vor, die keine Gründe hat, zu heucheln, dass sie es nicht sei, und die in der Absicht, einen Liebhaber zu demütigen, dessen Tyrannei sie zu fühlen beginnt, ihrem Groll eine sichere und verächtliche Miene zu geben bestrebt ist. Auf der anderen Seite einen verliebten, jedoch durch die Gefälligkeiten einer leidenschaftlichen Geliebten verwöhnten Mann, der sich als Gebieter zu fühlen Veranlassung hat und nun im Zweifel ist, wie er eine so gänzlich neue Sprache, die er anfangs für Spott hält, auslegen soll, und der dann bestrebt ist, sie mit Anmaßung zu unterdrücken, als er auf diese Weise aber einen üblen Erfolg erzielt, um sich ein Herz zu erhalten, das er zu verlieren fürchtet, nachzugeben beschließt, und sich wider seinen Willen Gebote auferlegt sieht, die er selber zu geben gewöhnt ist. Er ward so weit gebracht, dass er, um ihre Gunst wieder zu erlangen, sich verpflichtet sah, fußfällig um Gnade zu flehen; er brach sogar in Tränen aus, die ihm, vielleicht im gleichen Maße wie die Liebe, der Zorn abpresste. Alles, was er zu erlangen vermochte, war indessen nur die Hoffnung, von der Zukunft Besseres erwarten zu dürfen. Einem unbedingten Befehle zufolge sah er sich auf der Stelle nach London zurückzufahren und zu versprechen gezwungen, der Liebe ebenso viel Ehrfurcht und Unterwerfung entgegenzubringen wie beim Beginn seiner Leidenschaft.

Sobald er fortgefahren war, befreite die Dame Mylord L... unverzüglich aus seinem Gefängnis. »Sie haben alles gehört«, sprach sie zu ihm, »urteilen Sie, ob Ihr Gegner so gefährlich ist, wie Sie es gedacht haben. Doch da ich ihn gezwungen, sich fortzubegeben, kann ich Sie wohl anständigerweise nicht länger hier zurückhalten. Übrigens wird es auch Nacht und Sie haben mindestens eine Meile zurückzulegen. Gehen Sie. Ich will Ihnen einen Führer geben. Doch vergessen Sie«, fügte sie hinzu, »nichts von dem, was Sie eben gehört haben, und unterlassen Sie es nicht, es zur Ehre meines Geschlechts allsogleich der Öffentlichkeit kundzutun. Verschweigen Sie einzig meinen Namen, wenn Sie ihn zu kennen glauben!« Sie nötigte ihn hartnäckig zu solchem Versprechen und trotz aller inständigen Bitten, seine Anwesenheit noch länger zu dulden, führte sie ihn vor das Tor, wo er eine Sänfte und zwei Träger fand, denen sie ihre Befehle schon gegeben hatte. Er bat um die Erlaubnis, sie wenigstens wiedersehen zu dürfen. »Ich werde Sie nimmer verjagen«, entgegnete sie, »wenn Sie die Höflichkeit in mein Haus zurückführt!«

Mit großen Schritten setzten sich seine Träger in Bewegung. Die Dunkelheit der Nacht erlaubte ihm nicht, sich den Weg einzuprägen; er nahm sich aber vor, die beiden Leute für sich zu gewinnen, um auf alle Fälle den Namen der Dame und ihren Aufenthaltsort von ihnen zu erfahren. Als er im Schlosse, wohin sie ihn brachten, angelangt, war sein erster Gedanke, sie unter dem Vorwande, sie sollten sich ein wenig ausruhen, zum Hineinkommen zu veranlassen. Scheinbar willigten sie ein; doch während man sie mit Lichtern erwartete, verschwanden sie listig, und alle angewendeten Mühen, sie einzuholen, waren nutzlos.

Wiewohl Mylord verzweifelt war, sich also in seinen Maßnahmen getäuscht zu sehen, tröstete er sich mit der Hoffnung, seinen Weg anderen Tages wiederzufinden. Seinen Freunden verheimlichte er sein Abenteuer. Und kaum strahlte die Sonne am Horizont, als er sich dem Glück und der Liebe anempfahl und den Weg einschlug, den er am Abend verfolgt zu haben glaubte. Anfangs wanderte er mit ziemlicher Sicherheit, aber die Ähnlichkeit der Wiesen und die zahllosen Wege, die sich auf allen Seiten abzweigten, vereitelten seine Pläne bald. Er verwendete einen Teil des Tages zu fruchtlosen Bemühungen, bis ihn Ermüdung und Hunger zwangen, von seinem Vorhaben abzustehen. Kaum fand er sich hinreichend zurecht, um seinen Weg wieder zurückzufinden. Indessen entdeckte er mit einem Manne aus der Gegend, den er die folgenden Tage mit sich genommen hatte, schließlich das Ziel, nach welchem er strebte. Es war am vierten Tage. Wie groß war aber seine Überraschung, als er das Haus leer und »Zu vermieten« an der Tür geschrieben fand! Er traute seinen Augen nicht. Er pochte an hundert Stellen an, immer noch vermeinend, man möchte mit seiner Verwirrung und Mühe ein Spiel treiben. Der Bewohner einer Nachbarhütte, an den er sich zu wenden genötigt sah, nahm ihm all seine Zweifel. Von ihm erfuhr er, dass die gesuchte Dame, welche drei Jahre lang dies Landhaus bewohnt, und die man nur unter dem Namen Missis Anna gekannt habe, ihr Haus vor zwei Tagen verlassen hätte und man nicht wisse, wohin sie sich mit ihrem Hausrate gewendet.

In seinem Kummer, sich so listig getäuscht zu wissen, blieb ihm kein anderer Trost, wie sein Abenteuer in London zu veröffentlichen, indem er nichtsdestoweniger das Versprechen, welches er seiner Heldin gegeben hatte, sie nicht mit Namen zu nennen, innehielt. Weniger Schonung ließ er dem Helden gegenüber obwalten, der durch diese Erzählung so gedemütigt wurde, dass man ihn einige Wochen über aus den Augen verlor und ihn dann auf die Behauptungen, die er vertreten hatte, verzichten sah. So triumphierte also die Partei der Frauen, und ihre Herrschaft wurde bestimmter denn je.

Die Weisesten meinten indessen nichtsdestoweniger, dass es der Ordnung und dem größeren Nutzen der Welt entsprechender wäre, wenn sich alles anders verhalte. Da aber dies Übel sehr alt, sehr schwierig zu heilen ist und überdies viele Männer so schwach sind, es angenehm zu finden, scheint es besser zu sein, nachzugeben, umso mehr, als man bei den Vergleichen, auf die sich das schöne Geschlecht immer einlässt, das übrige, ohne sich zu beklagen, ruhig erdulden kann.

Geschichte Cidal Achmeds,

eines reichen Edelherrn aus Konstantinopel

Der Handel führt so viele Fremde nach London, dass die Gewohnheit, ihrer täglich neue ankommen zu sehen, dafür sorgt, ihrer ungewöhnlichen Kleidung, ihren Gebräuchen und Sitten keine Aufmerksamkeit mehr zu schenken. Die Mehrzahl von ihnen verweilt nicht länger dort, als es ihre Geschäfte eben erfordern. Andere nehmen dort ständigen Aufenthalt, sei es, dass sie sich von den Reizen der Freiheit fesseln lassen, sei es, dass sie es für richtig erachten, sich hier zum Nutzen ihrer Geschäfte niederzusetzen, und vor allem, um von London aus günstige Verbindungen mit ihrem eigenen Lande anzuknüpfen. Letzterer Grund ist so üblich, dass mit ihm gewöhnlich alle anderen Absichten verschleiert werden, dergestalt, dass ein Fremder, der sich länger in London aufhält, für einen Kaufmann durchgeht, der durch irgendwelche Handelsbeziehungen dort zurückgehalten wird.

Solcher Meinung war man auch seit einigen Jahren über einen Türken, der sich Herby nennen ließ und in dem Rufe stand, außergewöhnlich reich zu sein. Er ließ sich zwei Meilen von der Stadt in einem prächtigen, aber entlegenen Hause nieder, welches er von einem Direktor der Südgesellschaft gekauft und durch ständige Ausgaben sehr verschönert hatte. Dessen Gärten breiteten sich weit aus und die Gebäude nahmen einen großen Raum ein. Da es dort keine anderen Häuser in einem Umkreise von zwei Meilen gab und Mister Herby keinen Verkehr mit Engländern pflog, kannten nur wenige Leute das Innere dieser schönen Solitüde. Er hatte eine große Dienerschaft, doch waren die Mehrzahl von ihnen Türken, die er aus seinem Lande mitgebracht, und die sehr an ihm zu hängen schienen. Er gebrauchte ihre Dienste nur für seine Gemächer und seine Gärten. Denen, die er in England in seine Dienste genommen, waren Grenzen gezogen, die ihnen zu überschreiten verboten war, worein sie sich umso leichter fügten, als sie bei der geringsten Zudringlichkeit unbarmherzig fortgejagt wurden; sie fürchteten, eine Stellung zu verlieren, die im Übrigen sehr angenehm und sehr einträglich für sie war.

Während sich Mister Herby in solcher Zurückgezogenheit hielt, die er nur aufgab, um sich dann und wann in der Börse und am Hafen blicken zu lassen, hatten mehrere Londoner Familien sehr liebenswürdige Töchter aus ihren Häusern verschwinden sehen, deren Flucht man mit Liederlichkeit oder Verführung durch ihre Liebhaber begründet hatte. In einer Stadt von der Größe Londons erregen solche abenteuerliche Zufälle kein so großes Aufsehen, um lästige Nachforschungen zur Folge zu haben. Der Eltern größte Sorge besteht darin, ihren Verlust zu verheimlichen; die Unmöglichkeit, ihn wieder wettzumachen, sorgt schließlich dafür, dass sie sich seiner trösten. Wer hätte überdies so viele englische Schönheiten in der Gewalt eines Türken geargwöhnt? Nichtsdestoweniger befand sich ein Dutzend der reizendsten bei Mister Herby; und wenn auch die Mehrzahl von ihnen durch List, und ohne zu wissen, welchem Lose sie bestimmt, dort hingelockt waren, hatte er doch Mittel gefunden, ihr Sklaventum so angenehm zu machen, dass sie dessen Ende als ein Unglück angesehen haben würden.

Sie waren von keiner sehr vornehmen Herkunft. Doch mussten sie schön sein; und für einen Türken, der sich zweifelsohne nicht einer solchen Geschmacksfeinheit rühmt, die höfliches Benehmen und angeborene edle Sitten für den verführerischsten Reiz des schönen Geschlechts hält, genügte es, dass sie schön waren, um ihm liebenswert zu erscheinen, ohne der anderen Reize zu bedürfen, welche die Frucht der Erziehung und Lebensart bilden. Die erste, die er in sein Haus gezogen, war eine Weißnäherin. Er hatte sie durch Geschenke gewonnen. Diese hatte dafür gesorgt, ihm andere Mädchen zu verschaffen, denn die Furcht, seine Liebe teilen zu müssen, hatte weniger stark auf sie gewirkt, als das Missvergnügen, sich zu einer ständigen Einsamkeit verdammt zu wissen. Man weiß, dass junge Mädchen, die mit ein bisschen Schönheit zur Welt gekommen sind, sich natürlicherweise suchen und miteinander befreunden. Die Weißnäherin hatte mehrere Freundinnen, die ebenso hübsch wie sie waren. Die Lust, sie zu Gefährtinnen zu haben, ließ sie mit Freuden auf Mister Herbys Pläne eingehen. Anfänglich schrieb sie an die, welche sie als die fügsamsten kannte, und, ohne ihnen den Ort ihres Verweilens, dessen Namen sie selber nicht wusste, zu nennen, malte sie ihnen ihr Los so anziehend aus, dass sie sie leicht bestimmte, ihr zusammen einen Besuch zu machen und sich durch die Person, welche ihren Brief überbracht, führen zu lassen. Eine Kutsche, die Mister Herby bis vor die Mauern Londons geschickt hatte, nahm sie auf und brachte sie zu ihm. Sie waren zu dritt. Er hatte seinen prächtigen Hausrat und alles, was sie von seinem Reichtum überzeugen konnte, zur Schau gestellt. Tatsächlich wird man im Laufe dieser Geschichte sehen, dass er unermesslich war. Kleinodien und prunkvolle Seltenheiten, welche ein Frauenauge blenden, schienen dort in Überfluss ausgestreut. Vor allem hatte die Weißnäherin Sorge getragen, die kostbarsten Gewänder anzulegen. Solcherart empfing sie ihre drei Freundinnen und die Beschreibung, die sie von ihrem angeblichen Glücke machte, übertraf noch alles, was ihre eigenen Augen ihnen bezeugten.

Drei kleine Bürgerinnen, die vielleicht nie etwas Schöneres als ihre armselige Wohnung gesehen haben, ließen sich leicht von so viel Pracht überrumpeln. Eifersucht folgte zweifelsohne der Bewunderung, sie fragten sich im Herzensgrunde, was sie dem Glücke angetan hätten, dass es ihnen nicht die gleiche Gunst gewähre. Solche Gedanken aber quälten sie nicht lange; denn nachdem man sie alle Schönheiten dieses köstlichen Aufenthaltsortes hatte blicken lassen, teilte ihnen die Weißnäherin mit, sie würde sich sehr glücklich schätzen, wenn sie die Herrlichkeiten mit ihr teilen wollten. Und erklärte ihnen, dass sie sie aus keinem anderen Grunde zum Besuche hergebeten habe, als um ihnen dies Anerbieten zu machen; es anzunehmen hänge von ihnen ab, sie hätten nur ein Zeichen der Zustimmung zu geben, um ebenso unumschränkte Herrinnen wie sie vom Hause und all den geschauten Reichtümern zu sein. Diesen Worten folgte eine Lobesrede auf den Herrn, der tatsächlich ein gut aussehender und von Natur liebenswürdiger Mann war. Er hatte allen Vorgängen ein Ohr geliehen, so dass er zu einer Zeit erschien, wo die drei Mädchen schon schwankend geworden waren und er sie durch seine Artigkeiten und Versprechungen leicht zu gewinnen vermochte.

Also begann Mister Herby sich zu versorgen. Es würde zu weitschweifig sein, mich mit gleichen Einzelheiten über die anderen Gefährtinnen seiner Einsamkeit auszulassen. Einige von ihnen verführte er selber, andere seine Sendlinge, und er brachte es dank seiner Wohlgefälligkeit und dem herrlichen Leben, welches er sie führen ließ, dahin, dass er sie zufrieden mit ihrem Schicksale machte. Er musste ebenso reich sein, wie er war, um so großen Aufwand ständig bestreiten zu können. Die

Verpflichtungen, welche er seinen zwölf Geliebten gegenüber hatte, nahmen bald noch größeren Umfang an. Er sah sich wie gezwungen, für den Unterhalt ihrer Familien zu sorgen; und die Furcht, entdeckt zu werden, wenn er sich weigere, darauf einzugehen, machte ihm eine unumgängliche Notwendigkeit daraus. Dieser Umstand aber verdient mit all seinen Einzelheiten angeführt zu werden.

Eines seiner Mädchen, dem vielleicht die Einsamkeit lästig zu werden begann, drängte ihn eines Tages, ihr die Freiheit einzuräumen, ihren Vater und ihre Mutter zu sehen, die sie über ihre Abwesenheit sehr betrübt wähnte. Sie brachte diese Bitte einer Laune oder natürlichen Zärtlichkeit mit so viel Flehensworten und Tränen, dass, wenn sie auch nicht die Erlaubnis erhielt, das Haus zu verlassen, ihr auf andere Weise Befriedigung zuteil wurde. Mister Herby entwarf selber den Plan zu dieser Zusammenkunft und nahm sich vor, ebenso viel Vergnügen wie seine Geliebte daraus zu ziehen. Er beschloss, ihren Vater und ihre Mutter, welche Leute von sehr bescheidenem Stande waren, zu ihr zu bringen und dies wie bei seinen ersten drei Mädchen ins Werk zu setzen, will sagen, ihnen, soweit es anginge, den Namen und Ort seiner Wohnung zu verbergen, indem er sie auf Umwegen zu sich bringen ließ, und sie mit so viel Ehren und solcher Pracht zu empfangen, dass ihre Überraschung und Verwirrung ihm ein Vergnügen bereiten würde. Er fügte einen Umstand hinzu, der noch dazu diente, die Ausführung dieses Planes leichter zu gestalten; der bestand darin, die Zeit durch Umwege, die man sie auf der Fahrt machen ließe, so lange hinzuziehen, dass sie erst bei Anbruch der Nacht in seinem Hause ankommen würden. Nichts ließ sich leichter ausführen. Die guten Leute, die über den Verlust ihrer Tochter wahrlich betrübt gewesen waren, hatten kaum ihre Hand in dem Briefe, den sie ihnen geschrieben, erkannt, als sie vor Lust brannten, sie wiederzusehen. Außerdem schilderte sie ihnen ein Glück, als ob sie die erste Königin der Welt sei, und bat sie, zu kommen und sich mit eigenen Augen davon zu überzeugen. Der Überbringer des Briefes legte ihnen nur Schweigen und Zurückhaltung auf, und, mit ihnen die Zeit ihres Kommens abmachend, versprach er, sie in einer Kutsche abzuholen. Es war vielleicht das erste Mal in ihrem Leben, dass sie eine solche bestiegen. Der Befehl, erst in der Dunkelheit anzukommen, ward streng durchgeführt. Inzwischen hatte Mister Herby den Empfang, den er ihnen bieten wollte, vorbereitet. Er hatte seine Gemächer durch den außergewöhnlichsten Prunk verschönert.

Besonders war, um den Glanz des Hausrates zu heben und um die Einbildungskraft seiner Gäste noch lebhafter zu reizen, nicht an Kerzen gespart worden. Da er für ihre Tochter solch ein Fest feierte, hatte er gewünscht, dass ihre elf Gefährtinnen zu allem beitrügen, was ihr Ehre machen könnte. Sie wurden einfacher als sie gekleidet, wiewohl diese Einfachheit selbst herrlich war, damit man sie für ihr Gefolge halte. Sie selber trug das reichste und prächtigste Gewand. Und ward unter einem Thronhimmel auf einen goldenen Stuhl gesetzt, während alle anderen, und auch Mister Herby selber, der für ihren ersten Diener gehalten zu werden wünschte, in einigem Abstände hinter ihr in ergebener und ehrfurchtsvoller Miene harrten. Die türkischen Kammerdiener hielten sich in den Vorzimmern auf, wo sie ebenfalls eine Rolle zu spielen hatten, die dem Plane ihres Herrn entsprach.

Die Szene, die Mister Herby aufführen wollte, musste nach so vielen Vorbereitungen sehr prächtig wirken. Sie fiel über all seine Erwartungen erfolgreich aus. Die beiden Londoner Bürgersleute glaubten sich in einem Königsschloss und bildeten sich ein, ihre Tochter sei zum allermindesten Prinzessin von England geworden. Man setzte ihnen ein herrliches Mahl vor. Sie wurden mit ebenso viel Ehrfurcht wie ihre Tochter bedient, und um ihrer Freude die Krone aufzusetzen, empfingen sie beim Abschiede einen Beutel voll Geldstücke von ihr, der ihnen klärlich bewies, dass alles Geschehene kein Traum gewesen sei.

Man trug Sorge, sie vor Ende der Nacht wegfahren und sie noch einen Umweg machen zu lassen, der sie daran hinderte, sich wieder herzufinden. Welche Vorsicht man indessen auch immer obwalten ließ, man täuschte des Vaters Verdacht nicht völlig, der ein verständiger Mann war. Er hatte bereits auf der Herfahrt bemerkt, dass die Kutsche auf Umwegen fuhr. Die Gedanken, welche er sich beim Verlassen dieses schönen Hauses über den Glanz machte, in dem er seine Tochter erblickt, und die geringe Aufklärung, welche er von ihr über die Ursache des Glücks erlangt hatte, ließen ihn leichtlich einen Teil der Wahrheit erraten. Er war daher voll Aufmerksamkeit bestrebt, den Weg, auf dem man ihn fuhr, zu behalten. Die Nacht war nicht so dunkel, dass er nicht bestimmte Merkmale behielt. Er entdeckte ihrer genug, um ihn am anderen Tage sicher wiedererkennen zu können, und als er in den Straßen Londons unauffällig aus der Kutsche gestiegen war, beschloss er, den folgenden Tag nicht verstreichen zu lassen, ohne sich über das Los seiner Tochter aufzuklären. Seine Nachforschungen hatten glücklicherweise Erfolg. Er vernahm, dass Mister Herby ein Türke sei, der große Reichtümer besitze. Zweifelsohne hatte der seine Tochter verführt. Nachdem er ein wenig dem Zorn über solche Beleidigung nachgehangen, beruhigte er sich bei dem Gedanken, dass es für dies Übel keine Heilung gebe und er keinen anderen Entschluss zu fassen habe, als den größten Nutzen für sein Glück daraus zu ziehen. Ein Fest, das nur eine Nacht gewährt hatte, und ein Beutel voll Geldes dünkten ihn ein zu massiger Preis für die Ehre seiner Tochter. Wiewohl er noch nicht wusste, dass Mister Herby außer seiner Tochter noch elf andere Mädchen verführt hatte, was ihm noch mehr Oberhand über den verschafft haben würde, glaubte er ihm der Sache wegen, bei der er beteiligt war, hinreichend Unruhe verursachen zu können, um ihn zu einem Vergleiche mit ihm zu zwingen. So, ohne Zeit zu verlieren, eine Feder hervorkramend, schrieb er ihm nicht nur mit großem Ehrgefühl, daß er ihn als Entführer seiner Tochter kenne, sondern auch, dass er entschlossen sei, wenn er nicht eine der Beleidigung entsprechende Entschädigung von ihm bekomme, ihn mit aller Strenge des Gesetzes verfolgen zu lassen. Friedensliebe, Unkenntnis der Landesgesetze und andere Besorgnisse ließen Mister Herby alsogleich wünschen, diese Angelegenheit still aus der Welt zu schaffen. Er machte mit dem Vater ab, ihm so lange eine Jahrespension zu zahlen, als seine Tochter bei ihm zu leben einwilligte.

Andererseits wünschten die anderen Mädchen, denen dies Ereignis nicht verborgen blieb, und die nicht ohne Eifersucht die Ehre gesehen hatten, die ihrer Gefährtin zuteil ward, für sich und ihre Eltern die gleiche Gunst. Herby fürchtete die Folgen ihrer Unzufriedenheit und ihr Murren. Er glaubte sich verloren, wenn die Geschichte seiner Liebe bekannt würde. Kurz, da er viel Geld verausgaben konnte, ohne sich an den Bettelstab zu bringen, beschloss er, allen seinen Geliebten zu Willen zu sein; und so ward er ebenso der Vater von zwölf Töchtern wie der von zwölf Familien.

Als einige Zeit danach einer von Mister Herbys Dienern seines Herrn Zimmer zur Stunde, wo er ihn wecken sollte, betrat, fand er in seinem Bette nur einen blutigen Leichnam, dem man den Kopf abgeschnitten hatte. Ein Mädchen, welches die Nacht bei ihm verbracht, war ebenfalls durch mehrere Hiebe getötet. Nachdem dieser tragische Zwischenfall alle Mädchen und alle Diener in das Zimmer gelockt hatte, merkte man, dass zwei türkische Kammerdiener fehlten, die man seitdem nicht wiedergefunden hat, welche Mühe man sich auch gab, sie zu entdecken. Man bemerkte ebenso, dass die Geheimgemächer geöffnet worden und die Goldhaufen und Geschmeide, die, wie die türkischen Diener selber wussten, dort verschlossen gewesen, verschwunden waren. Die Bestürzung aller, welche die ersten Zeugen dieses Schauspiels waren, ließ klar erkennen, dass man die Schuldigen nicht unter ihnen zu suchen hatte, und die Flucht der beiden Kammerdiener war ein Beweis, der für sich selber sprach. Indessen war es unverständlich, wie zwei Männer in so kurzer Zeit alle Schätze Mister Herbys hatten fortschaffen können. An Gold allein war, nach Aussage eines seiner türkischen Sklaven, der stets sein Vertrauen gehabt, trotz aller Ausgaben, die er seit ungefähr zehn Jahren gemacht, noch mehr als eine Million vorhanden gewesen. Das Gericht, das auf der Stelle herbeigerufen wurde, war sehr betroffen über die Erzählung, die man sich von all den Einzelheiten machen ließ; doch da man in England die Leute nicht auf bloßen Verdacht und auf einfache Wahrscheinlichkeiten hin verhaftet, stand es den Mädchen und Dienern frei, sich zu entfernen. In welches Dunkel diese Geschichte auch anfangs gehüllt schien, erhielt man doch noch am gleichen Tage vor Nacht einige Aufklärungen, die dazu dienten, die Wahrheit teilweise erraten zu lassen. Als die türkischen Sklaven keine Ursache mehr hatten, den Namen und die Angelegenheiten ihres Herrn zu verheimlichen, erklärten sie natürlich alles, was sie von seinem Glück wussten. Mister Herbys wirklicher Name war Cidal Achmed. Er stammte aus Konstantinopel und war einer der großen Herrn des ottomanischen Kaiserreichs. Eine ehrgeizige Liebe hatte all sein Unglück zur Folge. Nachdem seine Wünsche sich bis zu einer Sultanstochter erhoben, hatte er die Kühnheit besessen, sie als Gattin zu erhalten zu hoffen, und einige Jahre über alle Anstrengungen gemacht, um in ihren Besitz zu kommen. Ein glücklicherer Pascha hatte den Sieg über ihn davongetragen. Aber von der Liebe ebenso begünstigt, wie es sein Nebenbuhler vom Glücke war, hatte er die junge Sultanin in sich verliebt gemacht und sich in einen galanten Handel mit ihr eingelassen. Als er schließlich irgendwelchen Grund zur Annahme hatte, dass er von den Mitwissern seiner Ränke verraten worden sei, erlangte er von seiner Geliebten, um sich und sie der Rache des Großherrn und des Paschas zu entziehen, die Einwilligung zur Flucht. Ein Schiff ward mit seinen Schätzen beladen. Die Sultanin ihrerseits hatte ihres Gatten Wertsachen beiseite gebracht. Als das glücklichste Liebespaar der Welt hatten sie sich nach Venedig begeben, wo sie bis zum Tode der Sultanin, der nach Verlauf von einigen Monaten eingetreten war, in Frieden lebten. Der Kummer über seinen Verlust und die Furcht, in einer der Türkei so nahegelegenen Stadt früher oder später erkannt zu werden, veranlassten ihn schließlich, seinen Zufluchtsort zu verändern. Er hatte von den Vorteilen reden hören, die ein Fremdling in England, welches für einen Türken am Ende der Welt liegt, findet. Er bestieg dasselbe Schiff, welches ihn nach Venedig getragen, und kam mit all seinem Reichtum unbehelligt nach London. Diese Angaben, die seine Person anlangen, sind gewiss.

Hinsichtlich seines Todes weiß man durch die Erklärungen mehrerer in London lebender türkischer Kaufleute, dass sechs Wochen vor diesem Geschehnis drei ihrer Landsleute dort angekommen wären, mit denen sie sich einige Male unterhalten hätten, ohne den wahren Grund ihrer Reise entdecken zu können. Sie ließen einzig durchblicken, dass sie einen wichtigen Auftrag übernommen hätten, und erkundigten sich mit sehr großer Neugierde nach Namen und Stand aller in London weilenden Türken. Es fand sich, dass sich diese drei Türken am gleichen Tage, wo Cidal Achmeds Mord geschah, von ihrem Wirt beurlaubt hatten, um ihren Worten nach in ihr Vaterland zurückzukehren. Dieser Umstand, dazu die Flucht der beiden Diener, die Unmöglichkeit, dass zwei Leute eine Million in Gold und eine solche Menge Geschmeide allein fortschaffen könnten, und die Kenntnis, die man außerdem von der Entführung der Sultanin und dem Groll, den Großherr und Pascha über diese Beleidigung verspüren mussten, alle diese Gründe erweckten den Glauben, dass die Ursache von Achmeds Unglück in weiterer Ferne als in London zu suchen sei, und dass seine Mörder Sendlinge aus Konstantinopel gewesen, die zwei seiner Hauptdiener gewonnen hätten, um ihren Anschlag leicht ausführen zu können. Sein abgeschlagenes Haupt war noch ein Umstand, der für diese Mutmaßung sprach. Sie nahmen es zweifelsohne mit sich, um den Erfolg ihrer Sendung zu beweisen und deren Rache völlig genugzutun, die sie ausgesandt hatten, indem sie den Gegenstand ihres Hasses in ihre Hände legten. Man erzählt tausend ähnliche Geschichten, die solche Annahme bekräftigen. Es ist oft vorgekommen, dass türkische Sklaven, von ihrem Herrn beauftragt, einen Feind aus dem Wege zu räumen, oft zwanzig Jahre mit dessen Verfolgung oder eine Gelegenheit suchend, ihm sein Leben zu nehmen, hingebracht und nimmer wieder zurückgekehrt sind, ohne diesen Befehl ausgeführt zu haben. Kurz, dies war Cidal Achmeds

Schicksal. Man würde auf andere Aufklärungen haben rechnen können, wenn man genugsam Anteil an seinem Tode genommen hätte, um seinen Mördern mit einigem Eifer nachzuspüren, doch jedes einzelne seiner Mädchen dachte zweifelsohne nicht mehr daran als das ganze Dutzend, die Diener aber waren außerstande und alle Schätze verschwunden.

Entdeckung einer unbekannten Insel

oder Das Erlebnis des Georg Pinez

Die Seefahrt, welche vor etwelchen Jahren von einigen Portugiesen nach Südafrika unternommen ward und sehr vorteilhaft für sie ausschlug, ließ in einigen englischen Kaufleuten den Gedanken wach werden, einen Geschäftsführer dorthin zu schicken, um Gelegenheiten zu suchen, ihren Handel dort auszubreiten. Nachdem sie die Erlaubnis der Königin Elisabeth für solch einen Plan erlangt hatten, rüsteten sie im Jahre des Heils 1589, im elften oder zwölften ihrer Regierung, vier Schiffe aus, und sich mit all ihren Vorteilen auf meinen Herrn verlassend, ließen sie ihn mit seiner Familie abreisen; die aber bestand aus seiner Frau, einem zwölfjährigen Sohne, einer Tochter von vierzehn Jahren, zwei Dienerinnen, einer Mohrin und mir, der ich ein Buchhalter war.

Als wir uns mit allem, was zum Erfolg unseres Unternehmens dienen mochte, versehen hatten, betraten wir Montag, den 3. April, das Schiff namens »Der indische Kaufmann«, mit einer Fracht von etwa hundertfünfzig Tonnen; der Wind war günstig für uns, wir erblickten am 14. Mai die Kanarischen Inseln und kurz hernach das Kap Verde, wo wir uns mit neuen Lebensmitteln versahen. Darauf steuerten wir gen Süden, indem wir uns ein wenig nach Osten hielten, und landeten am 1. August an der Insel Sankt Helena, von wo aus wir nach einigen Rasttagen die Richtung nach dem Kap der Guten Hoffnung einschlugen. Die unerträgliche Hitze erzeugte verschiedene Krankheiten an Bord. Wir verloren die Frau und den Sohn unseres Herrn und mehrere Matrosen; doch glücklicherweise bewahrte die Gunst des Himmels den Rest unserer Familie.

Da unsere Fahrt bis dahin so begünstigt gewesen war, wussten wir nicht, was schlechtes Wetter heißt. Wir sahen die Insel Sankt Laurentius vor uns, als sich ein wütender Sturm erhob, furchtbarer, als ihn jemals unserer Matrosen einer erlebt. Er trennte unser Schiff von den drei anderen, und da er während der beiden folgenden Tage nur noch schlimmer ward, gaben wir jede Hoffnung auf Rettung auf. Wir verloren die Kenntnis unserer Fahrtrichtung und bei den furchtbaren Erschütterungen, welchen das Schiff beständig ausgesetzt war, konnten wir uns nur gewärtig sein, an irgendeinem Felsenriffe zu scheitern oder plötzlich in die Tiefe des Abgrundes zu versinken. Unsere Schrecknisse wuchsen während der Nacht noch, da die Dunkelheit uns an der Ausbesserung der Schiffsschäden hinderte, und wir erwarteten jeden Augenblick den Tod, als wir am Morgen des dritten Tages, welcher der erste Oktober war, Land erblickten; aber es war uns unbekannt. Es schien uns sehr hoch und gebirgig. Das Landen bereitete Schwierigkeit. Wir bemerkten nicht, dass die Meeresflut ruhiger wurde. Der Wellenanprall gegen eine raue und steile Küste warf noch dickeren Schaum auf und machte den Lärm noch furchtbarer. Angesichts des Landes verzweifelten wir weniger an unserer Rettung. Der Kapitän und mein Herr benutzten einen günstigen Augenblick, um eine Schaluppe ins Meer auszusetzen, und bestiegen sie sehr glücklich in der Hoffnung, alle wertvolle Habe darin unterbringen zu können, doch eine furchtbare Woge trennte sie alsbald von dem Schiffe. Alle Matrosen sprangen ins Meer, um sich durch Schwimmen zu retten, und ich befand mich allein an Bord mit meines Herrn Tochter, zwei Dienerinnen und der Mohrin.

Die, welche uns verlassen hatten, würden besser in ihrer Furcht beraten worden sein, wenn sie sich entschlossen hätten, bei uns zu bleiben. Wehe, wir sahen sie vor unseren Augen umkommen! Wer würde sich nicht desselben Loses gewärtig gewesen sein in der kläglichen Not, in welcher wir verharrten? Als uns unser Verderben aber unvermeidlich erschien, gefiel es dem Himmel, uns durch ein Wunder zu retten. Nachdem das Schiff zwei- oder dreimal gegen eine Klippe geschleudert worden war, brach es in mehrere Stücke. Da der Bugspriet zertrümmert worden war, folgten die vier Frauen, die sich nicht einen Schritt von mir entfernten, meinem Beispiel, indem sie wie ich sich an den großen Mast klammerten. Wir wurden ohne andere Nöte wie die einer heftigen Bewegung vom Wasser getragen. Doch währte die nicht lange. Ein Strom trug uns in einen kleinen Golf, der von Felsriffen umgeben und infolgedessen windstill war. Unser Glück wie meine Gewandtheit ließen uns die Erde gewinnen und, aller Kräfte bar, befanden wir uns schließlich auf dem Trockenen, wo wir lange Zeit über lagen; ohne, ebenso unbeweglich durch Freude wie Schwäche, weder uns zu regen noch den Mund aufzutun.

Nachdem ich wieder etwas zu Kräften gekommen, bestieg ich einen Felsen, von wo aus ich voller Trauer die Trümmer unseres Schiffes erblickte. Ich hatte ein Feuerzeug in meiner Tasche, mit allem, was man im Falle der Notwendigkeit bedarf, um Feuer zu machen. Da die Büchse aus Eisen und wohl verschlossen war, hatte der Schwamm keine Feuchtigkeit angezogen. Mit ein wenig abgestorbenem und dürrem Holze, welches ich von einigen Bäumen abhieb, machte ich ein Feuer, an dem wir uns trocknen konnten. Darauf ließ ich meine Gefährtinnen allein und ging ein ziemliches Stück die Küste entlang, indem ich es nicht unterließ, beim Gehen fortwährend Schreie auszustoßen, um von denen gehört zu werden, die sich ebenso glücklich wie wir gerettet haben mochten. Da mir aber niemand antwortete und ich keine andere Spuren fand, wie die einer zahllosen Vogelmenge, kehrte ich am Abend zu meiner Gesellschaft zurück, die sich bereits sehr über meine Abwesenheit beunruhigt hatte. Meine Gegenwart zerstreute die Mutlosigkeit der furchtsamen Frauen ein wenig. Indessen muss ich gestehen, dass, als die Nacht hereingebrochen war, mich wie sie neue Angst ankam. Ungedeckt und ohne Verteidigung, wie wir waren, ließ uns die Furcht alle Augenblicke etwelchen Menschen oder wilde Tiere vermuten, die vielleicht um uns herstrichen, um uns zu überrumpeln. Solche Einbildungen ließen uns, wiewohl wir der Ruhe dringend bedurften, die ganze Nacht über kein Auge schließen. Nicht minder wurden wir durch den Gedanken an ein anderes Unglück gequält, dessen wir uns für den Morgen zu gewärtigen hatten: Der Hunger hub an, uns lästig zu werden, und da wir keine Hilfe wussten, um uns seiner zu erwehren, sahen wir bereits alle Schrecknisse unserer Lage für den kommenden Tag voraus.

Mit der Zeit wurden wir gegen Ende der Nacht ruhiger. Bei Tagesanbruch näherten wir uns dem Meere und fühlten selbst bei der Traurigkeit des Schauspiels, das wir vor uns sahen, einen Freudenschimmer. Die Leichname mehrerer unserer Matrosen schwammen längs der Küste und zwischen ihnen zahlreiche Stücke und Hausrat unseres Schiffes, Planken, Koffer, Segel, kurz tausend Dinge, die wir hoffen konnten, ans Land zu bringen, und die uns zu unseren Bedürfnissen nützlich zu sein vermochten. Ich hieb lange Baumäste ab, die ich miteinander verband, und mich furchtlos mit dieser Art Kette, deren Ende meine Gefährtinnen festhielten, ziemlich weit ins Meer hinaus wagend, sammelte ich an diesem Tage alles ein, was ich mit der Hand erreichen konnte. Die Segel und Planken, die in großer Zahl vorhanden waren, dienten mir dazu, auf der Stelle eine Hütte aufzuschlagen, in der wir ruhig die folgende Nacht zubrachten. Einige Mundvorräte, die ich mit großer Mühe aufgefischt hatte, waren wertlos für uns, da sie das Meerwasser verdorben hatte; doch unter mehreren Tonnen befand sich eine mit Zwieback, die wir in Stücke schlugen; glücklicherweise hatte ihn das Wasser verschont. Alsbald befriedigten wir die dringendsten Bedürfnisse. Was von diesem Vorrate übrigblieb, genügte, um mehrere Tage über sorglos leben zu können. Doch folgenden Tags war uns der Himmel noch günstiger gesinnt. Die Fluten hatten sich während der Nacht langsam beruhigt und wir sahen zu unserer äußersten Überraschung, als wir am Morgen ans Meer herantraten, eine große Anzahl Kisten und Ballen, die von selber an den Strand gelangt waren. Wir fanden auf einer Strecke von etwa vierhundert Schritten einen beträchtlichen Teil unserer Schiffsladung. Drei Tage lang wendeten wir all unsere Mühen auf, um diese so kostbaren Güter in Sicherheit zu bringen. Was allzu schwer war, brachen wir in Stücke. Die Ballen und Kisten wurden geöffnet. Es gab da so viel Gewänder, Leinen, Haus- und Küchengeräte, dass es uns an nichts gebrach, um ein umfangreicheres und behaglicheres Haus wie unseres einrichten zu können. Die Lebensmittel waren freilich so verdorben, dass sich nimmer Gebrauch von ihnen machen ließ. Doch mit dem wenigen Zwieback, den wir gerettet hatten, hofften wir uns noch von den verschiedenen Vögeln zu nähren, deren Nester wir bei jedem Schritte fanden, und die sich über unseren Anblick nicht beunruhigten. Unsere Zuversicht wuchs fernerhin, als wir um uns herum einige Hähne mit etwelchen Hühnern erblickten, die aus dem Schiffe entronnen waren und glücklicherweise die Küste erreicht hatten. Wir zweifelten nicht, dass es uns leicht fallen würde, sie sich vermehren zu lassen, und hatten damit solchen Erfolg, dass wir immer im Überfluss mit ihnen versehen waren. Auch fanden wir in den Binsen viele Eier einer den Enten ähnlichen bestimmten Vogelart, deren Geschmack uns so angenehm schien, dass wir uns über unsere Lebensmittel sehr beruhigten.

Da wir um uns nichts sahen, was auf das geringste Zeichen von Bewohnerschaft hinwies, und die Furcht, uns neuen Gefahren auszusetzen, uns nicht erlaubte, in den unbekannten Gefilden etwas zu unternehmen, dachte ich nur daran, einen bequemen Platz zu suchen, um dort unseren Wohnsitz herzurichten. Ich fand einen solchen, wie ich wünschte, in einer Waldbuchtung, von wo aus man das Meer sah, in der Nähe eines Quells, der am Fuße eines Berges entsprang. Mit einer Hacke und einigen anderen Werkzeugen richtete ich eine Anzahl Balken her; dann die gleichmäßigeren wählend, machte ich Löcher, in die ich sie in gleichen Abständen einrammte, und verband sie durch Nägel mit den Planken der Kisten. Die Tür brachte ich dem Meere zugewendet an und bedeckte die Hütte mit Segeln.

In acht Tagen war sie vollendet und war so groß, dass ich all meinen Besitz und die Frauen darin unterbringen konnte. Meine Hoffnung war, Gott würde es gefallen, uns irgendein Schiff zu senden, um uns in unsere Heimat zurückkehren zu lassen. Indessen bemerkte ich nur zu gut, dass unser Aufenthaltsort sehr abgelegen sein musste. Vier Monate vergingen, ohne dass wir irgendeine Spur von dem erhielten, was wir jeden Tag mit heißen Gebeten vom Himmel erflehten. Es zeigte sich weder ein Inselbewohner, noch einer von unseren unglücklichen Gefährten, die ohne Zweifel bis auf den letzten umgekommen waren. Eine so lange Erfahrung, verbunden mit beständigen Nachforschungen überzeugte uns schließlich, dass wir in einem Lande weilten, welches niemals bewohnt worden sei, und da andere Schiffe nur durch ein unserem gleiches Abenteuer hergeführt werden würden, wir uns nicht schmeicheln dürften, dass der Himmel außschließlich zu unserem Troste andere Menschen ins Unglück geraten lassen würde. Im Übrigen hatten wir nichts weiter zu beklagen als unsere Einsamkeit. Das Land schien uns das angenehmste der Welt, immer mit Grün bedeckt, mit einem Überfluss von allen Vogelgattungen, einer gleichmäßigen Wärme, oder zum Mindesten niemals geringeren als die im Septembermonat in England. Eine so schöne Insel, von verständigen Leuten bebaut, würde ein irdisches Paradies sein. Mit der Zeit entdeckten wir in den Wäldern eine Art Nüsse, von der Größe eines Apfels, deren Kern so trocken und schmackhaft war, dass sie uns zur Brotbereitung zu dienen vermochten. Außer den bereits erwähnten Vögeln waren Wälder und Täler mit einer verschwenderischen Menge von Tieren von der Größe und fast von der Art der Ziegen angefüllt, welche zweimal im Jahr und jedesmal zwei Junge werfen. Sie sind harmlos und dumm, so dass sie leicht zu fangen und zu töten waren. An Fischen hatten wir nicht minder Überfluss, besonders an Schellfischen, die einem kleinen Kabeljau gleichen und längs der Küsten Englands und Hollands hinlänglich bekannt sind. Sie ließen sich leichtlich fischen. So spürten wir keinen Mangel und nichts vermochte uns Furcht einzuflößen.

Leichtsinn und Überfluss flößten mir einige Liebesgefühle zu meinen Gefährtinnen ein. Ich lebte ungebunden mit ihnen. Zuerst gewann ich nacheinander die beiden Dienerinnen; ziemlich lange Zeit über verstanden wir unser Vertrautsein geheimzuhalten. Doch die Gewohnheit machte uns schließlich weniger zurückhaltend, die Tochter meines Herrn, der unser Handel nicht mehr verborgen blieb, schien ein wenig beleidigt, dass ich zwei Frauen, die ihre Dienerinnen waren, den Vorzug gegeben hatte; doch ward es mir nicht schwer, sie durch meine Liebesversicherungen zu beruhigen.

Alle drei waren vollkommen schön und es gebrach ihnen an nichts, um sich sauber und hübsch anzuziehen.

Da wir daran zweifelten, dass wir jemals wieder in unser Vaterland zurückkehren und auch jemals andere Geschöpfe unserer Art wieder sehen würden, kamen wir überein, in all der Freiheit zu leben, die unser Unglück gutzuheißen schien. Die sich als erste hatte gewinnen lassen – sie war auch die größte und schönste –, ward zuerst hohen Leibes. Als zweite wurde es meines Herrn Tochter, und auch die andere zauderte nicht mehr lange. Es blieb nur noch die Mohrin übrig, welche ungeduldig darauf wartete, an die Reihe zu kommen. Sie wurde von den anderen begünstigt und ich fügte mich all den vorgebrachten Gründen. So kamen sie alle vier zu verschiedenen Zeiten nieder und leisteten sich dabei mit viel Eifer und Freundschaft die gleichen Dienste. Wir verbrachten zweiundzwanzig Jahre in solcher Vereinigung; dann nahm mir der Tod die Mohrin ohne irgendein Anzeichen von Krankheit, welche uns dies Ereignis hätte vorhersehen lassen. Die Zahl meiner Kinder hatte sich vervielfältigt; ich verheiratete sie, je nachdem sie herangewachsen waren, und sandte sie auf die andere Flussseite, jedes in getrennte Wohnungen, indem ich ihnen den Frieden und all das anempfahl, was sie daran hindern mochte, einander zur Last zu fallen. Sie haben es niemals an Ehrfurcht vor meinem Willen fehlen lassen.

Im Alter von sechzig Jahren, welches das vierzigste meines Aufenthaltes in dieser Einöde war, hatte ich achtundvierzig Kinder von meinen vier Frauen bei mir, und von der dritten Generation fünfhundertsechzig beiderlei Geschlechts. Ich nahm die Söhne der einen Ehe und verheiratete sie mit den Töchtern einer anderen, um sie allmählich davon abzubringen, ihre Schwestern zu heiraten, wie es die Notwendigkeit anfangs zu einer Art Gesetz gemacht hatte. Ich ließ es bei diesem Brauche, indem ich dem Himmel für seine Vorsehung und Güte dankte.

Einige meiner Kinder hatte ich Lesen gelehrt, denn es war mir eine Bibel geblieben, welche ich ihnen einmal im Monat zu lesen befahl; und da ich voraussah, dass sie, durch so viele Hände gehend, sich abnutzen würde, gewöhnte ich es ihnen an, einiges daraus auswendig zu lernen, und befahl ihnen, die gleiche Sorge ihren Kindern gegenüber obwalten zu lassen. Es starb mir noch eine Frau im Alter von achtundsechzig Jahren, ich beerdigte sie, und eine andere auch noch im gleichen Jahre, so dass mir nur noch eine, meines Herrn Tochter, blieb, mit der ich noch zwölf Jahre zusammen lebte. Sie starb schließlich und ich begrub sie, wo ich selber beerdigt sein wollte, zwischen der Großtochter meiner ersten Frau und der anderen. Mein Wille war, dass die Mohrin allein an meiner Linken ruhe.

Auch meine Kräfte fingen an nachzulassen, es blieb mir nichts weiter übrig, wie mich für die letzte Fahrt vorzubereiten; ich war fast achtzig Jahre alt. Ich gab mein Haus und alle Werkzeuge, die noch übrig waren, meinem ältesten Sohn, der die älteste Tochter meiner lieben Frau geheiratet hatte, und ließ alle anderen ihn als ihren Herrn und Meister anerkennen. Meine letzten Verhaltungsmaßregeln währten lang und wurden während mehrerer Tage wiederholt. Inständigst befahl ich ihnen vor allen Dingen, die christliche Religion einzuhalten, gemäß den Grundsätzen und Gebräuchen derer, die ihre Sprache sprächen, und sich hierin nicht auf andere zu verlassen, wenn es jemals geschehe, dass sie mit anderen Menschen in Berührung kämen.

Einmal ließ ich sie alle vor mich kommen, und indem ich mir die Genugtuung verschaffte, sie zu zählen, fand ich im achtzigsten Jahre meines Lebens und im sechzigsten nach meiner Ankunft, dass von dem einen und anderen Geschlechte siebentausendtundneunundneunzig Personen vorhanden waren, ohne dabei die mitzurechnen, welche in einem so langen Zeitraum gestorben waren, und die ich nicht mitgezählt hatte. Endlich bat ich Gott, sie zu vermehren, sie zu segnen und ihnen das Licht des Evangeliums immer leuchten zu lassen; dann sandte ich sie alle in ihre Wohnungen zurück. Mein Augenlicht fing an, mir im

Alter zu fehlen, und ich erriet, durch viele Zeichen darauf hingewiesen, dass ich nicht mehr lange zu leben habe. Ich gab diesen von meiner eigenen Hand geschriebenen Bericht meinem ältesten Sohne, welcher bei mir wohnte. Und schärfte ihm ein, ihn bestens aufzubewahren und ihn Freunden mitzuteilen, wenn ihrer jemals welche auf ihre Insel kommen sollten, oder ihn gar von ihnen abschreiben zu lassen, wenn es ihnen angenehmer sei, auf dass unser Name nimmer auf der Erde vernichtet werde. Ich gab im Allgemeinen denen, die von mir stammten, den englischen Namen Pinez, weil ich Georg Pinez hieß; meines Herren Tochter hieß Sarah Engels. Meine beiden anderen Frauen hießen Maria Sperkes und Elisabeth Trevors. Die einzelnen Abkömmlinge von diesen drei Frauen haben unmerklich von ihren Müttern die Namen Engels, Sperkes und Trevors angenommen, wie die von der Mohrin sich nach ihrem Namen, der Philippe lautete, Philips nannten. Ihr gemeinsamer Name aber ist: die Engländer von Pinez, welche Gott mit dem Tau des Himmels und mit der Fruchtbarkeit der Erde segnen möge. Amen. Als im Jahre sechzehnhundertneunundsechzig ein flämisches Schiff an der Insel der Pinez landete, fand man, daß sich die Zahl seiner Bewohner auf zwölftausend vermehrt und dass sich die englische Sprache sehr wohl unter ihnen bewahrt hatte. Der Kapitän aber empfing von dem ältesten Sohne Pinez' eine Abschrift von seines Vaters Schreiben.

Abenteuer eines Einsiedlers

In einiger Entfernung von Spoleto in Italien findet man auf einem Gebirgszuge, der durch seine Lage vor allen Arten von Unbequemlichkeiten geschützt ist, eine große Anzahl Einsiedeleien, wo die Vorliebe für Einsamkeit eine Menge ehrbarer Männer versammelt hat. Jeder lebt dort für sich in einer Hütte, die man ihm angewiesen oder er sich selber gebaut hat. Ruhe und Unabhängigkeit sind dauernde Güter in diesem glücklichen Aufenthaltsorte. Man lebt dort von seiner Hände Arbeit und wünscht sich nur, was hinreicht, um leben zu können. Einige reiche Leute der Nachbarschaft haben dort eine Kirche erbauen lassen, und da es unter Einsiedlern immer einige Priester gibt, hat man weiter keine andere Hilfe zum göttlichen Dienst nötig. Er besteht in einer stillen Messe, welche jeden Tag zur gleichen Stunde stattfindet. Und weder andere gemeinsame Übungen gibt's, noch Gesetze, die der

Freiheit, deren sich ein jeglicher in seiner Hütte erfreut, hinderlich sind. Der zum Sprengel gehörige Prälat ist das einzige Oberhaupt, das man dort anerkennt; der aber mischt sich wenig in die Vorgänge an einem Orte, wo immer Unschuld und Freude herrschen.

Ein Spanier ließ sich, nachdem er sich bescheiden dem Bischof vorgestellt hatte, an einem der einsamsten Plätze des Gebirges eine Einsiedelei bauen. Wiewohl er sie nicht in auffälliger Weise ausgeschmückt und nur einen mäßigen Raum für seinen Garten genommen hatte, bemerkte man doch, dass dort mehr Überfluss und Behaglichkeit als in den übrigen Hütten herrschte. Er hatte mehrere Landarbeiter beschäftigt, und da er sie reichlich abgelohnt, hatte man auch darauf geschlossen, dass ihn nicht Armut gezwungen habe, solch einen Zufluchtsort zu erwählen. Indessen besaß niemand die Zudringlichkeit, seine Ansichten kennenzulernen, oder ihn gar nach seiner Geburt und seinen Vermögensumständen zu fragen. Er war wenig mitteilsam und erschien nur an den durch Vorschrift festgesetzten Tagen in der Messe; und sich hernach gleich in seine Einsamkeit zurückziehend, begnügte er sich damit, die höflich zu grüßen, welche ihm auf seinem Wege begegneten. Zufällig bemerkten einige Einsiedler, daß ein Mann zu Pferde allwöchentlich einen gefüllten Korb brachte, den er, nachdem er ihn ausgeleert, wieder zurücksandte. Da sie aber vermuteten, daß er Lebensmittel enthalte, so bildete das an einem Orte, wo es jedem freistand, sich nach seiner Wahl zu kleiden und ernähren, keinen Grund zu einer Klage. Er hatte dies Benehmen zwei Monate über eingehalten, ohne dem nächsten Einsiedler, der etwa zweihundert Schritte von ihm entfernt hauste, die geringste Lust, ihn kennenzulernen, zu bezeigen. Dieser war ein Veroneser Edelmann, der seiner Neigung für die Lebensweise, der er sich unterworfen hatte, der Zerrüttung seiner Vermögensverhältnisse zufolge nachging. Sanftheit seines Charakters und Macht der Gewohnheit hielten ihn mehr als Eifer seit einigen Jahren hier fest. Er hatte sich an seine Lage gewöhnt, und ebenso leicht seine Neugier wie andere Äußerungen seiner Leidenschaft unterdrückend, ließ er seinem Nachbar all die Freiheit, welche er für sich selber begehrte. Dank solcher Neigung würde er all seine Lebtage gegen eine Bekanntschaft, die man nicht zu wünschen schien, gleichgültig gewesen sein. Eines Tages jedoch, als er sich um die Abendzeit in seine Hütte zurückgezogen hatte, hörte er, wie man heftig an seine Türe klopfte. Nachdem er sie geöffnet, sah er zu seiner Überraschung ein Mädchen von etwa achtzehn oder zwanzig Jahren zu seinen Füßen fallen, die ihn mit Tränen im Auge beschwor, ihr zu folgen, um einem ehrenwerten Manne zu helfen, welchen sie sterbend glaube. Diese Bitte wurde so inständig und liebenswürdig vorgebracht, dass der Veroneser ebenso gerührt durch diese beiden Gründe wie vom Verlangen, seinem Nächsten das Leben zu retten, ihr ohne Zaudern alles, was in seiner Macht stand, anbot. Sie führte ihn in die Einsiedelei des Spaniers; und indem sie sich ihm nur durch ihre Tränen verständlich machte, wies sie auf den unglücklichen Einsiedler hin, der bewusstlos auf einigen Strohmatten, wo er niedergefallen war, ausgestreckt lag. Er hatte einen tödlichen Schlaganfall erlitten. Da Hilfe zu spät gekommen, hauchte er sein Leben einige Augenblicke danach aus.

Die Schmerzbezeigungen des jungen Mädchens erlaubten es dem Veroneser lange Zeit über nicht, sie zu fragen, welch andere Dienste er ihr leisten könne. Nachdem sie den Toten tausendmal umarmt hatte, sprach sie nur davon, ihr Leben auf die gewaltsamste und kürzeste Weise zu beenden. Als sich schließlich der Aufruhr ihres Schmerzes selber abzuschwächen begann, ergriff er den Augenblick, um ihr seine Teilnahme an ihrem Gram zu bezeugen. »Sie werden mich beklagenswert finden«, sprach sie zu ihm, »wenn Sie alle Umstände meines Unglücks vernommen haben. Hören Sie meine Geschichte:

Der Unglückliche, den Sie hier sehen, ist mein Gatte. Er betete mich an; aber auch ich liebte ihn mehr als mich selber. Ich bin in Rom einem Vater geboren worden, dessen Zärtlichkeit mir mehr Unheil verursacht hat, als es jemals sein Hass getan haben würde. Meinem Mann, der, ehe er mein Gatte ward, eine ansehnliche Stellung bei den spanischen Truppen innehatte, überkam eine so heftige Zuneigung zu mir, als er einige Wochen über in Rom sich aufzuhalten genötigt war, dass er es nicht verlassen konnte, ohne versichert zu sein, meine Hand zu erhalten; darum erbat er sie offen von meinem Vater. Ein Offizier, der im Begriffe stand, sich allen Gefahren des Krieges auszusetzen, war kein Gatte, wie man ihn für mich gewünscht hätte. Ich war die einzige Hoffnung meiner Eltern und zu sehr geliebt, um leicht fortgegeben zu werden. Indessen hatte sich die Liebe bereits meines Herzens bemächtigt. Ich war ebenso betrübt wie mein Geliebter über die Hinderung, die man unseren sehnlichen Wünschen entgegenstellte. Ermutigte ihn, sich nicht abschrecken zu lassen, denn da ich allzu sehr mit meines Vaters Liebe rechnete, schmeichelte ich mir, dessen Weigerung ganz bestimmt besiegen zu können. Unglücklicherweise hub damals ein Zwist zwischen dem römischen und spanischen Hofe an. Alle Spanier hatten den Befehl erhalten, Rom zu meiden, und mein Geliebter war vielleicht der einzige, der es an Gehorsam fehlen ließ. Er konnte mich nicht einen Augenblick aus seinem Gesichte verlieren. Seine Zärtlichkeit kostete ihm seine Stellung.

Er ward mir dadurch nur noch teurer. Doch welcher Anschein war vorhanden, dass mein Vater seine Einwilligung zu einer Ehe geben würde, welche dieser Unstern noch unvorteilhafter als vorher machte? Seine Strenge musste dadurch ja nur noch größer werden. Er erfuhr, dass ich heimlich seine Besuche empfing und untersagte sie mir nicht nur mit aller Kraft des väterlichen Willens, sondern, nachdem er meinen Geliebten beiseite genommen hatte, erklärte er diesem, dass, wenn er nicht mich zu sehen verzichte, er sein ärgster Todfeind werden würde. Solch eine Drohung raubte uns nicht die Lust, uns vom selben Tage an weiter zu sehen. Wir erwogen alle Hoffnungen, die uns noch blieben. Es blieb uns nur noch zu fliehen übrig, und ich war schwach genug, meine Zustimmung dazu zu geben. Da indessen meines Geliebten Einkünfte nur aus seiner militärischen Beschäftigung geflossen waren und seine beständigen Ausgaben alle augenblicklichen Hilfsquellen erschöpft hatten, würden wir kaum die Kosten für die kleinste Reise haben aufbringen können. Ich wusste, an welchem Ort mein Vater sein Geld aufhob und führte meinen Geliebten dorthin, ohne ihn vorher in meinen Plan einzuweihen, und ihm einen Koffer weisend, in welchem ich eine sehr große Geldsumme vorzufinden sicher war, hub ich also zu ihm an: ›Schauen Sie her, wenn unser Glück um diesen Preis erkauft werden muss, so bestimmen Sie bitte hierüber!‹ Ohne zu zaudern entgegnete er, dass ich ihm teurer als sein Leben sei; aber um mir anzugehören, wolle er meiner auch würdig sein, er werde nimmer Hand an den Schatz legen, welchen ich ihm anbiete. Solch eine Handlung könne einzig und allein nur mir verziehen werden, die ausersehen sei, früher oder später einen Teil der väterlichen Habe zu besitzen. Und er wollte selbst nicht, dass sie vor seinen Augen geschehe. Ich weiß nicht, wozu mich diese edelmütige Antwort verleitet haben würde; aber im Augenblick, wo er zu reden aufhörte, erschien mein Vater, begleitet von mehreren Bedienten, im Gemach, fasste ihn bei der Hand, die er unglücklicherweise auf den Koffer stützte, und, seine Leute als Zeugen für die Lage anrufend, in der er ihn angetroffen, beschuldigte er ihn, ihm zugleich mit seiner Tochter auch sein Geld haben rauben zu wollen. Vergebens rief er die Gerechtigkeit des Himmels und der Leute an. Er wurde von den Dienern entwaffnet, und sie erhielten Befehl, ihn streng zu bewachen.

Ich blieb mit meinem Vater allein. Er überhäufte mich mit Vorwürfen. Da seine gewöhnliche Zärtlichkeit indessen bald wieder obsiegte, ging er zu Bitten und Liebkosungen über, um mich von einer Leidenschaft zu heilen, deren furchtbare Folgen er zu fürchten anfing. In meiner großen Aufregung versprach ich ihm, einzig unter der Bedingung, dass er meinem Geliebten sofort die Freiheit zurückgäbe, unbedingten Gehorsam. Wiewohl ihm ein Versprechen solcherart äußerst verdächtig erscheinen musste, gab er vor, mir fest zu glauben; er ließ diesen sofort vor sich führen und befahl mir, in seiner Gegenwart dieselbe Sache zu wiederholen. Ich kam seinem Befehle nach, jedoch nur unter Schmerzensbezeigungen, welche meine Gefühle unbedingt klarlegen mussten. Tatsächlich erhielt mein Geliebter die Freiheit; aber kaum hatte er sich aus meinen Augen entfernt, als ich in die Kirche geführt ward, wo ich einen jungen Mann vorfand, der seit Langem mir zu gefallen bestrebt war. Der Priester wurde gerufen und ohne mir einen Augenblick zur Sammlung meiner Geisteskräfte zu lassen, die mir in meinem Schrecken abhanden gekommen waren, wurde ich mit den üblichen Feierlichkeiten verheiratet.

Nichtsdestoweniger spürte mein Vater einen Rest Mitleid, der ihm nicht sofort zu verlangen gestattete, dass ich mich den Zärtlichkeiten eines so verhassten Gatten überließe. Nachdem er alles angewendet hatte, um mich zu trösten, versicherte er mir, dass man mir Zeit gewähren würde, mich in das Schicksal, zu dem er mich verdammt, zu finden, und dass er, seine ganze Liebe zu mir wieder wachrufend, alles daran setzen würde, mich glücklich zu machen. Ich wollte es sein, jedoch nicht auf solche Weise, und war nur des Gedankens fähig, dass ich es auf Kosten meiner Tugend werden könnte. Die Unmöglichkeit, mich in zwei so grausamen, verzweiflungsvollen Lagen zu etwas Vernünftigem und Ehrbarem zu entschließen, ließ mich am selben Tage den Plan fassen, auf die Welt zu verzichten. Ich stahl mich aus meinem Vaterhause, um mich in ein Kloster zurückzuziehen, in dem ich bekannt war und in das man mir gern den Eintritt gestattete. Indem ich mich zu solchem Opfer entschloss, konnte ich mir die einzige Entschädigung, die mir zu wünschen übrigblieb, nicht versagen. Ich schrieb meinem

Liebhaber, da mich ein fürchterlicher Zwang hindere, ihm anzugehören, hätte ich mich entschlossen, mich in einem Kloster zu begraben. Diese Nachricht versetzte ihn in Wut. Ohne noch zu wissen, was mir eben geschehen war, und meine Verzweiflung nur für eine Folge der Bestürzung haltend, eilte er nach dem Kloster. Zu meinem Unglück kam er gerade in dem Augenblicke dort an, wo mein Vater und der mir von ihm aufgedrängte Gatte beide auf die Kunde hin herbeieilten, die sie bereits von meiner Flucht erhalten hatten. Sie erblickten ihn und stürzten sich, da sie sich seine Pläne sehr wohl denken konnten, den Degen in der Hand, mit dem festen Vorsatze, sich seiner zu entledigen, auf ihn. Sein Mut bediente sie nur zu gut. Für eine leichte Verwundung, die man ihm am Arme beibrachte, versetzte er seinen Gegnern zwei tödliche Hiebe. Beide starben noch vor Tagesende.

Sie können sich denken, mit welchem Entsetzen ich diese furchtbare Nachricht vernahm. Sie bestärkte mich in dem Entschlusse, die Welt zu verlassen; da ich nimmer damit rechnen konnte, dass sich meines Vaters Mörder jemals vor mir zeigen würde, gab ich mich nur mit der Ausführung meines Vorhabens ab. Nichtsdestoweniger musste ich den inständigen Bitten meiner Verwandten nachgeben, welche meine Anwesenheit für notwendig erachteten, um über meine Erbschaft zu entscheiden. Sie zwangen mich, meine Zufluchtsstätte zu verlassen, und da sie sich um der Ehre willen nicht minder verpflichtet fühlten, meines Vaters Tod zu rächen, strengten sie in meinem Namen eine Klage an, um die Prozessverhandlungen einzuleiten. In meiner Niedergeschlagenheit dachte ich nicht weiter über solche Maßregeln nach. Ich weiß nicht, worein mein Herz gewilligt haben würde, denn seine Gefühle hatten sich nicht geändert und Rache war wenig fähig, den Sieg über Liebe davonzutragen. Ich begriff wohl die Pflichten, die mir die Vernunft auferlegte; da aber solch ein Gedanke nur meine Verwirrung vermehren konnte, zumal er in Widerspruch mit meinen süßesten Neigungen stand, brachte ich einige Tage in einer so heftigen Erregung zu, dass mir der Gedanke an das Kloster mit allem Eifer, den ich bekundet, der Welt zu entsagen, abhanden kam.

In dieser Zeit nun erfuhr mein Geliebter, der anfangs nur sich vor dem Gerichte zu schützen bestrebt gewesen war, dass man den Prozess tatsächlich auf mein Ersuchen eingeleitet habe und dass ich ihm also an sein Leben wolle. Er ertrug diesen Gedanken nicht. Die Furcht vor der Gefahr, welche ihn bedrohte, vermochte ihn nicht zu hindern, gegen

Abend zu mir zu kommen. Er warf sich mir zu Füßen, um mir sein Leben darzubringen, welches er keinen Augenblick behalten wollte, wenn es mir verhasst war, und warf mir meine Unbeständigkeit und Härte vor, beklagte sich, dass ich ihn mit der Ungerechtigkeit des Schicksals beschwert hätte, erneuerte mir seine Treue- und Zärtlichkeitsschwüre, kurz, er rührte mich so, dass er mir jede Kraft zu einer Antwort nahm. Ich war in solcher Verwirrung, als der Zufall meine Verwandten herführte, die ihn in der Stellung, die er noch einnahm, überraschten. Es ward ihnen nicht schwer, ihn festzunehmen, und, indem sie ihn in äußerster Härte mit Ketten belasteten, wollten sie ihn in das Staatsgefängnis führen.

Ich konnte dieses Schauspiel nicht ertragen. ›Haltet ein‹, sprach ich zu ihnen, ›führt ihn nicht zum Tode, wenn ihr nicht auch meinen beschlossen habt!‹ Und da ich bemerkt zu haben glaubte, dass sie das Stillschweigen, welches ich einige Tage über hinsichtlich des Klosters beobachtete, bereits in Unruhe versetzte, beschloss ich sie da anzufassen, wo sie meines Ermessens empfindlich waren. ›Ich bekenne‹, fuhr ich fort, ›dass er meinen Vater getötet hat; da ich jedoch willens bin, mich dem Klosterleben zu weihen, darf ich niemandes Tod wünschen. Schenkt mir sein Leben und seine Freiheit; ich verspreche, Euch all meine Habe als Belohnung dafür zu geben und gelobe beim Himmel, alsogleich die Welt zu verlassen!‹ Dieser Vorschlag ließ sie liebenswürdiger werden. Sie stellten sich, als ob sie meinen Edelmut bewunderten und ihre Furcht, ich möchte meine Absichten ändern, ließ sie mühelos auf meine Bitte eingehen, meine Schenkung auf der Stelle entgegenzunehmen. Diese wurde mit all den Formeln angefertigt, die sie unwiderruflich machen konnten. Sie trugen Sorge, meinen Geliebten aus meinen Augen zu entfernen, der mir mit bewundernswerter Seelengröße das Opfer vorwarf, welches ich ihm mit meinem Vermögen brachte. Man bewachte ihn in einem Nachbarzimmer, und diese Vorsichtsmaßregel nutzte ihnen umso mehr, als sie dazu diente, mich meinen Entschluss schneller ausführen zu lassen. Von der Schenkung, die ich ihnen mit meiner Erbschaft machte, schloss ich nur den Geldschrank aus, in dem, wie ich wusste, mein Vater eine beträchtliche Summe verwahrt hatte. Als Vorwand diente mir die Notwendigkeit, dem Kloster meine Mitgabe bezahlen und mir dort durch meine Freigebigkeit einige Achtung verschaffen zu müssen. Doch hatte ich einen anderen Plan.

Kaum war ihrer Habgier nach meinem Gute genuggetan, als sie, ohne sich drängen zu lassen, meinen Geliebten in Freiheit setzten, indem sie ihn einzig ermahnten, sich aus Rom zu entfernen, damit er sie der Verpflichtung, ihn zu verfolgen, entbinde. Die Freude, der sie sich überließen, erlaubte ihnen nicht, länger bei mir zu verweilen. Alsobald sah ich meinen unglücklichen Geliebten erscheinen, der sich mir nur mit Entzücken näherte. ›Was haben Sie getan?‹, sprach er zu mir. ›Mein Leben ist Ihnen also teuer genug, um Sie auf alle Annehmlichkeiten des Ihrigen verzichten zu lassen? Ist es wahr, dass Sie mich nicht hassen? Aber womit beweisen Sie es mir? Geben Sie mir das Leben, um mich dazu zu verurteilen, Sie unglücklich zu sehen?‹ Tausend leidenschaftliche Dinge fügte er noch hinzu; doch meine Wonne, sie zu hören, hinderte mich nicht, ihn zu unterbrechen. ›Fliehen Sie‹, hub ich zu ihm an, indem ich den Kopf fortwandte, ›nur die Flucht kann Ihnen Sicherheit gewähren. Ich habe Ihnen nichts geopfert, da mir mein Gut nichts mehr fruchten kann. Ich wähne nicht einmal‹, fügte ich hinzu, indem ich auf den Koffer hinwies, ›dass diese Summe, die ich mir aufgespart habe, um sie Ihnen zu überlassen, Sie zu der geringsten Dankbarkeit verpflichten muss. Sie haben um meinetwillen alles verloren. Es ist billig, dass ich, ehe ich ins Kloster gehe, alle meine Schulden begleiche, und die der Zärtlichkeit und des Edelmutes sind die dringlichsten!‹ Ich bat ihn, den Koffer fortschaffen zu lassen, da mir von anderer Seite genügend Mittel zur Verfügung stünden, um mir den Eintritt ins Kloster zu ebnen, und mein letztes Lebewohl entgegenzunehmen. Was sage ich Ihnen? Mein Plan war gefasst; doch als ich mir schmeichelte, zu seiner Ausführung bereit zu sein, kannte ich die Macht der Liebe noch nicht. Die Vorwürfe und verständigen Bitten eines Mannes, den ich allein liebte, hatten mehr Macht als meine Entschlüsse. Er wusste mich zu überzeugen, dass Ehre und Pflicht sich nicht mehr unserem Glücke widersetzten. Hinsichtlich des Gelübdes, welches ich unbedachtsamerweise abgelegt hatte, zerstreute er meine Gewissensbisse, indem er mir vorschlug, irgendeinen abgelegenen Zufluchtsort zu wählen, wo wir völlig auf den Umgang mit der Welt verzichteten, um die Übungen eines weisen und geregelten Lebens mit der Süße einer rechtmäßigen Ehe zu vereinigen. Ich gab zu diesem Vorschlage umso begieriger meine Einwilligung, weil er mir der Wohlanständigkeit, der Liebe und der Religion völlig genugzutun schien. Bei meinem geringen Streben nach Reichtum und meiner noch viel größeren Gleichgültigkeit ihm gegenüber versprach ich mir mehr Ruhe und gar größeres Vergnügen von der Einsamkeit, als von all den Auszeichnungen, auf die ich dank meiner Geburt und meiner Glücksumstände naturgemäß hätte hoffen müssen.

So stimmte ich, ohne um das betrübt zu sein, was ich meinen Verwandten eingehändigt hatte, zu, Rom unter der Führung meines Geliebten, auf seine Rechtlichkeit bauend, zu verlassen. Die mir bleibende Geldsumme reichte seines Erachtens hin, um uns vor Mangel zu schützen. Unsere erste Sorge war, den Himmel in unser Interesse zu rücken, indem wir unseren Bund durch die Feierlichkeiten der Kirche segnen ließen. Wir nahmen einen anderen Namen an, und nur nach einem unseren Plänen angemessenen Zufluchtsorte suchend, hörten wir bald von dem Gebirge von Spoleto und der Leichtigkeit reden, mit der sich dort jedermann niederlassen könne. Wiewohl man uns versicherte, dass die Freiheit dort als erstes Gesetz gälte, wagten wir nicht zu hoffen, dass eine unbekannte Frau leichtlich bei ihrem Ehemanne dort geduldet werden würde, und diese Schwierigkeit hätte uns mutlos gemacht, wenn wir nicht, um die Lage des Gebirges in Augenschein zu nehmen, selber hergekommen wären und erkannt hätten, dass ich mich mit ein wenig Klugheit und Sorgfalt der Neugier aller, die es bewohnen, entziehen könne. Mein Gatte befolgte zuerst alle üblichen Maßnahmen und stellte sich dem Bischof unter dem einfachen Titel eines spanischen Offiziers vor, dem die Ermüdung im Waffendienst und der Ekel vor der Welt eine freie und einsame Zufluchtsstätte wünschenswert machten. Nachdem man seinen Plan gut befunden, brachte er einige Wochen damit zu, diese Einsiedelei zu bauen. Ich weilte in einem Nachbardorfe, von wo aus ich jede Nacht den Ort besuchte, der mir als Wohnung dienen sollte, und ohne daran zu denken, ihn auszuschmücken, ermahnte ich meinen Gatten, nichts zu sparen, um ihn bequem und angenehm zu machen. Wir hatten zwei treue Diener, Leute ohne Leidenschaft, wiewohl verschiedenen Geschlechts, welche entschlossen waren, ihr Glück mit unserem zu vereinigen. Wir schlugen ihnen vor, sich zu heiraten, um sie geeigneter für unsere Dienste zu sehen. Sie willigten darein, und da mein Gatte den Rest unseres Vermögens ziemlich günstig in Spoleto angelegt hatte, überließ er ihnen seine Nutznießung unter der einzigen Bedingung, uns mit allem, wessen wir bedurften, zu versehen.

Bei dem mich bedrängenden Schmerze werden Sie nicht verlangen, dass ich Ihnen all das Glück ausmale, welches ich an Seiten eines Mannes ausgekostet habe, dessen Zärtlichkeit nimmer kälter zu werden vermochte und für den sich die meinige von Tag zu Tag steigerte. Weh, ich war ihm nicht teurer als Religion und Tugend! Die Geradheit seines Herzens, die Unschuld seiner Wünsche, seine Weltverachtung und Hoffnung auf die himmlischen Geister knüpften ihn fester an das Gebirge als seine Gefühle für mich! Wir waren zu glücklich auf der von Gott geschmückten Erde. Doch alles hat sich für seine unselige Gattin verändert. Nur der Tod kann die Verzweiflung, die mich durchstürmt, und all das Elend, das mich bedroht, von mir nehmen!«

Ihre Tränen und Klagen setzten von Neuem mit demselben Ungestüm wie im ersten Augenblick ein. Der Veroneser, der nichts von der Härte seines Standes angenommen hatte, bot ihr höflich alle Dienste an, die sie von einem ehrenwerten Manne erwarten konnte; und sie bat ihn anfangs, einen Entschluss hinsichtlich der gegenwärtigen Umstände zu fassen. Er ließ sie wissen, dass es ihr noch freistünde, ihr Erlebnis vor der Öffentlichkeit zu verbergen und sich sogar zu entfernen, ohne bemerkt zu werden. Andererseits meinte er, dass es, wofern sie nur irgendwelche Vorliebe für die Einsamkeit hege, nicht unmöglich sei, die einmal eingeschlagene Lebensweise fortzusetzen. Er schlug ihr selbst Mittel und Wege dazu vor, indem er ihr versprach, ein unverbrüchliches Schweigen über ihr Geschlecht zu bewahren. Die Kirchengeschichte ist voll von solchen Beispielen, und wenn auch die Klugheit es nicht immer gestattet, eine Frau dazu zu veranlassen, sie nachzuahmen, so verbietet die der Religion schuldige Ehrfurcht doch, dass man sie verdammt. Die beiden Vorschläge des Einsiedlers waren umso vertrauenerweckender und ehrlicher, als er sich selber eingestand, dass die Annehmlichkeiten ihrer Nachbarschaft bereits starken Eindruck gemacht hätten, und dass, da er in keiner Weise zum Zölibat verpflichtet war, es als ein großes Glück ansehen würde, in alle Rechte des verlorenen Ehemanns einzutreten. Dies wollte er sie sogar wissen lassen, indem er ihr unter anderen Worten und auf Umwegen vorschlug, die Vorliebe, die sie für die Einsamkeit hege, beizubehalten; Er bestrebte sich, sie die Notwendigkeit fühlen zu lassen, sich schnell über die beiden Wege zu entschließen, die er ihr vorschlug, denn ihres Gatten Tod konnte nicht lange verborgen bleiben, und das Bekanntwerden ihres Abenteuers würde ihr alsofort die Freiheit in ihrer Wahl nehmen. Sie überzeugte sich von der Weisheit dieses Rats; doch da sie im Grunde ihres Herzens bereits einen Plan gefasst hatte, bat sie ihn nur um die Hilfe, der sie bedürfe, um ihre Diener zu benachrichtigen, dass sie zu ihr kämen. Nachdem sie ihm ihr Geheimnis bis zu ihrer Abreise anempfohlen hatte, gestand sie ihm, sie habe beschlossen, sich von Spoleto zu entfernen und in ein Kloster zu begeben, wenn sie ihrem Gatten die letzten Pflichten erwiesen. Vergebens bekämpfte er solchen Entschluss. Da er nichts fühlte, wessen er sich bei einer Eröffnung hätte schämen müssen, legte er ihr deutlich dar, in welcher Absicht er sie hier zurückhalten möchte, und bot ihr ohne Umschweife ein ebenso treues und reines Herz wie das an, welches sie besessen. Seine Anerbietungen rührten sie wenig. Sie blieb einige Tage in der Nachbarschaft, bis die Einsiedler ihrem Gatten ein ehrenvolles Begräbnis veranstaltet; und ihre Einsiedelei dem Veroneser überlassend, gab sie ihm die Erlaubnis, ihre Geschichte zu erzählen und reiste ohne eine andere Gefolgschaft wie die ihrer beiden Diener ab.

Dekadente Erzählungen

Im kulturellen Verfall des Fin de siècle wendet sich die Dekadenz ab von der Natur und dem realen Leben, hin zu raffinierten ästhetischen Empfindungen zwischen ausschweifender Lebenslust und fatalem Überdruss. Gegen Moral und Bürgertum frönt sie mit überfeinen Sinnen einem subtilen Schönheitskult, der die Kunst nichts anderem als ihr selbst verpflichtet sieht.

Rainer Maria Rilke Die Aufzeichnungen des Malte Laurids Brigge **Joris-Karl Huysmans** Gegen den Strich **Hermann Bahr** Die gute Schule **Hugo von Hofmannsthal** Das Märchen der 672. Nacht **Rainer Maria Rilke** Die Weise von Liebe und Tod des Cornets Christoph Rilke

ISBN 978-3-8430-1881-4, 412 Seiten, 29,80 €

Erzählungen aus dem Sturm und Drang

Zwischen 1765 und 1785 geht ein Ruck durch die deutsche Literatur. Sehr junge Autoren lehnen sich auf gegen den belehrenden Charakter der - die damalige Geisteskultur beherrschenden - Aufklärung. Mit Fantasie und Gemütskraft stürmen und drängen sie gegen die Moralvorstellungen des Feudalsystems, setzen Gefühl vor Verstand und fordern die Selbstständigkeit des Originalgenies.

Jakob Michael Reinhold Lenz Zerbin oder Die neuere Philosophie **Johann Karl Wezel** Silvans Bibliothek oder die gelehrten Abenteuer **Karl Philipp Moritz** Andreas Hartknopf. Eine Allegorie **Friedrich Schiller** Der Geisterseher **Johann Wolfgang Goethe** Die Leiden des jungen Werther **Friedrich Maximilian Klinger** Fausts Leben, Taten und Höllenfahrt

ISBN 978-3-8430-1882-1, 476 Seiten, 29,80 €

Erzählungen aus dem Sturm und Drang II

Johann Karl Wezel Kakerlak oder die Geschichte eines Rosenkreuzers **Gottfried August Bürger** Münchhausen **Friedrich Schiller** Der Verbrecher aus verlorener Ehre **Karl Philipp Moritz** Andreas Hartknopfs Predigerjahre **Jakob Michael Reinhold Lenz** Der Waldbruder **Friedrich Maximilian Klinger** Geschichte eines Teutschen der neusten Zeit

ISBN 978-3-8430-1883-8, 436 Seiten, 29,80 €